TUA'R GORWEL

Tua'r Gorwel

Eirlys Wyn Jones

Argraffiad cyntaf: 2023
© testun: Eirlys Wyn Jones 2023

Cedwir pob hawl.
Ni chaniateir atgynhyrchu unrhyw ran o'r cyhoeddiad hwn,
na'i gadw mewn cyfundrefn adferadwy, na'i drosglwyddo
mewn unrhyw ddull na thrwy unrhyw gyfrwng, electronig, electrostatig,
tâp magnetig, mecanyddol, ffotogopïo, recordio, nac fel arall,
heb ganiatâd ymlaen llaw gan y cyhoeddwyr, Gwasg Carreg Gwalch,
12 Iard yr Orsaf, Llanrwst, Dyffryn Conwy, Cymru LL26 0EH.

ISBN clawr meddal: 978-1-84527-944-8

ISBN elyfr: 978-1-84524-579-5

CYNGOR LLYFRAU CYMRU
BOOKS COUNCIL of WALES

Cyhoeddwyd gyda chymorth Cyngor Llyfrau Cymru

Cynllun y clawr: Eleri Owen
Darlun y clawr: Eirlys Wyn Jones

Cyhoeddwyd gan Wasg Carreg Gwalch,
12 Iard yr Orsaf, Llanrwst, Dyffryn Conwy, Cymru LL26 0EH.
Ffôn: 01492 642031
e-bost: llanrwst@carreg-gwalch.cymru
lle ar y we: www.carreg-gwalch.cymru

Argraffwyd a chyhoeddwyd yng Nghymru

*Mae'r nofel hon i fy ffrindiau sydd mor barod eu cymwynas.
Diolch yn fawr i chi i gyd.*

Byddaf yn cyfrannu rhan o fy enillion o werthiant y llyfr hwn i Grŵp Cefnogi Clefyd Motor Niwron Gogledd-orllewin Cymru i ddiolch am y cyfeillgarwch a'r gefnogaeth.

Diolch i Wasg Carreg Gwalch am fod yn fodlon cyhoeddi'r nofel ac fel arfer i Nia am ei gwaith caled a'i chyngor doeth wrth olygu.

Diolch i Gyngor Llyfrau Cymru am eu cefnogaeth.

Dychmygol yw'r cymeriadau a'r digwyddiadau sydd o'r diwedd wedi gweld golau dydd.

RHAN UN

Medi 1945

Pennod 1

Roedd y pentref yn dywyll. Doedd dim smic i'w glywed yn unman gan fod pawb yn eu gwlâu a'r glaw mân cynnes yn hongian fel cyrten les dros doeau'r tai. Safai Ifan ar sgwâr pentref Rhydyberthan yn syllu o'i gwmpas. Gwibiai ei lygaid i fyny'r stryd, heibio i gysgodion tai teras Brynglas ac yna i lawr Rhesdai Madryn. Sylwodd ar y golau melyn gwan yn ffenest ffrynt Tŷ Isaf, a gwenodd. Doedd dim rhaid iddo ddyfalu pwy oedd ar ei thraed yr adeg honno o'r nos. Dechreuodd ei stumog gwyno'n uchel gan nad oedd o wedi bwyta ers amser cinio – bu'r daith o Lerpwl yn un hir a diflas, a theimlai'r nicotin a'r cwrw yn pwnio'i gilydd y tu mewn i'w ben. Croesodd i gyfeiriad y siop a phwyso'i dalcen ar y drws cloedig am ennyd fer cyn estyn sigarét o'i boced, ac yng nghysgod coler fawr ei gôt, taniodd fatsien. Wrth iddo droi yn ôl i edrych ar y sgwâr drwy'r dagrau o law oedd yn diferu o'r bargod uwch ei ben, roedd yn edifar nad oedd o wedi derbyn yr het cantel llydan a gynigiwyd iddo yn rhan o'r pecyn dillad pan ryddhawyd ef o'r Fyddin.

Wrth edrych ar Rydyberthan yn cysgu teimlai Ifan yn siomedig ac yn unig. Dyma'r diwrnod roedd o wedi breuddwydio a gweddïo amdano yn ystod pob eiliad o'r pum mlynedd a dreuliodd yng nghanol cwffio erchyll yr Ail Ryfel Byd yng ngogledd Affrica a'r Eidal. Un freuddwyd oedd wedi ei gynnal ar hyd y daith chwithig, hirfaith o Awstria nes cyrraedd Lerpwl: dro ar ôl tro, dychmygodd ei hun yn cyrraedd adref a chael croeso cynnes gan dyrfa fawr o bobol a oedd wedi ymgynnull ar sgwâr y pentref i ddiolch iddo am eu hachub rhag y Natsïaid. Y baneri *Welcome Home* yn hongian o un tŷ i'r llall, a'u coch, gwyn a glas yn cyhwfan yn y gwynt. Roedd o hyd yn oed wedi dychmygu y byddai Band Arian y Gwaith Mawr yno i'w hebrwng bob cam o'r ffordd i'w gartref yng Ngwaenrugog, a Mair yn sefyll o flaen Rhes Newydd yn barod i'w gofleidio gyda'i breichiau agored. Yntau'n ei gwasgu'n dynn, dynn i'w fynwes, ei drwyn yn y gongl fach gynnes rhwng ei gwddf a phont ei hysgwydd, yn arogli ei phersawr unigryw.

Ond yn hytrach na'r croeso cynnes hwnnw roedd o'n sefyll yn nhywyllwch unig y pentref ar ei ben ei hun, yn wlyb ac yn flinedig, yn ysu i weld wyneb cyfarwydd. Roedd y tawelwch fel llanw yn ymchwyddo yn ei glustiau ac yna'n ochneidio wrth dreio, gan adael dagrau graeanog yn llosgi corneli ei lygaid. Sylweddolodd mai hon oedd y noson gyntaf ers blynyddoedd iddo fod yn hollol ar ei ben ei hun. Neb yn chwyrnu yn y barics, neb yn crio yn eu cwsg, neb yn gweiddi ar y *parade ground*, neb yn tanio, neb yn bomio, neb yn sgrechian ... neb yn gweddïo. Neb yn dweud wrtho beth i'w wneud nesaf. Darn bach o'r jig-so mawr fuodd o am bum mlynedd a llaw rhywun dieithr fu'n ei roi yn ei le, yn ei ffitio i mewn i'r darlun arswydus. Yes Sir. No Sir.

Cymerodd bwl hir o'r Woodbine ac edrych i fyny i'r awyr. Er bod y glaw wedi dechrau arafu roedd cymylau trymion yn dal i guddio wyneb y lleuad, a'r pentref fel y fagddu. Doedd o ddim yn teimlo fel cerdded tuag at ei gartref yng Ngwaenrugog ar ei ben ei hun heb lygedyn o olau i'w arwain ar hyd y ffordd unig. Ciciodd ei hun am fod mor fyrbwyll yn ei benderfyniad i beidio â rhybuddio Mair y byddai'n cyrraedd adref yn gynt na'r disgwyl – roedd meddwl am dreulio noson arall hebddi hi a Gruffydd wedi mynd yn drech nag o, felly roedd o wedi cychwyn am adref o Lerpwl y prynhawn hwnnw yn hytrach nag aros tan y bore.

Ystyriodd fynd i gnocio ar ddrws Sea View i ofyn am fenthyg lamp, nes iddo gofio bod y teulu wedi colli eu mab ar y môr. Pa hawl oedd ganddo fo i ofyn iddyn nhw am help a'u plentyn yn gorwedd yn rhywle na wydden nhw ddim ble, yn gorff oer, gwyn yn siglo'n ôl ac ymlaen yng nghanol y gwymon tywyll a'r pysgod yn ei brocio wrth ei basio, neu'n brathu darnau bach o'i gnawd meddal. Roedd ganddo fo gywilydd meddwl mynd ar eu gofyn ac yntau'n holliach, a'i groen yn frown fel cneuen ar ôl i haul cynnes yr Eidal ac Awstria ei grasu. Meddyliodd am alw yn nhŷ'r plismon, ond cofiodd fod Mair wedi sôn wrtho yn ei llythyr wythnosau'n ôl fod Arthur Preis wedi colli'r dydd ar ôl dioddef strôc, a bod ei fab, Bobi, wedi gorfod symud i un o'r tai bach unllawr ym mhen ucha'r pentref lle byddai'n haws iddo symud o gwmpas ar ei un goes iach. Dechreuodd cydwybod Ifan ei bigo. Sut roedd o wedi bod mor hunanol â disgwyl tyrfa fawr i'w hebrwng adref yn fuddugoliaethus a theuluoedd eraill yn yr ardal yn methu cysgu oherwydd hiraeth a phoen?

Ar ôl gorffen ei smôc rhoddodd hwb i'w drowsus am ei ganol main. Roedd y siwt newydd gafodd o gan y Llywodraeth yn rhy fawr iddo a'r defnydd yn teimlo'n od o ysgafn a llithrig ar ei goesau ar ôl blynyddoedd o wisgo'r lifrai khaki cras oedd yn achosi i groen ei gluniau dorri allan yn ddoluriau llidiog wrth fartsio am filltiroedd i faes y gad. Ac er bod y sgidiau newydd yn rhai digon esmwyth, doedden nhw ddim yn teimlo mor solet o dan ei draed â'r hen sgidiau trymion y bu'n eu gwisgo yn y Fyddin. Roedd pob carreg fechan i'w theimlo drwy wadnau tenau'r *shoes* gafodd o hefo'r siwt.

Cododd y bag trwm ar ei ysgwydd dde, ac wrth basio ffenest Tŷ Isaf sylwodd fod y golau'n dal ymlaen. Symudodd yn llechwraidd at y sil a gwenodd wrth weld Gladys Huws yn dawnsio o gwmpas y gegin ym mreichiau dychmygol rhyw ddyn neu'i gilydd. Gladys druan, meddyliodd, doedd dim arwydd ei bod hi wedi newid dim. Arhosodd yno yn ei gwylio am funud hir, ei gwallt du-las yn symud yn donnau i lawr ei chefn wrth iddi siglo'n ôl a mlaen i rhythm y miwsig, gan osgoi'r cadeiriau a'r bwrdd yn osgeiddig. Methodd ymwrthod â'r ysfa i dapio'n ysgafn ar y gwydr â'i fysedd ond yn amlwg doedd Gladys ddim yn ei glywed, a bu'n rhaid iddo gnocio'n uwch hefo'i figwrn cyn tynnu ei sylw. Trodd hithau ei phen, a chodi'i llaw at ei cheg mewn dychryn wrth dybio gweld wyneb dieithryn yn y ffenest.

Ond pan sylweddolodd pwy oedd yno, rhoddodd lam tuag at y gramoffon. Clywodd Ifan wich wrth i law grynedig Gladys achosi i'r nodwydd sgathru'r feinyl. Ymhen eiliadau daeth allan drwy'r drws, ei breichiau'n agored led y pen, a'i gofleidio'n wyllt.

'Ifan, myn diawl! O lle ddoist ti? Ti adra o'r diwadd. Doeddan ni ddim yn dy ddisgwyl di tan y diwrnod ar ôl fory. Ydi Mair yn gwbod? Nac'di, dycia i, neu mi fysa hi yma fel shot. Ty'd i mewn wir – mi ro' i'r teciall ar y tân cyn i ti gychwyn am adra.'

Adra. Roedd y gair yn atseinio yn ei ben yn gymysg â sŵn tincial y llestri wrth i Gladys eu cario drwodd o'r pantri, a'i llais yn anelu'r newyddion da i fyny'r grisiau at ei rhieni yng nghyfraith a oedd yn dal yn effro oherwydd miwsig uchel y gramoffon. Canolbwyntiodd Ifan ar yr unig air roedd o angen ei glywed. 'Adra ... adra.' Doedd o ddim yn credu ei fod o adra o'r diwedd ac er ei fod, funudau ynghynt, wedi ei siomi braidd nad oedd cynulleidfa deilwng yn ei ddisgwyl, yr unig beth ar ei feddwl wrth sipian y baned boeth oedd cael teimlo corff ei wraig yn ei gesail a chael anwesu ei blentyn am y tro cyntaf yn ei fywyd.

Cyn iddo gael cyfle i orffen ei de clywodd yr 'Hip-hip, hwrê!' y tu allan i'r tŷ. Roedd y pentref wedi deffro yn ffair swnllyd ar ôl i Gladys ofalu fod y newydd wedi ei ledaenu fel tân gwyllt. Ymhen dim roedd criw o ddynion wedi ymgynnull o flaen Tŷ Isaf ac yn eu plith roedd tad Mair a'i brodyr, Emrys ac Wmffra. Doedd dim diwedd ar yr ysgwyd dwylo a'r curo cefn. Yna, fe'i codwyd i eistedd ar ysgwyddau cryfion a'i gario beth o'r ffordd i Waenrugog nes i'w frodyr yng nghyfraith ei hawlio cyn cyrraedd ei gartref yn Rhes Newydd. Erbyn hynny roedd y cymylau duon fu'n hongian uwchben yr ardal drwy'r dydd yn dechrau symud yn araf bach o flaen awel ysgafn o'r gorllewin, fel llenni llwyfan yn agor ar ddechrau drama, a'r lleuad Fedi yn eu tywys yn ofalus bob cam o'r ffordd.

Safai Mair ger y gwrych blêr oedd yn tyfu o flaen tai bach tlodaidd Rhes Newydd, yn gafael yn dynn yn ei mab. Roedd ei chymdogion wedi ymfudo oddi yno fesul un yn ystod y misoedd blaenorol gan ei gadael hi a Gruffydd yno ar ben eu hunain. Doedd ei mab pum mlwydd oed fawr o gefn iddi, a bu'n unig iawn ar brydiau, ond roedd hi wedi addo iddi ei hun, ac i Ifan, mai yno yr arhosai heb symud cam nes y dychwelai o'n ôl atynt. Galwyd o i fyny i'r Fyddin yn fuan ar ôl iddyn nhw briodi ac ar wahân i ychydig o amser i ffwrdd yn ystod misoedd cyntaf y Rhyfel, cyn iddo gael ei anfon dros y môr, doedd hi ddim wedi ei weld ers cyn geni Gruffydd.

Funudau ynghynt roedd hi wedi cynhyrfu'n lân pan glywodd guro trwm ar y drws a llais rhywun yn gweiddi arni i godi gan fod Ifan ar ei ffordd adref. Roedd hi'n dal i fod yn effro pan glywodd y cnocio – roedd hi wedi cyffroi gormod i gysgu er nad oedd hi'n disgwyl Ifan tan drennydd. Bu'n gorwedd yn ei gwely yn gwrando ar anadlu ysgafn Gruffydd, yn teimlo mor rhwystredig a digalon am na fedrai weld delwedd glir o Ifan yn ei phen ... ei wyneb, ei lais, ei osgo fel yr edrychai flynyddoedd ynghynt pan oedd yn iau. Neidiodd o'r gwely a gwisgo amdani'n frysiog pan ddechreuodd y cnocio; roedd ei dwylo'n crynu wrth iddi daflu dŵr oer dros ei hwyneb a chribo'i gwallt. Prin yr oedd ei choesau yn ei chynnal. Doedd hi ddim wedi bwriadu i Ifan ei gweld heb iddi gael cyfle i baratoi yn iawn, fel yr oedd Gladys a hithau wedi trefnu. Roedd Gladys wedi addo dod draw drannoeth gydag ychydig o'i cholur a dangos i Mair sut i'w roi ymlaen, a hyd yn oed wedi cynnig rhoi benthyg pâr o sanau neilon prin iddi eu gwisgo. Ond roedd yn rhy hwyr i bethau felly bellach, meddyliodd Mair wrth daro cip ar ei hwyneb gwelw yn y drych bach brychlyd cyn codi Gruffydd Ifan o'i wely.

'Ty'd, 'ngwas i. Mae Dad wedi cyrraedd adra! Deffra rŵan, i ni gael mynd allan i roi croeso mawr iddo fo,' meddai, ei llais yn floesg.

Gwingodd Gruffydd a chwyno'n uchel wrth iddi lapio planced amdano, yn anfodlon gadael ei wely. Roedd o wedi tyfu ac wedi trymhau yn ystod y misoedd diwethaf ac roedd yn dipyn o ymdrech i Mair ei godi ar ei chlun esgyrnog cyn cerdded allan drwy'r ddôr i'r ffordd fawr, ei chalon yn curo'n wyllt. Teimlai ei hanadl yn dalpyn caled yn ei gwddw wrth iddi sefyll fel delw, fel petai hi ofn tarfu ar y foment fawr, ofn i'r tensiwn oedd yn tynhau yn ei bron dorri'n deilchion a chwalu'r freuddwyd. Trwy'r holl amser y bu Ifan i ffwrdd bu'n dychmygu ei weld yn cyrraedd adref, yn rhedeg i lawr y ffordd tuag ati, yn rhoi ei ddwy law ar ei gwasg a'i chodi uwch ei ben, yn chwerthin yn uchel fel yr arferai wneud ers talwm. Hithau'n ei anwesu a gorchuddio'i wyneb â'i chusanau cariadus cyn iddo ei gollwng, ei thynnu tuag ato a'i gwasgu yn ei freichiau cryfion. Cofiai fel y byddai ei chorff yn toddi i'w goflaid.

Fyddai hi'n ei nabod o? Fyddai o'n ei nabod hi? Be tasa fo'n cael ei siomi ynddi? Teimlai Mair fel petai wedi heneiddio a theneuo cymaint ers i Ifan ei gweld, nes ei bod yn edrych fel polyn lein. Roedd hi wedi sylwi ar y llinellau bach o gwmpas ei llygaid a'i cheg, a gwelai ôl poendod pum mlynedd ar yr wyneb a syllai'n ôl arni yn y drych. Be oedd hi'n mynd i'w ddweud wrtho? Sut oedden nhw'n mynd i siarad hefo'i gilydd a fynta ond wedi siarad Saesneg yr holl amser y bu i ffwrdd yn y Rhyfel? Rhuthrodd y cwestiynau un ar ôl y llall trwy ei meddwl.

Roedd yr amheuon yn dal i droelli pan glywodd y canu'n dod o gyfeiriad y gyffordd. Rhoddodd Gruffydd i sefyll ar ei draed wrth ei hochr a gwasgu ei law yn dynn. Teimlodd gryndod yn rhedeg drwy ei chorff nes roedd ei choesau'n bygwth ei gollwng, ac roedd dagrau poeth yn cronni yn ei llygaid. Cododd ei llaw i'w sychu ond roedd yn rhy hwyr. Torrodd yr argae.

Yna, drwy'r llen o niwl, gwelodd dorf o ddynion yn cerdded tuag ati yn morio canu 'Bydd canu yn y nefoedd pan ddelo'r plant ynghyd ... ' yn eu lleisiau cras. Ac yna, yn eu canol, gwelodd Wmffra ac Emrys yn cario Ifan ar eu hysgwyddau. Tawelodd y canu wrth i'r osgordd ei weld yn sefyll ar ganol y ffordd, a gollyngodd ei brodyr Ifan cyn camu'n ôl a'i adael yno i sefyll ar ei ben ei hun. Ymhen rhai eiliadau, gafaelodd yntau yn ei fag a chamu'n araf tuag ei wraig a'i fab.

Syllodd Mair ar y dieithryn yn cerdded i lawr y ffordd. Roedd ei siwt yn hongian amdano a'i wyneb yn fain fel rasel. Nid Ifan ydi hwn, meddyliodd, yn amau ei hun. Nid hwn oedd yr Ifan aeth i ffwrdd flynyddoedd yn ôl yn swagro yn ei lifrai newydd a'r haul yn fflamau tanbaid yn ei wallt cyrliog.

Pan gyrhaeddodd o fewn llathen iddi gollyngodd Ifan ei fag ar y llawr a symud yn swil, fesul cam, tuag ati. Estynnodd ei fraich i roi ei law ar ben cyrliog Gruffydd ond chwipiodd y bachgen ei ben o'i afael a chuddio'i wyneb ym mhlygion sgert ei fam. Roedd y dagrau'n dal i lifo i lawr bochau Mair wrth iddi afael yn nwylo'i gŵr, yr un mor swil, a rhoi cusan ysgafn ar ei wefus cyn ei arwain i'r tŷ.

A'r ôl cau'r drws ar y byd tu allan safodd y ddau wyneb yn wyneb, heb ddweud gair am funudau hirion. Ifan oedd y cyntaf i dorri ar y distawrwydd.

'Wel, dyma fi, Mair.'

Edrychodd hithau i fyw ei lygaid drwy'r dagrau.

'Ia, Ifan. Dyma chdi, o'r diwedd.' Camodd y ddau yn nes ac estyn eu breichiau yn dyner am gyrff ei gilydd. Roedd eu hesgyrn yn teimlo mor frau, yn rhy frau i fedru gwrthsefyll y cofleidio nwydus yr oedd y ddau wedi ei chwantu dros y blynyddoedd. Symudodd Ifan ei fysedd yn ysgafn i fyny ac i lawr cefn Mair i chwilio am y cnawd meddal oedd yn arfer bod yno ac a oedd ar un adeg yn ei gyffroi, ond dim ond caledwch ei hasennau a'i meingefn roedd o'n ei deimlo. A phan gusanodd hi ar ei gwddf roedd hi'n ogleuo'n wahanol. Yn lle oglau pur yr *eau de cologne* cyfarwydd, arogl sur sebon melyn oedd arni, yn union fel y sebon melyn roedd hi wedi ei anfon ato o dro i dro pan oedd o i ffwrdd. Arogl golchi dillad a sgwrio lloriau.

Dechreuodd Gruffydd grio a phlycio dillad ei fam, gan wthio'i hun rhyngddi hi ac Ifan. Gydag ymdrech cododd Mair ef yn ei breichiau.

'Yli, Dad ydi hwn, 'di dod yn ei ôl aton ni,' meddai, ond gwnaeth hynny i Gruffydd brotestio'n uwch a gwasgu i'w hysgwydd i guddio rhag y dyn dieithr oedd wedi meiddio gafael am ei fam. Sylweddolodd Mair na fyddai hi ac Ifan yn cael llonydd i sgwrsio hyd nes y byddai Gruffydd yn ei wely ac yn cysgu.

Tra oedd hi'n tawelu Gruffydd yn y siambr, eisteddodd Ifan yn ei gadair a syllu o'i gwmpas. Teimlai fel dieithryn yn ei gartref ei hun ac ar ben hynny roedd o'n ysu am sigarét arall. Wyddai o ddim oedd Mair yn ymwybodol ei fod o'n smocio ac roedd yntau'n rhy barchus i danio un yn y tŷ. Caeodd ei lygaid. Roedd cwsg bron yn drech nag o ond doedd o ddim am feiddio mynd trwodd i'r siambr ac i'r gwely rhag ofn i Gruffydd ddychryn wrth ei weld. Wrth iddo hepian yn y gadair meddyliodd am ei siwrnai hir adref. Roedd yn hwyr y prynhawn arno'n cychwyn o Lerpwl ar ôl iddo ffarwelio â'i ffrindiau yng nghanol mwg y tafarndai, ac erbyn iddo gyrraedd Caernarfon roedd hi wedi dechrau tywyllu. Ar y Maes yn y fan honno roedd criw o hogiau o ardaloedd y chwareli newydd gyrraedd adref o'r Fyddin, fel yntau, ac roedd o wedi ymuno yn eu canu a'u stŵr o gwmpas y ffownten wrth iddyn nhw ddathlu eu rhyddid. Cafodd gynnig reid gan rywun cyn belled â phen lôn Trefor ond o'r fan honno bu'n rhaid iddo gerdded yr holl ffordd nes cyrraedd pentref Rhydyberthan.

Pan ddaeth Mair yn ei hôl ato sylwodd fod ei lygaid yn raddol gau a gafaelodd yn ei law i'w arwain i'r siambr a'i annog i eistedd ar y gwely. Pwysodd yn dyner ar ei ysgwyddau nes ei fod yn gorwedd â'i ben ar y gobennydd, a datod carrai ei sgidiau a'u diosg cyn taenu planced drosto. Ar ôl rhoi cusan ysgafn ar ei dalcen syllodd ar y gwagle wrth ei ochr, ond roedd rhywbeth yn ei hatal rhag tynnu ei dillad a mynd i orwedd yno. Caeodd ddrws y siambr yn ofalus ddistaw ar y ddau, ac yng ngolau'r lamp fach baraffîn aeth ati i dacluso ychydig ar y grât cyn cynnau tân a rhoi'r tegell ar y pentan. Roedd ei meddwl yn chwipio o un lle i'r llall wrth iddi rythu i'r fflamau. Doedd hi ddim yn gallu credu bod Ifan adref o'r diwedd, yn cysgu yn y siambr. Pa fath o groeso oedd hi wedi ei roi iddo? Ar hyd y blynyddoedd hirion tra oedd o i ffwrdd bu'n breuddwydio am gael ei groesawu'n ôl: y cusanu ... y cofleidio ... y caru. Ond yn lle hynny roedd hi'n eistedd ar ei phen ei hun yn y gegin ac Ifan yn cysgu mewn byd arall yn y siambr. Caeodd Mair ei llygaid o'r diwedd a phan ddeffrôdd gyda'r wawr synnodd ei bod hi'n dal i ledorwedd ar y gadair. Yna cofiodd am Ifan. Cwynodd ei chymalau wrth iddi godi'n sydyn i gario'r tegell drwodd i'r pantri er mwyn molchi ei hwyneb. Beth feddyliai Ifan ohoni, tybed? Aeth i ddrôr y seidbord a gafael mewn darn o ruban bach cul glas, yr un lliw â'i llygaid, a'i glymu yn ei gwallt golau. Rhedodd ei dwylo dros ei dillad a thaflu mwy o lo ar y llygedyn tân yn y grât.

Wyddai hi ddim beth i'w wneud nesaf. A ddylai hi ddeffro Ifan, ynteu gadael iddo gysgu? Hulio'r bwrdd yn barod at frecwast ... i ddau? I dri? O'r diwedd penderfynodd agor drws y siambr, a phan welodd nad oedd Ifan wedi symud llaw na throed ers y noson gynt a'i fod o'n dal mewn trwmgwsg, aeth at wely Gruffydd a'i gario i'r gegin cyn iddo ddechrau stwyrian a dychryn wrth weld dyn dieithr yng ngwely ei fam.

Pwysodd ei chefn yn ôl ar y gadair a rhoi'r bychan i eistedd ar ei glin. Wrth i'w mab rwbio'i lygaid hefo'i ddyrnau, sibrydodd Mair yn ei glust.

'Hisht, rŵan, Gruffydd, paid â gwneud 'run smic. Mae Dad yn ei ôl hefo ni ac mae o 'di blino'n ofnadwy. Mae o 'di bod mor bell, 'sti. Mi adawn ni iddo fo gysgu hynny mae o isio rŵan, ac wedyn mi gei di fynd ato fo i'r gwely pan ddeffrith o.'

'Na, dim isio! Dim isio dyn diarth!' Tarodd y geiriau hi fel ergyd o wn, a theimlodd gyhyrau bychain Gruffydd yn tynhau cyn iddo ddechrau udo crio yn ei breichiau.

Estynnodd Mair lun Ifan oddi ar y seidbord. 'Dyma fo, yli ... Dad. Ti'n cofio ni'n sgwennu ato fo, yn dwyt? Mae o 'di dŵad adra o'r diwedd. Mi fydd pob dim yn iawn rŵan, 'sti, fydd dim rhaid i ni boeni am ddim. Mi wneith Dad edrych ar ein holau ni, chdi a finna, gei di weld, ac mi gei di gymaint o hwyl hefo fo.'

Caeodd Mair ei llygaid wrth guddio'i hwyneb yng ngwallt

cyrliog ei mab, oedd mor debyg i wallt gwinau Ifan ers talwm, ond doedd dim yn tycio. Roedd o'n gwrthod edrych ar y llun, ac yn mynnu troi ei ben draw. Wrth gwrs, ystyriodd Mair, doedd o ddim yn sylweddoli mai'r un Ifan oedd hwn, yn ddim ond cnawd ac esgyrn ac yn gwisgo siwt oedd yn rhy fawr iddo. Roedd rhyw olwg bell yn ei lygaid, yn hollol wahanol i'r hen Ifan yn y llun a dynnwyd ohono ar ddechrau'r Rhyfel, yn gwenu'n hyderus yn ei lifrai.

Yn araf, fel rhewlif, llifodd tristwch mawr drwy bob gwythïen yng nghorff Mair gan ddadmeru dros ymyl ei hamrannau. Roedd y siom bron yn ormod iddi. Bu'n edrych ymlaen gymaint am y diwrnod hwn – am y llawenydd, y teimlad o fod yn orfoleddus o hapus ym mreichiau Ifan tra oedd Gruffydd yn chwerthin a lapio'i freichiau am goesau ei dad.

Teimlodd Ifan y cynhesrwydd yn anwesu ei fochau ac agorodd ei lygaid. Roedd pelydrau'r haul yn ymwthio drwy'r llenni tenau, blodeuog. Am funud doedd o ddim yn cofio'n union lle oedd o, ond yna sylwodd fod lliwiau'r blodau ar y defnydd a fu unwaith mor llachar wedi pylu tra bu i ffwrdd. Chwalodd rhyw ddigalondid drosto wrth sylweddoli gymaint roedd o wedi ei golli ers iddo fo a Mair ddechrau eu bywyd priodasol. Trodd ei ben i edrych ar y gwely bach wrth y palis. Roedd hwn yn ddieithr iddo – dim ond un gwely oedd yno cyn iddo fynd i'r Rhyfel – ond gwenodd wrth sylweddoli ei fod wedi cyrraedd adref o'r diwedd at ei deulu. Gorweddodd yn ôl yng nghlydwch y gwely â'i ddwy law o dan ei ben. Roedd ei hen fatres fel gwely plu moethus o'i gymharu â'r profiad o gysgu am flynyddoedd mewn gwlâu budr, anghyfforddus. Fel fflach, ymddangosodd lluniau o'r dygowts ar ynys Sicily yn ei ben: y morgrug, y llau, y gwenyn, y brathiadau, y crafu didrugaredd a'r penadynod poenus, ond pan glywodd Mair yn siarad yn ddistaw hefo Gruffydd yr ochr arall i'r drws, ysgydwodd ei ben i geisio chwalu'r hen ddarluniau afiach. Taflodd ei draed dros yr erchwyn ac edrych ar y cloc oedd yn tipian ar y cwpwrdd bach

… hanner awr wedi deuddeg. Gwisgodd amdano a thynnu ei fysedd drwy ei wallt cyn mynd drwodd i'r gegin. O'r drws, gwyliodd Mair yn chwarae ar y llawr hefo Gruffydd.

Pan sylwodd Mair arno, neidiodd ar ei thraed, yn wên i gyd. 'Ifan bach, ti 'di codi o'r diwedd? Gobeithio na wnaethon ni dy styrbio di. Deud helô wrth Dad, Gruffydd.' Ond pan welodd Gruffydd y dyn dieithr yn dod o'r siambr sgrialodd i guddio o dan y bwrdd. 'Ty'd rŵan, paid â bod yn hogyn gwirion,' galwodd ei fam arno, wrth sylwi ar y siom ar wyneb Ifan. Trodd at ei gŵr. 'Paid ti â phoeni, mi ddaw o at ei goed unwaith y bydd o wedi arfer dy weld di o gwmpas y lle. Ty'd, dwi'n siŵr dy fod ti'n barod am ginio bellach.'

Aeth i'r pantri heb gyffwrdd yn Ifan na'i gofleidio – roedd hi ofn gwneud unrhyw symudiad a fyddai'n ypsetio Gruffydd a difetha'r diwrnod pwysig hwn. Cyn iddo godi roedd hi wedi taenu lliain claerwyn dros fwrdd y gegin, lliain gyda blodau bach pinc a glas ar y corneli. Roedd hi wedi treulio oriau yn eu brodio, gan gadw'r lliain yn ofalus mewn papur llwyd yn y seidbord am fisoedd, yn barod i'w dynnu allan i groesawu Ifan. Teimlai mor falch o'i gwaith er mai dim ond tamaid o hen gynfas gwely wedi'i ferwi a'i gannu cyn ei startsio oedd o.

'Dwi'n gobeithio y bydd hyn yn ddigon i ti,' meddai wrth osod plataid o datws a chig moch ar y bwrdd o flaen Ifan. 'Mae'n anodd meddwl am brydau dyddia yma … a dyma chdi fitrwt o 'rar Nhad wedi'u piclo.'

Mentrodd anwesu cefn Ifan a tharo cusan ar ei gorun yn slei bach tra oedd Gruffydd yn dal i guddio o dan y bwrdd. Wedyn, plygodd i lawr a gafael ym mraich ei mab er mwyn ei lusgo allan a'i roi i eistedd wrth ochr ei dad.

'Dim lol rŵan, byta dy fwyd yn hogyn mawr.'

Hoeliodd Gruffydd ei lygaid ar ei fam, yn methu deall pam fod ei llais, oedd bob amser yn gariadus ac yn feddal, mor wahanol a chaled. Wnaeth hi erioed ei geryddu o'r blaen. A pham oedd hi'n siarad mor neis hefo'r dyn diarth?

Gwelodd Ifan fod ei fab mewn penbleth ac estynnodd ei law

i gyffwrdd â'i ben, ond ymatebodd y bychan drwy luchio'i lwy i ganol y bitrwt nes bod diferion y sudd yn ymledu ar hyd y lliain gwyn. Rhewodd Ifan wrth syllu ar y staeniau cochddu. Am eiliad fer roedd o'n ôl yn un o'r ysbytai dros dro ar faes y gad, lle cafodd ei gario ar ôl i ddarn o shrapnel daro'i ysgwydd. Cofiodd am y cyrff oedd wedi'u lapio mewn cadachau gwaedlyd, a wylofain y bechgyn oedd wedi'u hanafu'n ddifrifol. Neidiodd ar ei draed a gafael yn ei fab o dan ei geseiliau, a'i wthio drwy ddrws y siambr a'i siarsio i aros yno tra oedd ei fam yn clirio'r llanast. Rhoddodd Ifan y fath glep i'r drws nes y dechreuodd Gruffydd sgrechian crio am ei fam.

Gollyngodd ei hun i'w gadair a rhoi ei ddwy law dros ei glustiau i gadw'r sgrechiadau rhag ffrwydro yn ei ben. Roedd dagrau'n llifo i lawr ei wyneb erbyn i Mair ddod yn ôl o'r bwtri a phenlinio ar y llawr o'i flaen.

'Paid Ifan, plis,' ymbiliodd arno, gan wasgu ei ddwylo'n dyner, 'doedd gin i ddim syniad y bysa fo'n ymateb fel hyn, wir i ti. Bob dydd, ers 'i fod o'n fabi, dwi wedi siarad amdanat ti hefo fo a dangos dy lun di iddo, er mwyn iddo fo ddod i dy nabod di. Nes i ddim meddwl y bysa fo'n dy wrthod di fel hyn. Ond mi ddaw o, siŵr iawn, dim ond i ni roi digon o amser iddo fo ddod i arfer hefo chdi. Mi a' i ato fo ... arhosa di yn fanna i orffen dy ginio, dwi'n siŵr dy fod ti ar lwgu. Mi fydd bob dim yn iawn, 'sti, dim ond i ni'n tri gael dipyn bach o amser hefo'n gilydd.'

Clustfeiniodd Ifan ar Mair yn rhesymu hefo Gruffydd yn y siambr. Roedd yn edifar ganddo ei fod wedi ymddwyn mor gas hefo'i fab ac roedd o'n ysu am smôc. Pan dynnodd y paced o boced ei grys cafodd siom: roedd y paced yn wag wedi iddo smocio'i sigarét olaf y noson gynt yn y pentref. Aeth allan trwy'r drws i drio sadio'i nerfau, a phwyso ar y ddôr. Roedd hi'n ddistaw fel y bedd yng nghanol y tai bach gweigion, a'r unigrwydd yn ddigon i'w fygu. Ar ôl pum mlynedd o fyw yng nghanol trwst a therfysg y Rhyfel roedd yn amhosib i'w glustiau ddygymod â thawelwch Gwaenrugog.

Ymhen sbel teimlodd ei stumog yn corddi. Doedd o ddim

wedi bwyta fawr ddim ers y diwrnod cynt, ac er ei fod ar lwgu doedd o ddim awydd y tatws oedd bellach wedi oeri. Pan aeth i'r bwtri i chwilota am rywbeth arall i'w fwyta, synnodd o weld cyn lleied o fwyd oedd yno: darn o dorth galed, tamaid bach o gaws oedd wedi sychu bron cymaint â'r grawen wen o'i gwmpas, marjarîn, a dau wy. Ar y silff roedd tun coco, potel coffi Camp a thun llefrith. Doedd Mair erioed wedi gorfod byw ar cyn lleied â hyn tra oedd o i ffwrdd? Roedd o'n gwybod pa mor galed oedd hi ar bawb hefo'r dogni, ond doedd o ddim wedi sylweddoli fod pethau cyn waethed â hyn. Wnaeth hi erioed grybwyll yn ei llythyrau ato ei bod hi'n brin o fwyd ... doedd dim rhyfedd ei bod hi wedi teneuo cymaint.

Roedd o'n ysu am botelaid o gwrw a darn o fara a sosej sbeislyd fel y rhai roedd o wedi'u blasu yn Awstria. Erbyn iddyn nhw gyrraedd y fan honno ar ôl y cwffio mawr yn yr Eidal, roedd coffrau'r Almaenwyr barus wedi'u rheibio gan y cynghreiriaid a digonedd o ddiodydd a sigaréts yn llifo drwy'r rhengoedd. Cododd y llechen oedd ar wyneb y pot pridd a throchi cwpan yn yr ychydig ddŵr oer oedd yn y gwaelod. Yfodd y cwbwl ar ei dalcen. Roedd y tŷ bychan fel petai'n pwyso'n drwm arno. Allai o ddim anadlu'n iawn. Agorodd y drws am yr eildro a chamu allan i'r cowt, gan godi'i ben i chwilio am wres yr haul ar ei wyneb. Roedd cymylau llwydion bychan yn erlid ei gilydd yn yr awyr las, yn chwarae mig, yn cadw reiat fel yr oedd Mair ac yntau yn ei wneud ers talwm. Chwalodd ofn mawr drosto. Sut fath o fywyd oedd o'u blaenau? Doedd ganddo ddim syniad, ond gwyddai na fyddai pethau byth yr un fath.

Pennod 2

Yn ystod yr wythnosau ar ôl iddo gyrraedd adref, ac yntau wedi edrych ymlaen at gael teimlo'n rhydd ac ymlaciol a'i gorff o'r diwedd yn cael amser i adfer ei hun, roedd pethau'n dra gwahanol i Ifan.

Er i iddo geisio gwneud ei orau i greu perthynas â'i fab bychan doedd dim yn tycio, ac ofnai fod Gruffydd yn pellhau hyd yn oed yn fwy oddi wrtho. Sylweddolodd Ifan fod y bychan yn ysu am iddo adael, a doedd fiw iddo afael yn Mair na'i chusanu yng ngŵydd Gruffydd neu mi fyddai'n troi'r drol.

Galwai eu cymdogion o bryd i'w gilydd i'w groesawu adref, ond yn hytrach na diolch iddynt am eu caredigrwydd – pâr o sanau, hanner pwys o fenyn cartref, paced o Woodbines – roedd ei ben yn llawn amheuon. Roedd o'n gallu synhwyro'r cwestiynau yn hongian ar flaenau eu tafodau wrth iddynt aros yn farus am atebion. Roedden nhw'n disgwyl gweld rhyw Ifan arall, gwahanol i'r Ifan aeth i ffwrdd i gwffio, ond roedd o'n benderfynol na soniai yr un gair wrthynt am y newyn, y budreddi, y cyrff, y gwaed ... yr ofn. Roedd o wedi addo iddo'i hun ymhell cyn cyrraedd adref mai ceibio ffos fel dygowt yn ei ben wnâi o, claddu'r cwbwl cyn ddyfned ag oedd bosib. Eu claddu'n ddigon pell o'r golwg.

Yn waeth na dim roedd o'n amau fod pobl y pentref yn edrych arno drwy gil eu llygaid, 'run ohonynt yn siŵr iawn sut i sgwrsio hefo fo. Roedd ambell un, hyd yn oed, yn croesi i ochr arall y stryd wrth ei weld yn cerdded tuag atynt. Clywai Ifan nhw'n mwmial eu cyfarchion, 'Su' mae, Ifan?' ac yna'n brysio heibio iddo gan ychwanegu rhyw esgus am gyrraedd y siop neu'r post cyn amser cau. A dweud y gwir gollyngai Ifan ebychiad o ryddhad pan ddigwyddai hynny, gan ddiolch nad oedd yn rhaid iddo aros i siarad â neb. Doedd o ddim yn siarad yr un iaith â nhw mwyach. Heblaw am Bobi Preis, a oedd wedi colli ei goes tra oedd yn ymladd yn Ffrainc, doedd 'run ohonyn nhw wedi cael profiadau fel y rhai gafodd o. Doedd ganddyn nhw ddim syniad beth oedd mesur yr uffern. Cafodd y rhan fwyaf ohonyn nhw gysgodi yn eu cartrefi, yn glyd a saff drwy'r Rhyfel tra oedd o a hogiau eraill o'r un oed ag o wedi dioddef a rhai, hyd yn oed, wedi gwneud yr aberth eithaf er mwyn cadw'r gelyn ymaith. Roedden nhw wedi gwrthod rhoi i Hitler a'i giwed y fraint o gael rhoi blaen troed ar dir eu gwlad.

Wrth i'r dyddiau fynd heibio roedd Ifan yn dal i deimlo'n rhwystredig ac anniddig, ond wyddai o ddim yn iawn pam. Beth oedd yn bod arno? Eisteddai yn synfyfyrio o flaen fflamau'r tân bob dydd, yn cwestiynu'i hun. Dylai fod yn hapus, ac yntau wedi cyrraedd yn ôl adref yn un darn at ei wraig a'i blentyn.

Doedd pethau ddim fel y dylen nhw fod rhyngddo fo a Mair chwaith, er ei fod o'n trio. Duw a ŵyr gymaint roedd o'n trio. Ond roedd y ddau yn ymddwyn yn debycach i frawd a chwaer na dau gariad, a'r rhamant nwydus fu rhyngddyn nhw wedi oeri a fferru, er iddo chwilota'n daer am farworyn, am lygedyn o'r hen fflam. Doedd hi ddim mor hawdd cynnau tân ar hen aelwyd wedi'r cwbwl. Ac ar ben hynny roedd o'n genfigennus o Gruffydd. Sut allai o fod yn genfigennus o hogyn bach pum mlwydd oed? Roedd y peth yn anghredadwy.

Teimlai mor flinedig, yn gorfforol a meddyliol, ac roedd y siom o fod felly yn ei lethu. Roedd o wedi edrych ymlaen gymaint at ddod adref i ailafael yn ei fywyd. Cael dechrau byw o'r newydd. Ond roedd ei feddwl a'i gorff yn gwrthod cymryd y cam cyntaf ymlaen, a hunllefau du wedi gafael ynddo. Ambell noson roedd o'n gorfod codi o'i wely a mynd allan i danio sigarét, gan sefyll yng ngolau'r sêr yn llyncu'r nicotin yn farus nes i'r dyrnu yn ei ben lacio'n raddol wrth iddo chwythu'r mwg allan drwy'i ffroenau ... tan y tro nesaf. Tybiai weithiau ei fod o angen tyrchu i waelod y cof, edrych ar bob darlun brwnt fesul un; ei fod angen cofio er mwyn anghofio. Cofio pob gweithred cyn gallu eu taflu allan o'i feddwl. Er ei fod o wedi tyngu cyn dod adref nad oedd o am sôn wrth neb am ei brofiadau roedd Ifan wedi dechrau sylweddoli y byddai'n rhaid iddo rannu ychydig o'i ofidiau hefo Mair, er mwyn iddo gael anghofio, ac er mwyn iddi hithau ddeall. Ond bob tro roedd o'n dechrau sôn wrthi am ryw freuddwyd neu'i gilydd roedd hi'n cymryd arni ei bod hi'n rhy brysur i wrando; roedd rhyw olchi neu smwddio neu sgubo yn galw byth a beunydd. Dim ond mwytho'i fraich wrth ei basio fyddai hi'n ei wneud a sisial yn ei glust, 'Taw, Ifan bach, tria anghofio bob dim am yr hen ryfel 'na. Ma' well i ni edrych ymlaen rŵan.'

Gwyddai fod Mair yn edliw iddo yr arian roedd o'n ei wario ar yr Woodbines, ond wyddai o ddim sut i roi'r gorau i anadlu'r mwg oedd yn dod â chymaint o ryddhad. Roedd o wedi arfer cael hynny roedd o ei angen o sigaréts a'r diod rhad oedd yn llifeirio yn Ewrop ar ddiwedd y Rhyfel. Sut fedrai o fyw heb rywfaint bach ohonynt ... jyst digon i leddfu'r boen meddwl am ychydig oriau?

Ar ôl pythefnos segur yng Ngwaenrugog, yn osgoi ei gymdogion, yn osgoi ei fab, yn camu'n ofalus o gwmpas Mair ac, yn waeth na dim, yn ceisio trechu'r hunllefau oedd yn mynnu ei blagio yn ystod y nos, daeth Ifan i'r casgliad bod yn rhaid i rywbeth newid. Allai o ddim byw fel hyn.

Pan oedden nhw ar eu fordd yn ôl o Rydyberthan un pnawn, pan nad oedd ganddi ddewis ond gwrando arno, mentrodd grybwyll ei ofnau wrth Mair. Gafaelodd yn ei llaw cyn dechrau siarad.

'Dwi'n poeni, 'sti, nad ydi petha'n rhy dda ers i mi ddŵad adra ... Gruffydd a ballu ... ac mae 'na ryw hen feddylia'n mynd trwy 'mhen i nos a dydd, yn enwedig yn y nos, a meddwl y bysa newid bach yn lles i ni'n tri.'

Er nad oedd wedi bod yn barod i gydnabod hynny iddo, roedd Mair yn gwybod yn iawn pa mor fregus oedd iechyd meddwl Ifan. Roedd hi wedi bod yn ceisio'n daer i dynnu ei feddwl oddi ar ei brofiadau yn y Rhyfel yn y gobaith y byddai'n anghofio, ond erbyn hyn roedd yn rhaid iddi gyfaddef nad oedd hynny wedi gweithio. Am y tro cyntaf, felly, gadawodd iddo siarad, gan wasgu ei law yn ysgafn i ddangos ei bod yn barod i wrando.

'Be tasan ni'n symud i Bencrugia at Mam i fyw, i heddwch y penrhyn, i gael blasu awelon y môr a'r mynydd ac i gael rhyddid i grwydro am oriau heb orfod wynebu fawr o neb? I gael trio dechrau byw o'r newydd. Dim ond ni'n tri?'

Cipiodd Mair ei hanadl. Doedd hi ddim wedi disgwyl hyn.

'Ond Ifan, be am ein cartra ni? Dwi 'di brwydro gymaint i'w gadw fo nes i ti ddŵad adra. A be am Nhad? Dwi ddim isio'i adael o a fynta mewn oed.' Oedodd, a phan drodd i edrych ar wyneb Ifan gwelodd y siom yn ei lygaid pŵl ... a'r ofn.

Dechreuodd eco'r addewidion a wnaeth ar ddiwrnod ei phriodas brocio'i hymennydd. Gwyddai mai ei chyfrifoldeb hi oedd cefnogi ei gŵr, ac os oedd hynny'n golygu ei ddilyn hyd eithaf y ddaear yna doedd symud i ben draw Llŷn ddim yn gam rhy enfawr i'w gymryd.

Y noson honno bu Mair yn troi a throsi yn ei gwely, yn ymwybodol fod Ifan hefyd yn ddi-gwsg wrth ei hochr, ond ddywedodd 'run o'r ddau air wrth ei gilydd nes iddi wawrio. Ar ôl brecwast cerddodd yn fân ac yn fuan i Rydyberthan gan wneud rhyw esgus ynglŷn â phicio i'r siop, ac ar ôl iddi adael Gruffydd yn nhŷ ei thad, cnociodd ar ddrws Tŷ Isaf.

'Iw-hŵ, Gladys. Lle wyt ti?' galwodd wrth agor y drws ffrynt.

O'r diwedd daeth Gladys i'r golwg o'r cefn. Cipiodd Mair ei gwynt yn edmygus wrth weld ei ffrind – roedd sgarff melyn wedi'i glymu o gwmpas ei phen, y lliw llachar yn cyferbynnu i'r dim â düwch ei gwallt hir. Gwisgai ffrog werdd â smotiau gwynion arni oedd yn cyrraedd at ei fferau main, ac roedd ewinedd coch bodiau ei thraed yn pipian allan drwy'r tyllau ym mlaenau ei sgidiau sodlau uchel melyn.

'Rargian, ti'n swel, Gladys. Sut wyt ti'n llwyddo i edrych mor dda?' Teimlai Mair fel hen ddynes blaen wrth ymyl ei ffrind. Roedd ei sgert hi wedi'i thorri allan o hen ffrog a'i siwmper wyrdd tywyll wedi ei gwau gydag edafedd roedd hi wedi'i gael drwy dreulio oriau'n ofalus ddatod hen gardigan a brynodd yn ffair sborion yr eglwys. Doedd y sgidiau duon fflat oedd am ei thraed yn gwneud dim i dynnu sylw at ei choesau siapus chwaith. 'Lle goblyn gest ti'r ffrog 'na?'

'O hitia di befo,' meddai Gladys, gan daro pen ei bys ar ochr ei thrwyn yn awgrymog wrth gofio am y dewis o ddefnyddiau oedd yn gorwedd yn gudd yn seler siop Johnson's Drapers yn y dref, a'r bwndel roddodd Howard Johnson yn anrheg iddi. Roedd hi wedi mynd â'r defnydd i Siwsan Tomos, yr wniadwraig, un noson ar ôl iddi dywyllu, a fu honno fawr o dro yn rhoi'r ffrog at ei gilydd am ychydig sylltau o dâl. 'Ro'n i wedi cael llond bol ar y dillad plaen, cwta 'na fuon ni'n 'u gwisgo am flynyddoedd. Rydw i'n benderfynol nad ydi hon,' meddai, gan bwyntio'i bys ati ei hun, 'yn mynd i edrych yn hen o flaen 'i hamser. Mi ddylat titha neud rwbath hefyd 'sti, Mair. Ti 'di mynd i edrych yn reit blaen a chodog a deud y gwir.'

Anwybyddodd Mair sylwadau ei ffrind. Gwyddai nad oedd gan Gladys fwriad i'w brifo. Un fel'na oedd hi ... siarad cyn meddwl dim am y canlyniad.

Ar ôl siarsio'i phlant i fihafio i'w nain, llithrodd Gladys ei braich drwy un Mair a cherddodd y ddwy allan o'r pentref a throi i lawr y lôn fach gul tuag at yr afon.

'Wyt ti'n siŵr dy fod ti'n gwneud y peth iawn, Mair?' meddai Gladys ar ôl i'w chyfaill rannu'r newyddion am y mudo. 'Mynd, a gadael pawb wyt ti 'di byw hefo nhw drwy'r rhyfel? Fyddi di'n nabod neb ym Mhen Llŷn 'na, a fydd gan Gruffydd neb i chwara hefo nhw.'

'Fydda i'n iawn. Dyma ydi dymuniad Ifan ... iddo fo gael dŵad ato'i hun.'

Wrth ei chlywed yn ochneidio safodd Gladys yn ei hunfan a chraffu ar wyneb Mair.

'Pam, be s'arno fo? Ydi o'n sâl? Duwch, mae o'n edrych yn

iawn i mi ... dipyn bach yn dena, ella, a dim ryw lawar i ddeud, ond ...'

Doedd Mair ddim wedi cyfaddef hyd yn oed wrth ei ffrind pennaf ei bod yn poeni am Ifan. Byddai mynd tu ôl i'w gefn a sôn am ei gyflwr meddyliol wedi teimlo fel petai'n ei fradychu, a hyd yn oed rŵan, ar ôl iddi wynebu realiti ei gyflwr, roedd hi'n ei chael yn anodd i roi'r cwbwl mewn geiriau.

'Llonydd mae o angen, ar ôl bod drwy gymaint, ac mi geith o ddigon o hynny ym Mwlch y Graig, a gwell bwyd gan ei fam nag y medra i 'i roi iddo fo yn fama. Wyau a llefrith a menyn a ballu, i'w gryfhau o. Mae o'n gobeithio cael ambell joban fach ar ffermydd Pencrugiau hefyd.'

'Mae'n iawn rŵan, yn tydi, yn y tywydd braf 'ma, ond dwi'n meddwl o ddifri amdanat ti yn fanno drwy'r gaea, heb weld yr un enaid byw. Ac mi fydd rhaid i Gruffydd ddechra yn yr ysgol, yn bydd, yng nghanol plant diarth.'

'Paid ti â phoeni amdana i. Mi fydd Ifan hefo fi, a'i weld o'n mendio sy'n bwysig.' Oedodd Mair cyn dadlennu mwy. 'Dydi hi ddim wedi bod yn hawdd ers iddo fo ddŵad adra. Mae Gruffydd bach yn methu dallt pam fod y dyn diarth 'ma wedi dŵad aton ni o nunlla i ddifetha bob dim, a finna'n methu rhoi fy sylw i gyd i Ifan fel y dylwn i, rhag ofn i Gruffydd ddechra ar 'i sterics.'

'Wel, chdi sy'n gwbod, a dwi'n gobeithio wir y gweithith petha allan i chi. Sgin i ddim syniad be fysa wedi digwydd tasa William wedi dŵad yn 'i ôl. Ella mai ymatab 'fath â Gruffydd fysa Gari a Shirley wedi'i neud hefyd. Sobor i'r petha bach fysa trio derbyn dyn diarth i'r tŷ, yn de.' Ochneidiodd Gladys wrth gofio am lythyr ei gŵr ati ar ddiwedd y Rhyfel, y llythyr oedd yn gymaint o sioc iddi er nad oedd hi bellach yn ei garu. 'Ella mai dyna oedd y peth gora ... William yn penderfynu peidio dŵad adra. Mae'i fam a'i dad o wedi bod mor ofnadwy o ffeind hefo fi o'r dechra er eu bod nhw wedi cael cymaint o sioc pan est ti yno ar fy rhan i i ddeud wrthyn nhw 'mod i'n disgwyl babi dyn arall. Mi wnaethon nhw hannar maddau i mi ar ôl i chdi egluro be oedd wedi digwydd – doedd dim rhyfedd i mi droi fy sylw at hogyn arall gan 'mod i mor unig, a finna'n hiraethu gymaint am William. Mi fydda i'n ddiolchgar i chdi am byth am hynny, cofia. Ond pan ddaeth y llythyr 'na wedyn gan William yn deud nad oedd o am ddŵad yn 'i ôl ata i, a hynny cyn iddo fo gael gwybod am y babi, ro'n i'n meddwl fod y byd ar ben. Ond wyddost ti be? Mae petha wedi troi allan yn well nag y gwnes i feddwl y bysan nhw. Dwi'n lwcus iawn 'mod i'n cael mynd allan o'r tŷ 'cw am chydig oria i weithio. Mae Meri ac Edward yn fwy na pharod i warchod er 'mod i'n gwbod mai gwneud yn saff nad â' i â'r plant i fyw yn rhy bell oddi wrthyn nhw maen nhw. Dwi'n falch i mi gael fy hen job yn ôl gan Howard Johnson – mae o'n ffeind iawn efo fi, dim ond i mi fod yn glên hefo fo.' Chwarddodd yn uchel pan welodd lygaid Mair yn agor fel dwy soser enfawr ac yn syllu'n awgrymog arni. 'Twt, paid â sbio fel'na arna i. Mae o'n gwbod faint o raff geith o, paid ti â phoeni. Fyswn i ddim yn edrych ddwywaith arno fo heblaw am y presanta dwi'n eu cael ganddo fo. Ac fel y gwyddost ti, Mair, fedra i ddim byw yn fy nghroen heb sylw rhyw ddyn neu'i gilydd ...'

Torrodd Mair ar ei thraws i newid y pwnc. 'Oedd, mi oedd llythyr William yn sioc ofnadwy, yn doedd? Ma' siŵr mai dyna achosodd i ti golli'r babi ... y sioc.'

Safodd y ddwy ar y bompren heb ddweud gair, yn syllu i lawr ar y gornant fechan yn byrlymu oddi tanynt fel petaent yn gweld y blynyddoedd y bu'r ddwy yn byw y drws nesaf i'w gilydd yn Rhes Newydd yn ystod y Rhyfel yn gwibio heibio yn y dŵr clir. Toc, cododd Mair ei phen a gafael yn nwylo Gladys.

'Bechod i chdi golli'r babi a chditha wedi mopio gymaint efo Roy, ond felly oedd pethau i fod, ma' raid. Doedd ynta ddim am gymryd cyfrifoldeb am y babi, yn nag oedd? Ti'n meddwl fod Edward neu Meri wedi sôn wrth William am y peth? Dwi'n cymryd ei fod o'n anfon pres i ti tuag at fagu Shirley a Gari?'

Ochneidiodd Gladys. 'Dwi bron yn siŵr na wnaethon nhw sôn wrtho fo. Mae o'n talu am eu magu nhw ond dim ond postal ordor mewn amlen bob hyn a hyn, a rhyw gardyn post efo fo, dwi'n 'i gael. Dwi'n siŵr bod Meri yn cadw pob un o'r cardiau mewn bocs o dan ei gwely. Ro'n i am eu llosgi nhw ... do'n i ddim isio'u darllen nhw, dim ond isio'r pres o'n i. Fedra i ddim madda iddo fo am fy ngadael i, ond mae Meri isio'u cadw nhw i'r plant, medda hi, rhag ofn y byddan nhw isio gwbod mwy am eu tad ryw ddiwrnod. Ond dyna fo, dwi'n trio anghofio bob dim – amdano fo a Roy, y diawlad iddyn nhw – a thrio joio pob eiliad o 'mywyd rŵan, cyn i mi heneiddio. Tydw i ddim yn difaru i mi garu hefo Roy tra oedd o'n aros yng nghamp y Navy, cofia di. Mi o'n i wedi gwirioni arno fo, a fynta'n edrych mor smart yn 'i iwnifform nefi blŵ ac yn chwara'r corn yn y band a bob dim. Mi lenwodd o fisoedd tywyll gaea dwytha yn lle 'mod i ar ben fy hun yn y tŷ bach tamp 'na yn Rhes Newydd, yn do? Ond pan ddeudodd o nad oedd o am adael i mi fynd hefo fo ar ôl y rhyfel mi dorrodd 'y nghalon i ... wir i ti. Ond mi ga' i afael ar rywun, un diwrnod. Dwi ddim yn bwriadu bod heb ddyn am weddill fy oes. Dwi 'di sylwi bod Gwyn Fedwen wedi dechra hel 'i din o 'nghwmpas i tua'r dre. Ti'n 'i nabod o? Fengach na ni. Mae o'n beth bach del a deud y gwir, ac mi fysa fo'n fachiad reit dda.'

Gadawodd Mair i'w meddwl grwydro tra oedd y ddwy'n cydgerdded yn ôl am adref. Wnâi Gladys byth newid tra oedd hi'n byw hefo Edward a Meri, a hwythau'n gwarchod y plant iddi heb gŵyn bob tro roedd hi awydd mynd i galifantio. Ond ar y llaw arall, wnâi hi byth setlo yn nhŷ bach cyfyng ei rhieni yng nghyfraith chwaith. Tybed beth ddeuai ohoni hi a'r plant? Doedd gan Mair ddim syniad sut y gallai symud o un dyn i'r llall mor rhwydd, ond ar y llaw arall roedd hi wedi amau ers talwm mai ffrynt oedd y cwbwl, a'i bod yn gwneud ati i gyflwyno delwedd benchwiban ohoni'i hun i'r byd mawr i guddio'r creithiau ar ôl cael ei throi o'r neilltu gan ei gŵr ac yna gan Roy.

'Ddo' i yn ôl o Bencrugia ambell waith 'sti, Glad,' meddai, gan wasgu braich ei ffrind, 'ac mi gawn ni hwyl hefo'n gilydd 'run fath ag yn yr hen ddyddia.'

Treuliodd Mair ac Ifan ddeuddydd yn gwagio'r ty bychan yn Rhes Newydd, yn dewis a dethol beth i fynd hefo nhw a beth i'w rannu neu ei losgi. Gwyddent nad oedd fawr o le i ddodrefnyn arall ym mwthyn bach Bwlch y Graig, felly roedd yn rhaid i Mair gael gwared ar lawer o'r pethau roedd hi wedi eu casglu'n ofalus ar gyfer ei bywyd hi ac Ifan hefo'i gilydd.

Cafodd Mair hi'n anoddach ffarwelio â'i thad.

'Mae'n gas gin i fynd a'ch gadael chi, Nhad, ond mi fyddwch chi'n iawn hefo Wmffra ac Emrys yma yn gwmpeini i chi, yn byddwch? Fel y gwyddoch chi, does 'na fawr o hwylia ar Ifan, a dwi'n siŵr y daw o i deimlo'n well ym Mhencrugiau. Ac mae'n hen bryd iddo fo fynd i weld 'i fam hefyd, yn tydi.'

'Paid ti â phoeni amdana i, 'mach i,' ceisiodd Dafydd Preis ei chysuro, 'ond mi fydda i hiraeth mawr amdanoch chi, yn arbennig Gruffydd Ifan bach.' Gwenodd yn gariadus ar Mair. 'Ac mi edrycha i ar ôl dy seidbord di, paid ti â phoeni.' Gwyddai gymaint o feddwl oedd gan Mair o'r seidbord fach dderw roedd hi ac Ifan wedi ei derbyn yn anrheg priodas gan wraig y Person pan oedd hi'n gadael ei gwaith yn y Rheithordy a symud i Waenrugog i fyw.

Edrychodd Mair yn hir ar ei thad, a sylwodd gymaint roedd ei wallt wedi gwynnu a'i ysgwyddau wedi crymu yn ddiweddar. Roedd o wedi magu llond tŷ o blant ar ei ben ei hun ers i'w wraig farw'n ddynes ifanc, a hyd heddiw roedd yn morol bod ei ddillad, yn ogystal â'i dŷ, bob amser yn drwsiadus: crys gwlanen graenus, di-goler a styden sgleiniog yn cau'r gwddf, trowsus melfarèd a chrysbas. Ond er mor chwithig fyddai peidio ei weld yn aml gwyddai Mair ei bod yn ddyletswydd arni i roi lles Ifan yn gyntaf. Rhoddodd ei thad un o'i wenau siriol iddi, ei lygaid glas yn disgleirio a chroen ei dalcen yn crychu fel tonnau bychain.

'Ylwch, mi ddo' i'n ôl cyn amlad ag y medra i ... mi ddo' i hefo'r lorri laeth weithia ac aros yma am noson neu ddwy.'

Pennod 3

Ganol y pnawn ar ddiwrnod braf yn niwedd Medi, cerddodd Ifan, Mair a Gruffydd i fyny'r allt o Aberdaron tuag at Bencrugiau a Bwlch y Graig, eu cartref newydd. Ciledrychai Ifan ar Mair bob hyn a hyn, gan feddwl mor brydferth yr edrychai yn ei ffrog las a'i chôt wau ysgafn o'r un lliw, ei gwallt yn adlewyrchu aur yr haul oedd yn anarferol o gryf o ystyried yr adeg o'r flwyddyn. Gafaelai Mair yn llaw Gruffydd, ac yn ei llaw arall roedd pecyn trwm wedi ei glymu â rhaffen: darnau o ddefnydd a pheiriant gwnïo. Roedd y coffor tun a gariai Ifan ar un ysgwydd hefyd yn drwm, ond roedd pwysau'r bwndel anferth a gariai yn ei law arall yn help iddo gadw'i gydbwysedd. Teimlai'r awel ysgafn yn chwarae hefo siaced ei siwt a gwaelodion ei drowsus llac. Roedd yn gas ganddo wisgo'r siwt; bob tro yr edrychai arni'n hongian yn y cwpwrdd dillad roedd atgofion mwyaf dychrynllyd ei fywyd yn llifo'n ôl, a theimlai gymaint o sarhad mai hon a gynigiwyd iddo'n wobr gan y Llywodraeth am dreulio blodau ei ddyddiau yn cwffio dros ei wlad. Cyfnewid y lifrai khaki am y siwt rad. Ond doedd ganddo ddim dewis ond ei gwisgo – hon oedd yr unig siwt barchus oedd yn ei feddiant ac roedd Mair wedi mynnu ei fod yn ei gwisgo i deithio ar y bws o Bwllheli i Aberdaron. Ysai am gael newid i'w sgidiau trymion a'i ddillad gwaith a oedd wedi'u plygu'n daclus yn y coffor, unwaith y cyrhaeddai Fwlch y Graig.

Roedd haf bach Mihangel ar ei anterth, a'r haul tanbaid yn llosgi'r tar ar wyneb y ffordd gul oedd yn arwain rhwng y cloddiau tywodlyd, uchel i fyny'r allt o'r pentref i Bencrugiau nes bod sgidiau'r tri ohonynt yn sticio yn y pothelli. Mynnai Gruffydd dynnu ei law o afael ei fam bob hyn a hyn i blygu i lawr a gwthio'i fysedd i'r swigod er mwyn gweld yr hylif yn tasgu ohonynt gan adael marciau duon fel triog ar ei ddwylo. Wrth gerdded yn hamddenol synfyfyriai Mair am y cyfnod newydd hwn yn eu bywydau, yma yn heddwch y penrhyn. Hi ac Ifan yn cael dechrau byw hefo'i gilydd unwaith eto heb ddim i amharu arnyn nhw. Ers iddo ddod adref roedd ôl y Rhyfel wedi ei stampio ar ei wyneb annwyl – ar adegau, gwelai ofn yn nüwch ei lygaid a dro arall roeddynt yn fflachio fel mellt gleision wrth i'r atgofion ei erlid. Efallai y deuai'r cynhesrwydd yn ôl iddynt wrth iddi ofalu amdano yng nghartref ei febyd.

Safodd Mair am ennyd i edrych draw tua copa'r mynydd a oedd yn arnofio yn y tes, gan wrando ar y synau tyner oedd yn tarfu ar y tawelwch: bref ambell ddafad yn y pellter a sïo cacynen brysur wrth iddi chwilio am weddillion y neithdar ymysg y coed llus crin. Yn ddiamau, gwyddai eu bod wedi cymryd y cam iawn wrth adael Gwaenrugog ac y byddai Ifan yn cael carthu popeth oedd wedi glynu yn ei ben dros y blynyddoedd diwethaf yma ym Mhencrugiau. Roedd hi wedi dweud wrtho nad oedd hi awydd gwybod manylion y cwffio a'r dioddefaint, gan awgrymu mai'r peth gorau iddo yntau ei wneud oedd anwybyddu'r breuddwydion cas a cheisio troi ei feddwl at eu dyfodol fel teulu bach. Ymhen amser, rhesymai, byddai'r hunllefau, oedd yn peri iddo droi a throsi wrth ei hochr yn y gwely nes bod y cynfasau'n glymau chwyslyd o gwmpas ei goesau, yn diflannu. Fyddai hithau, wedyn, ddim yn cael ei dychryn pan roddai Ifan ambell waedd neu sgrech yng nghanol y nos.

Rhwng y tociau eithin a'r banadl oedd yn tyfu ar hyd ochrau'r ffordd gwelai Ifan ambell ffermdy draw yn y pellter, eu waliau gwyngalchog yn sgleinio yn yr haul a'r tai gwair cochion yn edrych yn union fel tafodau tân yn y gwres mawr. Ar amrantiad, cafodd ei drosglwyddo yn ei ôl i'r Eidal a gwelodd ei hun yn martsio mewn rhes, yn dilyn wrth gwt y sowldiwr o'i flaen, bron â sathru ar ei sawdl. Y rheng yn symud fel robotiaid ar hyd ffordd lychlyd yn y gwres llethol, ei dafod yn gras ac yn sych ac yn glynu yn nhaflod ei geg wrth iddynt ymlid y gelyn oedd wedi dinistrio'r tai ac ysguboriau'r ffermydd bychain, oedd yn dal i losgi yma ac acw yn y bryniau o'u cwmpas. Yna, yn ddirybudd, clywodd chwiban yn trywanu drwy'r awyr ac ymatebodd fel mellten drwy ollwng ei faich ac anelu at y ffos sych oedd yn rhedeg wrth ochr y ffordd, ei ddwylo'n gwarchod ei ben. Ond fel yr oedd ar fin llamu o'r golwg cafodd gip drwy gil ei lygad ar Mair, oedd ar ei chwrcwd wrth dusw o redyn ym môn y clawdd gerllaw yn siarad hefo Gruffydd. Safodd Ifan yn ei unfan, yn teimlo fel ffŵl. Trodd ei ben oddi wrth Mair rhag ofn iddi weld y cywilydd ar ei wyneb, gan gymryd arno ei fod yn edrych i lawr ar y môr. Anadlodd yr aer pur yn ddwfn i'w ysgyfaint, a disgwyl i'w galon arafu. Sylwodd ar ddyrnaid o ddefaid yn rhedeg i lawr ochr y llechwedd, yn cael eu corlannu gan ddau gi oedd yn rhedeg o gwmpas y ddiadell mewn ymateb i chwiban eu meistr.

Ochneidiodd yn uchel wrth ganolbwyntio ar y wlad gyfarwydd o'i gwmpas. Doedd 'run goeden fawr i'w gweld, dim ond corddrain prin yma ac acw fel hen ferched cam yn gwyro tua'r dwyrain i geisio dianc rhag y gwyntoedd cryf o Iwerddon. Edrychodd ar glytwaith gwyrdd y caeau bychain ac ar liwiau barus yr hydref oedd wedi dechrau lledu yma ac acw ymysg rhedyn crin y mynydd. Roedd pob manylyn i'w weld yn glir am filltiroedd, pob dim ar yr wyneb, nunlle i guddio. Mor wahanol i fforestydd duon Awstria, meddyliodd, lle roedd yr ellyllon yn cuddio yn ystod y dydd ac yn dod allan i'w boenydio yn y nos pan oedd o, a channoedd yr un fath â fo, wedi eu cadw yno'n segur am fisoedd yn disgwyl i gael eu rhyddhau o'r Fyddin.

Pan drodd Mair ato sylwodd ar y dagrau oedd yn llenwi ei lygaid. Roedd hi'n ysu i afael amdano a'i anwesu ond doedd hi ddim am roi'r peiriant gwnïo i lawr ar y ffordd ludiog, ac roedd Gruffydd yn gafael yn dynn yn ei llaw arall. Gwenodd yn gariadus arno ac amneidio'i phen tuag at y gamfa oedd yn arwain at Fwlch y Graig.

Roedd sŵn y môr i'w glywed yn crafu'r graean wrth iddo

ymchwyddo a threio yn y bae bychan oddi tanynt a daeth ehediad o wylanod o rywle i droelli a phlymio uwch eu pennau i'w croesawu. Â'i throed ar stepen isaf y gamfa gwenodd Mair.

'Dyma chdi adra, Ifan. Mi fydd bob dim yn iawn rŵan, 'sti.'

Yn uwch i fyny'r llwybr roedd Nanw Ifans yn eistedd ar garreg yn eu disgwyl, yn cydio yn y llythyr a dderbyniodd y diwrnod cynt yn datgan eu bwriad i symud yno. Rhoddodd Ifan y coffor a'r bwndel i lawr a gafael am ei fam yn dyner. Dychrynodd Mair wrth sylwi gymaint o ddirywiad oedd yn Nanw Ifans ers iddi hi a Gruffydd fod yn aros yno yn y gwanwyn. Roedd hi wedi crebachu ac wedi mynd yn fychan bach, ei hwyneb yn denau a'i sgidiau'n edrych fel cychod am ei thraed. Er bod ei gwên o groeso yn llydan gwelodd Mair ei bod wedi colli dant neu ddau, a bod ei llygaid yn llonydd a llwyd.

Ar ôl cofleidio Gruffydd gafaelodd ei nain yn ei law cyn cychwyn i fyny'r llwybr at y bwthyn.

'Cerwch chi'ch dau, mi ddown ni ar eich holau, yn gwnawn, Gruffydd,' meddai mewn llais cryg rhwng ambell beswch sych, 'mi wyt ti wedi blino ar ôl cerddad o'r pentra, yn dwyt, 'ngwas i?'

Arafodd Mair i gydgerdded â nhw wrth iddi sylwi fod anadl lafarus Nanw yn ei llethu.

Er bod tamaid o dân yn eu disgwyl yn y grât, y tegell ar y pentan a'r bwrdd bach wedi'i osod hefo'r llestri bach blodeuog, roedd y sglein wedi diflannu oddi ar y bwthyn. Roedd ffedog Nanw, fu unwaith yn glaerwyn, yn felyn a staeniau brown yma ac acw arni. Symudai'r hen wraig yn araf o un gorchwyl i'r llall gan roi ei llaw ar ei hochr bob hyn a hyn fel petai'n ceisio lleddfu rhyw boen.

Erbyn iddyn nhw orffen bwyta roedd y prynhawn yn tynnu at ei derfyn a Gruffydd wedi blino ar ôl diwrnod mor hir. Tynnodd Mair amdano a'i folchi, ac wrth ei gweld yn sgrwbio a chrafu olion y swigod tar oddi ar ei ddwylo, trodd Nanw Ifans at ei merch yng nghyfraith.

'Mi ân nhw hefo amser, Mair, peidiwch â phoeni. Dim ond amser mae pob brycheuyn ei angen cyn iddo ddiflannu, ac mi ddiflanith y staeniau 'na ymhen dim, gewch chi weld.'

Meddyliodd Ifan am eiriau ei fam am eiliad, yna ysgydwodd ei ben a chodi o'i gadair yn sydyn.

'Mi a' i â'r rhein i fyny o'r ffordd,' meddai, gan gydio yn eu paciau a'u cario i fyny i'r daflod. Er bod Gruffydd bron â chysgu dringodd i fyny'r ystol ar ôl ei dad, gan gofio'r amser hapus roedd o wedi'i dreulio yno hefo'i fam fisoedd ynghynt. Ond gafaelodd ei nain yn ei fraich.

'Yli, Gruffydd, yn fan hyn fyddi di'n cysgu.' Agorodd ddrws y cwpwrdd derw oedd â'i gefn ar wal y gegin a thynnu'r cyrten yn ôl i ddangos gwely wenscot bach clyd y tu mewn iddo. Arno roedd planced amryliw roedd Nanw Ifans wedi'i chrosio i Ifan pan oedd o'n fabi. Dychrynodd Gruffydd wrth weld y gwagle tywyll, a rhedodd at ei fam dan weiddi crio.

'Na, dim isio. Isio cysgu hefo Mam i fyny'n fanna.'

'Ar f'enaid i, taw wir,' ceisiodd ei nain ei dawelu. 'Be 'stad i'r hogyn? Dwi 'di rhoi dillad glân a phob dim yna i ti, a sbia, mae hen dedi dy dad yn aros amdanat ti yn y gwely bach. Does 'na ddim lle i chdi yn y daflod, siŵr iawn ... ti'n hogyn mawr rŵan, ac ma' Mam a Dad isio llonydd.' Wrth glywed hynny cododd Gruffydd ei lais yn uwch, gan roi cic i'r cwpwrdd a lluchio'r tedi gerfydd ei goes allan o'r gwely.

Wnaeth neb sylwi ar Ifan yn mynd allan drwy'r drws yn ddistaw.

Gafaelodd Mair am Gruffydd a'i siglo ar ei glin.

'Hisht rŵan, 'ngwas i, mi fydd bob dim yn iawn. Pan fyddi di'n barod i fynd i dy wely mi adawn ni'r cyrtan yn gorad i ti gael ein gweld ni yn y gegin. Ac mi fydd Nain yn cysgu yn y siambar drws nesa i chdi drwy'r nos.'

Fu Gruffydd ddim yn hir cyn syrthio i gysgu ar lin ei fam, a rhoddodd hithau y bychan i orwedd yn y gwely cul cyn mynd allan i chwilio am Ifan. Cafodd hyd iddo yn gwylio'r ieir yn cyrchu at y cwt, yn paratoi i fynd i glwydo am y noson, ond pan aeth yn nes ato sylwodd fod ei lygaid yn syllu i ryw wacter pell. Doedd o ddim hyd yn oed wedi ei chlywed hi'n galw'n ddistaw arno.

'Ddaw o, dŵad?' gofynnodd Ifan yn dawel pan roddodd Mair ei braich am ei ganol.

'Daw, siŵr iawn. Unwaith y bydd o wedi setlo yma mi fydd o wrth ei fodd yn dy helpu di hefo'r defaid a ballu. Mae bob dim mor ddiarth iddo fo heddiw, a tydi o ddim yn ddigon hen i ddallt. Amser mae o angen.'

Teimlodd Mair gyhyrau ei gŵr yn dynn fel dur o dan ei bysedd, a cheisiodd dynnu ei sylw oddi ar Gruffydd a'i stranciau. 'Argol, sbia golwg ar yr ieir 'ma. Sgynnyn nhw ddŵr, dŵad?' Oedodd am ennyd. 'A dwi'n poeni am dy fam ... dydi hi ddim yn edrych hanner cystal ag oedd hi yn y gwanwyn.'

'Ma' hi wedi heneiddio dipyn ers i mi 'i gweld hi ddwytha. Cyn i mi fynd i ffwr' roedd hi mor sionc â hogan ifanc. Mae 'i gwallt hi mor denau rŵan. Ers talwm, pan oedd hi'n daffod ei phlethen cyn noswylio roedd o fel tonnau yn dal lliwiau'r machlud, yn disgyn yn drwchus dros ei sgwydda hi.'

'Dwi ofn ei bod hi'n nychu. Gawn ni air hefo hi fory, wedyn mi awn ni ati i garthu'r cwt ieir 'ma a gweld be arall sy isio'i neud o gwmpas y lle. Be ti'n ddeud, Ifan?'

Nodiodd Ifan ei ben, a gafaelodd Mair yn ei law a'i arwain yn ôl i'r bwthyn.

* * *

Roedd Ifan yn llewys ei grys yn codi'r weiars oedd wedi disgyn yn isel ar ben y cloddiau, yn eu sythu a'u styffylu yn ôl ar y stanciau. Crwydrodd ei feddwl i'r diwrnod y gwelodd o Mair am y tro cyntaf yng ngwasanaeth hwyrol eglwys y plwyf. Cafodd ei ddenu'n syth gan ei gwallt cyrliog, euraidd a'i llygaid gleision pan sylwodd arni'n canu yn y côr. Roedd hi'n edrych yn union fel angel. Gwyddai ym mêr ei esgyrn yn fuan wedyn ei fod wedi dod o hyd i gymar oes ac y byddai yn gofyn iddi ei briodi ryw ddydd. Ond unwaith y sylweddolodd y ddau fod y Rhyfel ar eu gwarthaf ac na fyddai gan Ifan ddim dewis ond ymuno â'r Fyddin, penderfynodd y ddau briodi ar frys. Cawsant dŷ bychan i'w rentu yng Ngwaenrugog, un o'r chwech yn Rhes Newydd, heb fod ymhell o'i waith ar fferm Plas Buan, ac yno y buont yn byw yn ddedwydd, yn ymwybodol fod pob munud cyn iddynt gael eu gwahanu yn werthfawr.

Daeth y diwrnod hwnnw'n gynt na'r disgwyl, ychydig fisoedd ar ôl y briodas, a gadawyd Mair ar ei phen ei hun. Cofiodd Ifan y tro olaf iddo fod adref cyn cael ei anfon dros y môr. Overseas. Dyna oedd y gair arswydus. Y gair roedd pob un ohonynt ofn ei glywed. Ond wrth ei gadael yn sefyll ar blatfform y stesion ac yntau'n chwifio'i ffárwel drwy ffenest y trên, wyddai o ddim am ei chyfrinach. Wnaeth hi ddim sôn wrtho am y babi rhag ofn iddo boeni amdani, ac erbyn i Mair anfon ato hefo'r newyddion roedd o'n hwylio ar long i wlad bell, ddieithr. Cofiodd pa mor hapus oedd o, yn rhannu'r newydd hefo'i ffrindiau ac yn edrych ymlaen at gael mynd adref i fagu'r plentyn hefo Mair. Ychydig wyddai bryd hynny pa mor hir y byddai'n rhaid iddo aros cyn gwneud hynny, ac y byddai ei blentyn wedi tyfu'n ddigon hen i'w wrthod yn llwyr cyn iddo ddod i'w adnabod.

Manteisiodd y ddau ar y tywydd sych i fod allan bob awr o'r dydd yn gweithio ar y tyddyn, a diolchodd Mair nad oedd Ifan yn cael llawer o gyfle i hel atgofion am y Rhyfel. Roedd y ddau ohonyn nhw mor flinedig erbyn amser gwely, prin oedd ganddynt ddigon o egni i lusgo i fyny i'r daflod a gollwng eu hunain ar y gwely cyn i gwsg eu meddiannu.

Ar ôl i haf bach Mihangel gilio dechreuodd oeri, a chawsant gyfnod tawel cyn i'r gwyntoedd hydrefol cyfarwydd ddechrau chwythu o gyfeiriad y môr. Buan iawn y setlodd Gruffydd yn ysgol y pentref, ac roedd wrth ei fodd yn cael cwmni plant y tyddynnod cyfagos i gerdded yno ac yn ôl bob diwrnod. Doedd o byth yn cwyno am y daith hir, ac yn ddieithriad byddai'n dod adref gyda stori am ryw ryfeddod oedd wedi tynnu'i sylw ar y ffordd.

Aethant ati i werthu'r hen fuwch ddu a oedd wedi hesbio

ers tro a phrynu heffer fach oedd newydd ddod â llo, a thrwsiodd Ifan y tyllau yn nho'r beudy a'r drws oedd wedi ei adael i hongian ar ei hinjys. Roedd godro'r heffer â llaw fore a nos, ar ôl agor i'r llo bach sugno llond ei fol yn gyntaf, yn dipyn o orchwyl. Tra oedd Ifan yn godro byddai Mair yn mwytho pen yr heffer a sibrwd yn isel yn ei chlust i geisio lleddfu'r ofn yn y llygaid mawr, nes bod ager poeth o ffroenau'r fuwch yn gwlychu'i gwallt o gwmpas ei thalcen. 'Na chdi, Doli fach, hŵ bach rŵan.' Eisteddai Ifan ar y stôl yn gwrando ar ei llais cynnes, oedd yn teimlo fel eli ar y briwiau oedd yn madru yn ei ben, tra oedd o'n gwasgu a thynnu ar dethi'r heffer i wagio cynnwys y pwrs melfedaidd i'r bwced rhwng ei goesau.

Roedd y tatws a'r betys yn dal yn y ddaear a bu'r ddau wrthi'n ddiwyd yn eu codi a'u storio yn y cwt sinc oedd yn pwyso ar dalcen y tŷ. Pan gyrhaeddodd Richard Penyfoel hefo'r glo roedden nhw wedi'i archebu bu'n rhaid i Ifan ei gario ar ei gefn fesul sachaid a'i dywallt i gornel bellaf y cwt nes bod y llwch wedi duo ei groen. Erbyn hynny roedd yn amser casglu'r cynhaeaf coch, sef cynaeafu'r rhedyn crin a'i dasu er mwyn cael gwely i'r fuwch a'r llo drwy'r gaeaf. A rhwng hyn oll cafodd Ifan waith ambell ddiwrnod gan gymdogion yn casglu'r mangyls a'r tatws diweddar o'u caeau i'r teisi.

Ar ôl gorffen ei waith bob dydd byddai Ifan yn pasio hen gwch pysgota'i dad wrth lusgo'i hun yn ôl i'r tŷ, yn gorwedd wyneb i waered a'r paent wedi plicio oddi arno. Roedd ambell styllen wedi dechrau pydru hefyd, ond doedd gan Ifan byth ddigon o amser na nerth i'w beintio a'i drwsio, felly rhoddodd orchudd drosto tan y gwanwyn.

O wythnos i wythnos dechreuodd perthynas Ifan â'i fab sefydlogi ... cyn belled â bod y ddau'n cadw'n ddigon pell oddi wrth ei gilydd roedd popeth yn iawn. Mair oedd yn gofalu am Gruffydd, ati hi roedd o'n rhedeg i rannu ei gyfrinachau ac ati hi roedd o'n dewis mynd i sychu ei ddagrau. Ac yntau, Ifan, yno ar y cyrion yn gwylio'r ddau drwy gil ei lygaid yn ddistaw, yn teimlo cenfigen yn gwasgu ei galon. Doedd ganddo ddim digon o egni i wneud mwy na hynny. Gwyddai fod Mair yn credu bod ei brysurdeb di-baid yn help iddo anghofio am ei atgofion erchyll o'r Rhyfel, a wnaeth o ddim ei chywiro. Gorweddai'r cyfan yn ddistaw yng ngwaelodion ymennydd Ifan, yn barod i lamu i'r wyneb yr eiliad y caeai ei lygaid.

Pennod 4

Erbyn i wynt y gorllewin ddechrau hyrddio glaw oer Rhagfyr yn erbyn y penrhyn gan wneud i Fwlch y Graig edrych fel petai wedi crebachu i gesail y mynydd, roedd y paratoadau ar gyfer y gaeaf wedi eu gorffen. Caewyd drws y bwthyn a dechreuodd y waliau wasgu am y teulu bach: doedd dim dihangfa i Ifan rhag y delweddau a'r sgrechiadau yn ei ben bellach, a gwyddai fod Mair wedi sylwi ar hynny. Eisteddai yn ei gadair o flaen y tân am oriau yn syllu i'r fflamau fel petai ganddo ddim syniad bod ei wraig a'i fab yn yr un ystafell ag o. Roedd Nanw Ifans yn gyndyn o godi o'i gwely bellach, ac er i Mair geisio ei holi'n aml ers iddyn nhw gyrraedd am gyflwr ei hiechyd, roedd yr hen wreigan yn dal i wadu fod dim yn bod arni ac yn gwrthod gadael iddynt alw am y doctor.

Cadwai'r ieir a'r hwyaid a'r pobi Mair yn ddigon prysur yn y boreau, a threuliai weddill ei hamser yn gwau neu wnïo. Roedd hi wedi symud bwrdd bach o dan ffenest y daflod i ddal cymaint o olau gwan y dyddiau byrion â phosib, gan osod ei pheiriant arno ynghyd â phentwr o ddefnyddiau: tameidiau o hen ddillad wedi eu hagor allan a'u smwddio'n daclus oedd y rhan fwyaf ohonynt: sgert oedd wedi gweld dyddiau gwell a hen grys gwlanen fu'n perthyn i Ifan ynghyd â'r llenni oedd yn arfer hongian ar ffenestri'r tŷ yn Rhes Newydd. Roedd yr olygfa o'r ffenest i lawr at y pentref a'r môr wedi ei guddio dan orchudd llwyd y glaw a'r niwl bron bob dydd, a heblaw am sŵn y peiriant yn murmur wrth godi a gollwng y nodwydd doedd dim un smic arall i'w glywed heblaw ambell besychiad cras a ddeuai o'r siambr oddi tani, a chlicied y drws yn codi a gostwng wrth i Ifan fynd allan i'r cwt am smôc fach slei.

Yn hytrach na'r mwynhad roedd hi fel arfer yn ei deimlo wrth greu ambell ddilledyn iddi hi ei hun neu Gruffydd, crwydrai ei meddwl yn ôl at ei theulu yn Rhydyberthan. Cofiodd ei bod hi wedi addo, pan adawodd Ifan a hithau, y byddai'n picio i weld ei thad a'i brodyr yn aml, ac roedd misoedd wedi pasio bellach a hithau heb fod unwaith. Roedd wedi bod yn dweud wrthi'i hun na allai adael gwaith y fferm, oedd yn pwyso yn drwm arni â Nanw Ifans mor symol, ond nawr, a'r gwaith mawr ar ben, roedd yn rhaid iddi gyfaddef mai'r rheswm pennaf oedd na feiddiai adael Ifan tra oedd ei gyflwr meddyliol mor fregus. Doedd dim modd iddi ddianc, sylweddolodd – roedd hi wedi ei charcharu. Ond roedd ei dyletswydd tuag at ei thad a'i brodyr yn ei hollti'n ddau, yn enwedig pan dderbyniodd lythyr byr gan Gladys yn dweud mor ddiolchgar oedd hi o'r croeso cynnes gawsai gan y tri ar eu haelwyd, ac fel roedd eu cwmni'n torri ar undonedd y gaeaf. Dechreuodd gynhyrfu drwyddi wrth ddarllen hynny. Gwyddai'n iawn am gastiau Gladys, a gallai ddychmygu ei ffrind yn agor y drws â'i llais yn byrlymu o hwyl cyn i'w chorff lluniaidd gamu dros y trothwy, a'i thad a'i brodyr yn sefyll yn y gegin fel tri llo, eu cegau ar agor, wedi'u swyno ganddi ... yn enwedig Wmffra.

Ysai i neidio ar y lorri laeth nesaf er mwyn teithio i Rydyberthan, ond sut allai hi adael Ifan a Nanw Ifans?

* * *

Pwysai Gladys ymlaen â'i dau benelin ar gownter y siop, ei dwylo'n cwpanu ei gên. Roedd hi'n ymwybodol fod y ffrog a wisgai y diwrnod hwnnw braidd yn gwta, yn enwedig wrth iddi sticio'i phen-ôl allan, ond gwyddai ei bod yn ddigon pell o gyrraedd Howard Johnson y pnawn hwnnw. Roedd o wedi gofyn iddi dacluso'r droriau, ond dim ond symud ambell bâr o fenig o un drôr i'r llall roedd hi wedi'i wneud. Fyddai o ddim callach, ystyriodd.

A hithau'n breuddwydio am freichiau cryfion, tywyll arwr

y ffilm y bu hi'n ei gweld yn y Coliseum y nos Sadwrn flaenorol yn gwasgu am ei chorff lluniaidd, ei wefusau ar fin cyffwrdd ei rhai hi, canodd cloch y siop. Llithrodd y wefr oedd wedi dechrau rhewi ei meingefn ymaith o'i gafael, a neidiodd Gladys ar ei thraed a sythu ei ffrog wrth i Margaret Lloyd y Fedwen hwylio drwy'r drws a golwg guchiog arni.

Cyn i Gladys gael cyfle i sodro gwên ar ei hwyneb i gyfarch y cwsmer, camodd Margaret Lloyd yn syth at y cownter a'i llygaid yn fellt. Camodd Gladys yn ôl, yn amau ei bod ar fin teimlo brath mam Gwyn.

'Ylwch, Gladys Huws, dwi'n mynd i ddeud rwbath wrthach chi, a hynny unwaith yn unig.' Sythodd y ddynes hŷn ei chefn cyn traethu ei phregeth. 'Cadwch yn glir oddi wrth fy mab i, dach chi'n dallt? Dwi ddim isio clywed eich enw chi yn y Fedwen 'cw byth eto. Caru, wir. Be ŵyr Gwyn druan am garu? Mi rydach chi 'di cael digon o brofiad am wn i, ond cadwch yn ddigon pell oddi wrtho fo. Mae ganddo fo yrfa ddisglair o'i flaen ac mae gwraig rhywun arall a dau o blant yn mynd i fod yn llyffethair amdano.'

Trodd ar ei sawdl a gwibio fel roced allan drwy'r drws heb ei gau ar ei hôl. Am y tro cyntaf yn ei bywyd roedd Gladys yn fud.

Yr hen gnawes, wfftiodd, pan ddarganfu ei hanadl.

'Wel, am *cheek*!' gwaeddodd dros y siop. Doedd ryfedd fod Gwyn druan mor swil ac yntau'n amlwg o dan fawd yr hen ddraig yna, ystyriodd. Brasgamodd yn herfeiddiol at y drws a throi'r arwydd arno i AR GAU cyn gollwng ei hun ar y soffa oedd yng nghornel y siop. Gafaelodd mewn sgarff a'i chwifio o flaen ei hwyneb chwyslyd. Yr hen jadan iddi, meddyliodd, yn dweud nad oedd hi'n ddigon da i dywyllu'r Fedwen. 'Tasa hi ond yn gwybod faint roedd Gladys wedi'i ddysgu i'w chyw bach melyn hi.

Roedd Gladys wedi sylwi, y munud y gwenodd hi ar Gwyn y Fedwen un diwrnod ar y stryd, ei fod o wedi gwirioni hefo hi. Doedd hi ddim wedi ei weld o o gwmpas cyn hynny, ond daeth i ddysgu yn ddiweddarach iddo fod i ffwrdd mewn ysgol breifat, gan ddod adref jyst cyn diwedd y Rhyfel i ddechrau gweithio yn swyddfa'r twrneiod lleol, Jenkins a Jenkins, am sbel cyn mynd yn ei flaen i'r coleg. Gwyddai Gladys ei fod o rai blynyddoedd yn iau na hi, ond gwyddai hefyd nad oedd hi'n edrych ei hoed, er ei bod yn fam i ddau. Bob tro y deuai ar draws Gwyn roedd o'n gwrido fel crib ceilog dandi, ac yn y diwedd, am fod ganddi biti drosto, mi ddywedodd 'helô' wrtho. Datblygodd pethau ar ôl hynny, a darganfu Gladys fod ganddo lawer i'w ddysgu. Doedd o erioed wedi bod hefo hogan arall gan mai ysgol i fechgyn yn unig a fynychodd, ond o dipyn i beth dangosodd iddo sut i'w phlesio. Doedd dim dal arno fo wedyn – roedd o am ei phriodi yn hytrach na mynd i'r coleg – ond tynnodd Gladys yn ôl. Er bod digon o bres yn y Fedwen doedd hi ddim yn ffansïo cael ei gwasgu o dan fawd Milêdi, nac aros heb ddyn nes i Gwyn orffen yn y coleg. A pheth arall, doedd o ddim yn edrych fel dyn go iawn, rywsut, hefo'i wallt melyn yn disgyn yn gyrls dros ei dalcen a'i wyneb llyfn, bochgoch. Roedd ei gorff meddal yn rhy doesog hefyd, braidd ... ond roedd o'n gwneud y tro, yn well na dim.

Gwyddai nad oedd yn rhaid iddi hi boeni bellach am orffen hefo Gwyn – byddai ei fam yn ei wahardd rhag ei gweld hi, gan wneud bywyd yn haws. Roedd hynny'n rhyddhad iddi gan fod Wmffra, brawd Mair, wedi dechrau cymryd diddordeb ynddi, a hithau wedi sylwi pa mor aeddfed yr edrychai ei gorff o ar ôl gwaith caled ar y fferm, a'r haul a'r gwynt wedi crasu croen ei wyneb a'i ddwylo nes eu bod mor frown â chroen Tarzan ei hun.

Cododd i fyny toc i droi'r arwydd yn ôl, i ddangos fod y siop ar agor.

* * *

Roedd Ifan yn casáu'r dyddiau tywyll, gwlyb oedd yn llusgo heibio mor araf. Pan fyddai'r niwl llwydaidd a'r glaw yn troelli o'i gwmpas fel rhwydi wrth iddo gamu'n ddienaid i fyny'r mynydd tua'i gartref, roedd yn meddwl ei fod yn clywed sisial a siffrwd traed y tu ôl iddo drwy'r llwyni llus a'r bonion eithin. Arhosai yn ei unfan yn sydyn a throi ei ben i chwilio, ond doedd neb yno heblaw rhyw hen ddafad yn pori. Dro arall, dychmygodd weld cysgodion yn edrych arno o'r ochr arall i'r wal isel, yn mwmial ei enw, yn ei annog i'w ddilyn. 'Taff, Taff, this way. Keep your head down.' Ar yr adegau hynny, yn hytrach na mynd i'r tŷ at Mair, rhuthrai Ifan yn syth i'r cwt, ei ddwylo'n crynu wrth iddo danio sigarét a chymryd pwl hir o'r mwg i drio arafu ei galon, oedd yn curo'n wyllt yn erbyn ei asennau. Ond doedd dim lloches iddo yno chwaith. Roedd waliau rhydlyd y cwt sinc yn rhy denau i gadw ubain Corn Enlli rhag rhwygo'i glustiau – roedd y sŵn bygythiol hwn, oedd yn diasbedain yn erbyn y creigiau duon i rybuddio'r llongau i gadw'n ddigon pell oddi wrthynt, yn ei atgoffa o faes y gad. Yr unig ffordd i ddianc oedd drwy roi ei freichiau dros ei ben a chyrcydu yng nghornel bella'r cwt yng nghwmni'r mangyls a'r glo ac aros i Mair ddod i chwilio amdano a'i arwain i'r tŷ at y tân.

Teimlai Ifan mor ddi-werth, yn dda i ddim na neb. Roedd y gwaith ar y tir wedi darfod ar ffermydd bach Pencrugiau am y gaeaf a doedd gan neb ddim i'w gynnig iddo. Yn ystod y dydd cysgai wrth y tân neu wrth erchwyn gwely ei fam, ac erbyn amser gwely byddai'n gyndyn o dynnu amdano am y gwyddai y byddai'n effro am oriau'n gwylio fflachiadau hunllefus y goleudy ar wydr y ffenest, ac yn cyfri'r eiliadau rhwng pob fflach. Cyfrif pob eiliad hyd nes y byddai'r *shell* yn ffrwydro. Tro pwy oedd hi nesaf? Pwy oedd y creadur anlwcus y tro hwn? Un noson, a'r fflachiadau'n peintio waliau'r daflod yn wyn a glas, neidiodd Ifan o'i wely a dechrau tyrchu yng nghanol bwndel defnyddiau Mair; eu codi fesul un a'u lluchio ar lawr yn bentwr blêr nes dod o hyd i'r un roedd o'n chwilio amdano. Roedd ei ebychiadau a'i anadlu poeth yn ddigon i ddeffro Mair, a gododd ar ei heistedd yn y gwely.

'Ifan bach, be ti'n drio'i neud?' sisialodd yn syn pan welodd yr olwg wyllt ar ei wyneb wrth iddo godi darn o ddefnydd du â dwylo crynedig i geisio gorchuddio'r ffenest.

'Fedra i ddim diodda hyn. Fedra i ddim cysgu, Mair, ac mi o'n i'n gwbod bod y cyrtans blacowt 'na yng nghanol y rhein,' atebodd.

'Ond Ifan, ro'n i'n meddwl dy fod ti wedi hen arfer hefo'r leitows a chditha wedi byw yma ar hyd dy oes,' ochneidiodd Mair gan dynnu'r defnydd du o'i ddwylo a'i hongian ar y weiren a oedd ar un adeg yn dal cyrten y ffenest.

'Roedd bob dim yn iawn ers talwm, yn doedd?' gwaeddodd Ifan.

'Isht ... isht.' Rhoddodd Mair ei llaw yn ysgafn ar ei wefusau. 'Isht rŵan, rhag ofn i ti ddeffro dy fam a Gruffydd.'

Cododd Ifan ei ddwylo dros ei ben a gwasgu ei glustiau. 'Ers i mi ddod yn ôl fedra i yn fy myw â dŵad i ddygymod hefo fo ... mae o'n union 'run fath â'r *searchlights* oedd yn chwilio am longau awyr y Jyrmans oedd yn ein bomio ni'n ddidrugaredd yn Italy. Mae o'n gwneud i mi feddwl am yr hogia gafodd 'u chwythu'n ddarnau. Dwi 'di trio, go iawn Mair, ac mi oedd hi'n haws pan oedd hi'n 'leuach a'r dydd yn hirach, ond erbyn hyn ... '

Gafaelodd Mair amdano'n dyner a'i arwain i eistedd ar y gwely, a rhoi ei dwy law yn dyner dros ei ddwylo crynedig. Wyddai hi ddim sut i'w gysuro. Pan dderbyniodd hi'r llythyr gan Ifan ar ddiwedd y Rhyfel yn sôn fel yr oedd o'n edrych ymlaen at ddod adref ac am yr amser hapus oedd yn eu disgwyl, feddyliodd hi ddim y byddai'r blynyddoedd a dreuliodd dros y môr wedi amharu gymaint ar ei feddwl. Oedd, roedd ei gorff o'n hollol iach, heblaw am un graith fechan ar ei gefn, ond doedd hi ddim wedi sylweddoli cymaint roedd ei feddwl wedi ei chwalu'n chwilfriw; yn filoedd o dalpiau bychain yn corddi yn ei benglog fel sêr di-ri a llun ingol wedi ei sgathru ar wyneb pob un ohonyn nhw i wneud yn siŵr nad oedd o'n cael anghofio.

'Dwi'n sori, Mair, ond fedra i ddim cael y bomio allan o ...'

'Paid, Ifan bach, ti adra'n saff rŵan hefo ni. Neith dim ddigwydd i ti yn fama.' Roedd Mair yn benderfynol o droi meddwl Ifan yn ôl i'r presennol – dyna'r unig beth allai hi ei wneud gan ei bod ymhell allan o'i dyfnder. Doedd ganddi ddim syniad sut i wella'i gŵr. 'Mi wna i bâr o gyrtans a'u leinio nhw hefo'r defnydd blacowt fel y medri di eu hagor a'u cau fel y mynni di. Ty'd yn ôl i dy wely rŵan, i drio anghofio. Mi wellith petha ar ôl y Dolig pan fydd y dydd yn dechrau 'mystyn.'

'Dwn i ddim wir. A sbia sut mae Gruffydd yn dal i fihafio o 'nghwmpas i.'

'Ella sa'n well i ni drio dy alw di'n Tada, fel ma' plant Pen Llŷn yn neud. Ella daw o i arfer efo hynny'n gynt. Ti 'di meddwl be i'w gael iddo fo at y Dolig? Dwi 'di sylwi bod 'na ddigon o goed y tu ol i'r beudy – ella bysat ti'n medru mynd ati'n slei bach i neud berfa iddo fo? Mi fysa fo wrth ei fodd yn ei chael i dy helpu di yn yr ardd, yn enwedig pan ddaw hi'n ddigon braf i ddechrau plannu.'

Yn y gwely, rhoddodd Mair ei breichiau am ei gŵr. Er bod y cyrten du wedi llwyddo i gadw'r fflachidau allan roedd o'n dal i syllu'n fud ar y waliau tywyll, ei ben yn llawn atgofion a'r rheiny'n lladd pob teimlad a ddylai fod yn cynhyrfu ei gorff ifanc. Ochneidiodd Mair wrth iddo droi oddi wrthi, a gwyddai fod ei lygaid yn dal ar agor, yn chwilio am yr ysbrydion yn y cysgodion.

Pennod 5

Roedd Mair wedi dewis hwyaden lwyd ifanc ar gyfer eu cinio Nadolig ac wedi'i chau mewn cawell yn y cwt ers tro a'i bwydo'n hael er mwyn gofalu y byddai wedi magu digon o gig cyn ei lladd. Byddai'r Dolig hwn yn wahanol iawn i un llynedd, meddyliodd, gan gofio sut y bu i'r lorri laeth stopio o flaen Rhes Newydd. Rhoddodd Twm, y gyrrwr, hwyaden iddi oedd wedi'i hanfon gan ei mam yng nghyfraith, a honno wedi'i lapio'n daclus mewn papur llwyd. Cariodd Mair hi i dŷ ei thad yn Rhydyberthan, a gwenodd wrth gofio'r llawenydd a'r dathlu fu yno y diwrnod hwnnw. Eleni roedd eu cinio Nadolig yn dal yn fyw ac yn cwacian yn y cwt wrth dalcen y tŷ – cymerodd yn ganiataol mai Ifan fyddai'n ei lladd a'i thrin gan nad oedd ganddi hi ei hun syniad sut i fynd ati i wneud y ffasiwn orchwyl.

Dyfalodd sut ddiwrnod fyddai yn Rhydyberthan eleni. Roedd hi wedi rhoi'r gorau i obeithio am gael ymuno â nhw gan fod iechyd Nanw Ifans yn dirywio bob dydd, a'r hen wraig yn gwrthod hyd yn oed y tameidiau bychan o fwyd roddai Mair ar ei phlât i drio'i denu i fwyta. Digon prin y byddai Gladys yn cynnig paratoi cinio i'w thad a'i brodyr, heb sôn am glirio'r llestri budron, ond mi fyddai'n siŵr o gyrraedd yno ryw ben yn ystod y dydd i ddathlu a'r tri yn estyn y croeso cynhesaf iddi.

Edrychodd drwy ffenest fechan y daflod ar ôl deffro fore noswyl Nadolig – roedd pob man cyn ddued â'r fagddu. Doedd dim smic i'w glywed drwy'r niwl trwchus heblaw ebychiadau'r corn, a theimlodd Mair yr oerfel yn gafael yn ei bodiau. Roedd yn rhy fuan i godi a chaeodd y llenni cyn llithro'n ôl i'r gwely wrth ochr Ifan er mwyn rhannu ychydig o gynhesrwydd ei gorff. Rhoddodd ei braich yn dyner amdano, a phwyso'i gwefusau ar ei gefn, ar y graith na soniodd o amdani wrthi, ac er na wnaeth o droi tuag ati gwyddai ei fod yn effro gan iddi deimlo gewynnau ei ysgwyddau'n tynhau wrth iddi wasgu ei braich amdano.

'Ma' hi fel bol buwch allan yn fanna, a does 'na ddim smic i'w glywed o'r llawr. Ma' raid bod y ddau yn dal i gysgu'n sownd,' sibrydodd yn ei glust. 'Waeth i ni aros am chydig cyn codi ddim ... mae bob dim yn barod at fory heblaw am y chwadan ond fyddwn ni fawr o dro hefo honno chwaith unwaith y byddi di wedi'i lladd a'i phluo hi. Ew, mi ydw i'n edrych ymlaen at fory, cofia. Ein Dolig cynta ni hefo'n gilydd ers dechrau'r hen ryfel 'na.'

Pan agorodd Mair ei llygaid am yr eildro y bore hwnnw roedd golau gwan yn dangos rhwng y llenni, a'i braich yn gorwedd yn llipa ar y gwely lle dylai corff Ifan fod. Roedd y gynfas yn oer. Cododd ar ei heistedd – doedd ei ddillad ddim ar gefn y gadair. Gwisgodd amdani a chamu'n ofalus i lawr yr ystol, gan glywed chwyrnu meddal Gruffydd yn dod o'r tu ôl i gyrten y gwely wenscot. Doedd dim golwg o Ifan. Roedd hi bron yn wyth o'r gloch a'r wawr ar dorri, felly rhoddodd ei chôt amdani a mynd allan i chwilio am ei gŵr. Roedd y niwl yn dechrau cilio a phelydrau isel yr haul fel cyllyll main yn ceisio trywanu'r penrhyn drwy'r cymylau trymion oedd yn hongian yn yr awyr rhyngddi hi a'r pentref. Galwodd enw Ifan yn ddistaw unwaith neu ddwy, ond doedd dim ateb. Dim golwg ohono. Teimlodd Mair guriadau ei chalon yn cyflymu a throdd i gyfeiriad y beudy, yn arswydo wrth ddyfalu beth oedd yn ei disgwyl yno. Yna, wrth iddi basio heibio talcen y tŷ, clywodd sŵn yn dod o'r cwt. Agorodd gil y drws a chamu i mewn i'r mwrllwch, ac yn syth, llanwodd ei ffroenau a'i cheg â llwch nes gwneud iddi disian. Camodd yn ôl am eiliad ac anadlu'n ddwfn er mwyn llenwi ei hysgyfaint ag aer oer. Crychodd ei llygaid cyn mentro i mewn am yr eildro i ganol y llwch a'r plu mân oedd yn troelli yng ngolau gwan y lamp. Cododd ei ffedog dros ei thrwyn a'i cheg cyn mentro camu ymlaen i syllu i'r cysgodion pellaf. Er syndod iddi, gwelodd gysgod Ifan ar ei gwrcwd yn y gornel bellaf, yn syllu ar y nenfwd. Dilynodd hithau ei drem nes gwelodd gorff pluog yr hwyaden yn hongian o'r distyn gerfydd ei choesau. Diferai gwaed o'r twll yn ei phenglog gan gronni'n bwll bach coch wrth ei draed. Roedd ei lygaid ar agor led y pen a'i wefusau'n crynu. Er i Mair sisial ei enw wnaeth o ddim tynnu ei lygaid oddi ar y corff marw. Camodd ato, a gafael yn ei ddwylo er mwyn ei godi ar ei draed.

'Be sy, Ifan?' gofynnodd yn dyner er ei bod yn gwybod yn iawn fod ei feddwl wedi llithro'n ôl i ganol y cwffio dieflig. Cofio roedd o. Gweld pethau.

Ar ôl ei arwain yn ôl i'r tŷ, rhoddodd Mair ei gŵr i eistedd wrth y bwrdd. Aeth i'r bwtri i nôl y brandi oedd yn cael ei gadw y tu ôl i'r potiau blawd a siwgr ar y silff uchaf ... ond roedd y botel yn wag. Ochneidiodd Mair a pwyso'i phen ar y bwrdd llechen oer am funud cyn mynd yn ôl at Ifan, a oedd yn dal i eistedd yno'n fud. Rhoddodd fatsien yn y tân a rhoi'r tegell i ferwi arno, ac wrth iddi eistedd gyferbyn ag Ifan sylweddolodd gymaint o waith oedd o'i blaen. Roedd y Rhyfel wedi ei ddinistrio, cyn wired ac yr oedd wedi dinistrio miloedd ar filoedd o blant a dynion a merched a chartrefi. Roedd yr hen ofnau yn ei ddilyn i bobman, ac nid hwn oedd yr Ifan roedd hi wedi'i briodi, yr Ifan roedd hi wedi dibynnu arno fo, chwerthin hefo fo a charu hefo fo. Yr Ifan oedd wedi tyngu llw o flaen Duw a'u rhieni ar ddydd eu priodas y byddai o'n edrych ar ei hôl hi 'er gwell, er gwaeth'. Daeth tristwch mawr drosti wrth iddi sylweddoli nad oedd golwg fod Ifan yn gwella. A fyddai o'n gwella o gwbwl? Sut oedd hi'n mynd i'w achub? Cofiodd am y llythyrau a anfonodd o ati cyn dod adref. Ynddynt roedd o wedi dweud yn glir ei fod o am anghofio popeth am y Rhyfel, ac na fyddai o eisiau clywed sôn am y cwffio pan ddeuai adref. Dyna pam roedd hi wedi osgoi gwneud hynny o'r dechrau, ac weithiau, pan lynai rhyw atgof ar flaen ei dafod yn ddiarwybod iddo, a phan oedd y geiriau yn bygwth llifo, byddai Mair yn cael y blaen arno ac yn troi'r stori, yn chwilio am unrhyw beth i'w ddweud er mwyn ei atal rhag dychwelyd i'r ffosydd.

Tywalltodd baned gryf o'r tebot iddo a rhoi dwy lwyaid o siwgr prin ynddi.

'Yfa honna rŵan, Ifan, a dos yn ôl i dy wely am sbelan. Mi

fyddi di'n teimlo'n well wedyn.' Llyncodd anadl ddofn. 'Mi ofala i am y chwadan.'

Treuliodd Ifan weddill y diwrnod ar ei wely yn y daflod, yn cysgu ac yn breuddwydio bob yn ail.

Aeth Mair yn ôl i'r cwt a thorri'r llinyn i ryddhau'r hwyaden oddi wrth y distyn. Doedd hi erioed wedi pluo na thrin ffowlyn o'r blaen. Wyddai hi ddim sut i ddechrau ond doedd hi ddim am boeni Nanw Ifans drwy gyfaddef nad oedd Ifan yn teimlo'n ddigon tebol i daclo'r gwaith. Gorchuddiodd ei brat hefo'i ffedog fras cyn eistedd ar stôl yn y cwt a gosod yr hwyaden, oedd yn dal yn gynnes, i orffwys ar ei glin. Bob tro yr edrychai ar y llygaid dienaid oedd yn syllu'n gyhuddgar arni, chwalai euogrwydd yn donnau dros Mair. Am wythnosau roedd hi wedi bod mor ofalus ohoni, yn ei bwydo a gofalu bod ei gwely yn lân a thwt, a rhedai'r aderyn ati i'w chroesawu pan fyddai hi'n agor y drws. Daeth pwys drosti wrth gofio bod Gruffydd wedi rhoi enw ar yr hwyaden druan. Beth petai'n dod i ddeall mai ei gyfaill pluog oedd ar y bwrdd o'i flaen drannoeth? Ymbiliodd am faddeuant wrth afael yn y plu fesul un a rhoi plwc bach ysgafn iddynt i ddechrau, yna tynnodd yn gryfach arnynt yma ac acw nes bod y corff yn edrych fel petai wedi'i reibio gan anifail gwyllt. Sylweddolodd Mair y byddai'n rhaid iddi gael rhyw fath o drefn os oedd am wneud y gwaith yn iawn. Dechrau hefo'r frest fyddai orau, ac yna pluo i lawr y gwddw cyn gorffen y cefn a'r coesau. Wrth i Mair ganolbwyntio ar y gwaith, ac wrth i'w bys a'i bawd gynefino â'r plycio diddiwedd, daeth yr haenen o gorblu llwyd mân, mân oedd yn gorchuddio'r corff i'r golwg. Suddodd ei chalon wrth sylweddoli y byddai'n rhaid iddi ddechrau o'r dechrau eto os oedd am ei phluo'n lân. Erbyn hynny roedd haul gwan yn goleuo'r awyr felen, ond penderfynodd Mair y byddai'n rhaid i bawb ddisgwyl am eu brecwast nes y byddai hi wedi gorffen. O'r diwedd caeodd ddrws y cwt yn ofalus ar ôl taenu ei ffedog fras dros gorff yr hwyaden, a chribo'i dwylo drwy ei gwallt i gael gwared ar y plu. Saethodd poenau drwy fysedd ei llaw dde. Er ei bod wedi arfer â gwaith caled yn helpu Ifan ar y tyddyn roedd y boen hon bron yn annioddefol. Trodd at y nant fechan a phlymio'i dwylo i'r dŵr oer, a'u sychu yn ei brat cyn llusgo'i thraed yn drwm tuag at y tŷ i baratoi'r brecwast.

'Lle dach chi 'di bod, Mam? Dwi isio bwyd,' cyfarchodd Gruffydd hi.

Gwyddai Mair y byddai'n siŵr o ddechrau crio yn ei rhwystredigaeth petai hi'n agor ei cheg i'w ateb, felly cadwodd yn ddistaw wrth baratoi'r brecwast. Roedd arni angen cwyno am yr annhegwch a deimlai – doedd hi ddim yn deg fod Ifan yn gorwedd yn ei wely'n glyd a chynnes a hithau'n dioddef cymaint o boen yn ei dwylo ar ôl gorfod gorffen ei waith o. Pam na fedrai o drechu ei atgofion am y Rhyfel, petai ond er ei mwyn hi? Oedd o wedi stopio'i charu?

Dychrynodd wrth ystyried yr atgasedd roedd hi newydd ei anelu tuag at ei gŵr. Wnaeth hi erioed o'r blaen deimlo felly tuag ato. Onid Ifan oedd cannwyll ei llygad? Ond roedd hi bron â chyrraedd pen ei thennyn, a'r straen ers i Ifan gyrraedd adref yn pwyso'n drymach arni fesul diwrnod wrth geisio'i warchod rhag yr ofnau oedd yn ei boeni.

Roedd chwd sur yng nghefn ei gwddf wrth iddi feddwl am lanhau'r corpws oedd yn disgwyl amdani yn y cwt. Wyddai hi ddim sut i ddechrau, ac yn y diwedd bu'n rhaid iddi ofyn am gyfarwyddyd gan ei mam yng nghyfraith.

'Mi ddylsach chi fod wedi'i lladd hi ddoe,' oedd ymateb gwantan Nanw, 'er mwyn iddi sadio ac oeri'n iawn cyn ei thrin. Mi fysa'n llawer haws ar ôl i'r gwaed geulo ... llai o ddrewdod o lawer.'

Yn ôl yn y cwt, llithrodd y gyllell rhwng dwy glun yr hwyaden a llanwyd ei ffroenau â'r oglau mwyaf anghynnes nes ei bod yn cyfogi. Rhedodd trwy'r drws a phlygu er mwyn gadael i'r chwd lifo allan o'i cheg. Plymiodd ei dwylo i'r hocsed oedd y tu allan i ddrws y cwt i ddal y dŵr glaw a chymryd cegaid ohono cyn taro'i dwylo dros ei hwyneb. Pan ailafaelodd yn yr hwyaden caeodd ei llygaid a mentro gwthio'i bysedd fesul modfedd i grombil yr aderyn. Gwnaeth y gwlybaniaeth cynnes iddi gyfogi unwaith eto, felly tynnodd ei llaw allan a mynd i eistedd ar y stôl. Teimlodd ei stumog yn chwyddo ac yn tynhau bob yn ail, a bu'n rhaid iddi aros am funudau hir cyn codi i barhau â'r gwaith – doedd ganddi ddim dewis arall neu fyddai dim tamaid i ginio y diwrnod canlynol. Dim i ddathlu'r Nadolig, heb iddi hi ei hun baratoi'r hwyaden yn barod am y popty. Caeodd ei llygaid yn dynn, plygu ei bysedd am y perfedd afiach a'i dynnu allan yn sydyn, a gadael iddo ddisgyn i'r bwced oedd wrth ei thraed. Edrychodd ar y swtrach yn swp pibellog glasddu yng ngwaelod y bwced a gollwng ebychiad o ryddhad cyn rinsio'r cadach gwyn yn y dŵr cynnes roedd hi wedi'i dywallt i ddysgl, a sychu tu mewn yr hwyaden yn ofalus. Pan roddodd y cadach yn ôl yn y ddysgl i'w rinsio a'i wasgu'n dynn, trodd y dŵr yn goch, goch. Ar ôl gorffen, tynnodd ei ffedog fras oddi amdani a chario'r hwyaden lân yn fuddugoliaethus i'r tŷ. Roedd hi wedi llwyddo i oresgyn ei hofnau er mwyn trin yr hwyaden ... pam na allai Ifan wneud yr un fath?

Gwawriodd y diwrnod mawr o'r diwedd. Cododd Nanw Ifans o'i gwely ar ôl i Mair gynnig ei helpu i wisgo ac ymolchi, ond fwytaodd hi fawr ddim a roddwyd o'i blaen, dim ond symud y bwyd o un ochr y plât i'r llall hefo'i fforc. Gydag ychydig o help gan ei fam, Gruffydd ddaeth o hyd i'r pishyn chwe cheiniog oedd yn cuddio yn y pwdin clwt fu'n mudferwi mewn sosban ar y tân ers amser brecwast. Cyn iddyn nhw glirio'r llestri gweigion oddi ar y bwrdd aeth Ifan i'r cwt a daeth yn ei ôl hefo berfa fechan werdd a choch, a'i chyflwyno i Gruffydd.

'Be ti'n ddeud wrth Tada am fynd i'r holl drafferth?' gofynnodd Mair wrth guro'i dwylo i ddangos ei boddhad.

'Diolch, Tada,' atebodd y bachgen o dan ei wynt heb godi ei wyneb i edrych ar ei dad.

Gafaelodd Mair am ysgwyddau'r ddau a tharo cusan bob un ar eu pennau. 'Dolig Llawen a Blwyddyn Newydd Dda i ni i gyd, pan ddaw hi.'

Pennod 6

Bu farw Nanw Ifans yn niwedd Ionawr yn dawel yn ei gwely ei hun yn ôl ei dymuniad. Llusgodd wythnosau olaf y gaeaf heibio'n araf, a theimlai Ifan yn fwy di-werth bob dydd. Doedd ganddo ddim byd i'w ddweud, a dim byd i'w wneud o fewn pedair wal Bwlch y Graig. Hyrddiai'r glaw diddiwedd dros y penrhyn o flaen gwyntoedd cryf y gorllewin, ac wrth wrando ar udo corn Enlli yn taro'n erbyn y creigiau duon fel ergydion, llanwai ei ben â darluniau dieflig: sgerbydau duon trefi bychain ym mynyddoedd yr Eidal, y mwg yn dal i godi o weddillion y tai a'r eglwysi; y merched druan yn eu carpiau duon fel brain mud, yn casglu unrhyw gelanedd oedd ar ôl i'w claddu yn y mynwentydd bychan diarffordd. Plant bach â'u dwylo allan yn crefu am gardod, eu llygaid mawr tywyll yn erfyn am damaid i'w fwyta a'u crwyn yn llac am eu hesgyrn a'u coesau'n denau fel brwyn. Ac yntau heb ddim i'w roi iddynt. Daliai i weld yr hen ddynion diobaith yn cyrcydu wrth weddillion wal neu goeden, unrhyw beth y gallent gydio ynddo i gynnal eu cyrff simsan, gwanllyd.

Y cyrff. Allai o ddim anghofio'r cyrff. Er iddo gau ei lygaid a gwasgu ei ddeuddwrn yn eu herbyn nes eu bod yn brifo roedd y lluniau'n dal yno, fel petai rhywun wedi eu gludo'n sownd o dan ei amrannau i'w cadw'n saff yn albwm ei ymennydd. A doedd o byth ar ei ben ei hun – dilynai cysgodion yr hogiau ef i bob man. Doedd dim gwahaniaeth ble'r oedd o, roedd un ohonynt yn siŵr o fod yno wrth ei gwtyn bob amser.

Synhwyrai nad oedd Mair yn deall o ddifrif gymaint roedd o'n dioddef, er ei fod wedi trio'i orau i egluro iddi. Doedd hi ddim fel petai eisiau gwrando arno, a phan ddechreuai o sôn

am y Rhyfel gofynnai hi am ei farn ar rywbeth dibwys fel
gwasgod roedd hi ar ganol ei gwau i Gruffydd neu liain bwrdd
yr oedd hi'n ei frodio. Methai yntau'n lân â chymryd diddordeb
mewn pethau mor ddibwys, ac roedd ffysian a ffwdanu Mair yn
mynd o dan ei groen. Doedd o ddim wedi gorfod poeni am ddim
byd tra oedd o i ffwrdd – doedd neb wedi gofyn am ei farn, a
phopeth wedi ei drefnu ar ei gyfer yn y Fyddin, yn ddillad, bwyd,
pa gam i'w gymryd nesaf ... Left. Right. Doedd o ddim wedi
gorfod meddwl am ddim ... heblaw'r unig beth nad oedd
ganddynt reolaeth drosto. Marwolaeth. Roedd *hwnnw* wedi
gwau ei we yn ei ben, fel crysalis, fel na allai feddwl am ddim
byd arall am bron i bum mlynedd. Dim ond iddo osgoi *hwnnw*
byddai pob dim yn iawn. Ac mi wnaeth. Drwy ryw lwc daeth
adref yn fyw. Ond ar ôl bron i flwyddyn o heddwch, ar ôl i'r ofn
hwnnw gilio'n raddol, yn ei le daeth hunllefau arswydus i'w yrru
bron o'i gof. Gwyddai na fedrai neb ond ei gyd-filwyr ei helpu.
Dim ond nhw fyddai'n deall.

Teimlai Mair hithau'r wythnosau tywyll yn llusgo, a'r bwthyn
bach yn cau amdani fel carchar. Ychydig iawn o sgwrs oedd i'w
gael gan Ifan: enciliai i'r cwt yn amlach ac yn amlach yn ystod
y dydd, a gyda'r nosau eisteddai yn syllu i'r tân â'i feddwl yn
bell i ffwrdd o Bencrugiau a hithau. Roedd hi'n difaru iddi golli
ei thymer ar ôl ei ddilyn i'r cwt un pnawn a'i ddal yn chwythu
mwg allan yn hamddenol drwy ei geg a'i drwyn. Ffrwydrodd
rhywbeth yn ei phen.

'Dyma chdi'n wastio'n harian prin ni yn fama a finna'n trio
'ngora i gael dau ben llinyn ynghyd,' gwaeddodd arno. 'Dwi'n
gwbod dy fod ti 'di cadw chydig o'r sylltau 'na enillist ti'r ha'
dwytha yn Pen'foel. 'Sa'n rheitiach i chdi brynu sgidia newydd
i dy fab yn y tywydd oer 'ma na'u gwario nhw ar yr Woodbines
drewllyd 'na.'

Gwylltiodd Ifan yn gacwn am iddi edliw iddo'r ychydig
gysur roedd o'n ei gael, a syfrdanwyd Mair gan ei ymateb.

'Sgin ti'm syniad, nagoes, be dwi wedi bod trwyddo fo – chdi na neb arall. Mi oedd hi'n iawn arnoch chi i gyd tua Rhyd 'na, yn saff hefo'ch gilydd, yn dandwn yr hogyn 'ma a'i ddifetha fo'n rhacs, nes 'i fod o'n rêl babi mam.'

Teimlodd Mair frathiad ei eiriau cas yn trywanu ei chalon, yn fwy poenus na phetai o wedi'i tharo â'i ddwrn. Dyna'r tro cyntaf iddi weld Ifan yn colli ei dymer o ddifrif. Roedd o wastad wedi bod mor ffeind ac addfwyn – dyna un o'r rhesymau pam y bu iddi syrthio mewn cariad ag o flynyddoedd ynghynt, hynny a'i wên siriol yng nghefn yr eglwys, a'r llygaid glas a doddodd ei chalon. Ond roedd yr Ifan yma'n edrych mor wahanol, ei wyneb yn fflamgoch a'i lygaid yn tanio. Edrychai fel dieithryn, ac roedd hynny'n ddigon i ddychryn Mair. Ond doedd ganddi neb i ymddiried ynddo, neb i droi ato. Roedd hi ar ei phen ei hun yn bell oddi wrth ei theulu a'i ffrindiau.

Ciliodd i'r daflod a thaflu ei hun ar y gwely, gan dyrchu ei hwyneb i'r gobennydd a wylo. Ymhen munudau maith, ar ôl i'w dagrau hesbio, cododd ar ei heistedd. Wrth chwilio ym mhoced ei brat am hances i sychu'i llygaid, cyffyrddodd ei bysedd yn yr amlen roedd hi wedi'i tharo yno y bore hwnnw. Ochneidiodd wrth ei hagor yn araf.

Tŷ Isaf
Rhydyberthan

Annwyl Mair,
Sori na wnes i yrru cardyn Dolig i chdi ond mi nes i anghofio bob dim yng nghanol yr hwyl a'r miri a dyma hi yn flwyddyn newydd arnon ni. Un sâl ydw i am sgwennu fel y gwyddost, roedd yn gas gin i y Miss Wilias Fawr honno yn ysgol dre oedd yn trio fy nysgu ond fedrwn i yn fy myw ddygymod â hi. Be oedd ots os oedd y cyfeiriad ar yr envelope dipyn bach yn gam neu os oeddwn i wedi anghofio rhoi comma ar ddiwedd y llinell?

O leia ro'n i'n gwbod sut i neud fy ngwallt yn ffasiynol, yn wahanol iddi hi, oedd wedi ei dorri o dat ei chlustia a hwnnw'n syth bin hefo ryw sleid hyll ar un ochor i'w gadw yn ei le. Ac roedd yn gas gin i pan fydda hi'n plygu dros fy nesg i edrych ar fy ngwaith nes oedd ei brestia hi'n hongian ac yn twtsiad yn fy mhen. A fysa chdi'n meddwl y bysa hi 'di sbio yn y glás ar ôl gwisgo ond roedd ei phais hi bob amser fodfedd yn hirach na'i sgert. Fysa chdi ddim yn fy nal i yn cychwyn allan fel'na!

Chwarddodd Mair yn uchel a sychu gweddill ei dagrau. O, mi fuasai'n rhoi rwbath am gael Gladys hefo hi yr eiliad honno. Hi oedd yn codi calonnau pawb yn Rhes Newydd yn ystod y Rhyfel, ac mi fyddai'n siŵr o fod yn gwybod pa gyngor i'w roi iddi heddiw. Ailafaelodd yn y llythyr.

Gawsoch chi hwyl noson Watch Night? Wel sôn am le oedd yn y pentra. Mi es i i'r festri hefo taid y plant 'ma (unrhyw esgus i gael mynd allan o'r tŷ). Consyrt oedd yno, rhyw barti canu penillion reit boring a deud y gwir a'r gweinidog wedyn yn gweddïo trwy'i drwyn pan darodd hi hanner nos ac yn diolch am y flwyddyn newydd, 'un mil naw cant pedwar deg a chwech' medda fo'n hannar llafarganu. Argol, neintin fforti sics ddeudith pawb hyd y lle 'ma, de Mair ... haws o lawer.

Ta waeth, pan gyrhaeddon ni adra dyma fi'n clywed Edward yn gwaredu o dan ei wynt. 'Y diawlad bach,' medda fo ac mi ddychrynis i. Chlywis i mohono rioed yn rhegi o'r blaen, a fynta'n flaenor a bob dim. 'Be sy?' medda fi. 'Y giât,' medda fynta, 'dydi hi ddim yna.' A dyna pryd sylwis i fod giât bach y ffrynt wedi diflannu.

Fel roeddan ni'n dau yn cychwyn am y tŷ dyma griw o hogia'n dŵad o rwla, yn chwerthin 'i hochor hi. Camodd Edward i'r lôn o'u blaena nhw a mynnu 'u bod nhw'n deud wrtho fo lle roedd y giât. Dal i chwerthin naethon nhw a phwyntio at dop y polyn teligraff wrth y Post, y coblynnod iddyn nhw. Hogia Berch oeddan nhw – mi nabodish i Now El. Ti'n cofio, yr hen labwst mawr 'na oedd ar f'ôl i ers talwm? Ella mai dwyn y giât ran sbeit nath o am 'mod i wedi troi fy nhrwyn arno fo sawl tro. Ond diolch byth, pwy ddaeth i fyny'r stryd ond Wmffra ac Emrys ar eu ffordd adra o'r festri. Dyma Wmffra yn gafael yng ngwegil Now El a'i fygwth, nes i hwnnw neidio ar sgwydda Ianto Fawr a dechra dringo'r tolynnod i fyny'r polyn nes ei fod o o fewn cyrraedd i'r giât. Fuodd o fawr o dro yn ei chael hi i lawr. Argol, mi o'n i wedi dychryn gymaint o fòs ar yr hogia fengach 'na oedd Wmffra. Mae o'n dipyn o foi, 'sti, mi fysa fo 'di gneud plisman pentra gwell na'r hen Preis oedd yma ers talwm. Roedd Edward mor ddiolchgar iddo fo ac mi fynnodd ei fod o'n dŵad i'r tŷ am banad. O'n i'n gobeithio y bysa fo 'di cynnig rwbath cryfach iddo fo, fel y brandi oedd yng ngwaelod y botal fach yn y pantri ar ôl gneud y pwdin Dolig, ond nath o ddim. Dyna fo, be ti'n ddisgwyl gan flaenor Methodust yntê?

Gwenodd Mair drwy ei dagrau wrth ddarllen gweddill y llythyr. Roedd ganddi gymaint o hiraeth am Gladys ac am Rydyberthan, ond roedd rhyw bry bach anniddig yn ei phrocio wrth glywed cymaint roedd ei ffrind yn edmygu Wmffra. Gwyddai fod Gladys yn abl i dorri calon unrhyw ddyn, er nad oedd hynny'n fwriadol bob tro. Wmffra druan, meddyliodd, ei brawd caredig. Fynnai hi ddim iddo gael ei frifo am bris yn y byd.

Roedd ei chydwybod yn ei phoeni wrth ystyried y dylai hi fod adref yn Rhydyberthan yn cadw llygad ar y ddau, ond doedd Ifan ddim hanner digon da iddi ystyried ei adael ar ei ben ei hun.

Toc clywodd sŵn ei draed yn cerdded yn ôl ac ymlaen yn y gegin oddi tani, ac ar ôl tacluso rhywfaint ar ei gwallt a sythu ei dillad mentrodd i lawr yr ystol yn araf. Wyddai hi ddim sut i ddechrau sgwrs hefo fo ac roedd yntau'n gyndyn o edrych i'w llygaid. Yn sydyn, aeth Ifan drwodd i'r siambr ac estyn ei gôt fawr a'i gap o'r wardrob. Gwisgodd nhw, a chlymu sgarff am ei wddw.

'Dwi'n mynd lawr i'r pentra,' cyhoeddodd.

'Bobol annw'l, Ifan, be nei di'n fanno dŵad?' ebychodd Mair yn syn. Ers iddyn nhw ddod yn ôl i Fwlch y Graig doedd yr un o draed Ifan wedi symud o Bencrugiau heblaw i lafurio yng nghaeau eu cymdogion, felly roedd y datganiad ei fod am fynd i'r pentref yn un annisgwyl iawn.

Methodd Ifan ag edrych i'w llygaid wrth ei hateb.

'Rhaid i mi neud rwbath, Mair. Dwi jyst â mynd o 'ngho yn y lle 'ma. Roedd y niwl 'na gafon ni yn yr wsnosa dwytha bron â fy mygu ... a'r blydi ffogorn ...'

'Ond Ifan bach, pam na fysat ti wedi deud? Mae Gruffydd a finna yma bob amser i chdi. Mi wyddwn i nad oeddat ti'n cysgu'n dda, a dy fod ti wedi bod yn poeni am dy fam cyn iddi'n gadael ni, ond mi wnei di altro wrth i'r dyddia 'ma symud ymlaen. Sa'm yn well i Gruffydd a finna ddod hefo chdi'n gwmpeini, dŵad?' Wrth iddi yngan y geiriau dechreuodd Mair amau ei fod o angen rhywbeth mwy na chwmni ei wraig a'i blentyn y diwrnod hwnnw. 'Ifan, ti rioed yn mynd i'r Ship, yn nagwyt?'

'Dim ond am hannar bach, Mair. Ella neith o les i mi drio anghofio.'

'Wel, os wyt ti wedi penderfynu mynd i'r pentra ma' siŵr na wnei di ddim ailfeddwl, dim gwahaniaeth be ddeuda i. Ond mi fysa'n well i ti newid o'r hen ddillad gwaith blêr 'na os ti am fynd i ŵydd pobol. Pam na wisgi di dy siwt di-mob? Dydi hi'n dda i ddim yn hongian yn y cwpwrdd dillad, a sy'm isio i bawb feddwl ein bod ni ar y plwy, yn nagoes?'

Heb brotestio newidiodd Ifan y trowsus yn unig, ac wrth dynnu ei esgidiau trymion am ei draed sylweddolodd faint roedd o'n ysu am gwrw a smôc hefo'r hogiau. Wnaeth o ddim egluro i Mair ei fod o'n colli'r tynnu coes, y chwerthin gwneud nerfus, y rhyfygu ffals ... bod yn un o'r bois.

Gwaeddodd Mair ar ei ôl wrth iddo gau'r drws.

'Plis paid â bod yn hwyr, Ifan, ty'd yn ôl cyn iddi d'wllu, 'cofn i ti faglu a disgyn. Fysa neb yn gwbod lle i gael hyd i chdi, cofia.'

Ar ôl i Ifan fynd teimlai Mair mor rhwystredig. Chwiliodd am unrhyw beth i lenwi ei hamser: cododd ei gweill o'r fasged dim ond i'w gollwng yn ôl iddi heb wau pwythyn. Chwiliodd am y botel finag a phapur newydd i llnau ffenest y gegin ond rhoddodd nhw o'r neilltu cyn sychu 'run paen.

Oriau yn ddiweddarach, pan oedd ar ganol paratoi swper,

cerddai Mair yn ôl ac ymlaen at y drws bob chydig funudau i rythu i lawr y llwybr at y gamfa, ond doedd dim golwg o Ifan. Pan welodd fod maneg y nos yn dechrau gafael yn y penrhyn a'r gwynt main yn chwibanu dros y llechweddau, dechreuodd boeni o ddifrif. Ystyriodd fynd cyn belled â Phenyfoel i ofyn am help i fynd i chwilio amdano ond doedd hi ddim am godi Gruffydd o'i wely, a ph'run bynnag, roedd ganddi ormod o gywilydd cydnabod wrth neb fod Ifan wedi mynd i'r dafarn i yfed.

Eisteddodd yn ei chadair a gosod ei phen yn ei dwylo. Wyddai hi ddim sut i'w helpu o. Roedd hi wedi trio'i gorau i anwybyddu ei straeon o'r Rhyfel a throi ei feddwl at bethau hwyliog, wedi trio'i gadw'n brysur er mwyn ei flino, wedi trio ei gael o a Gruffydd i fwynhau cwmni ei gilydd, a'i atgoffa fo fel roeddan nhw'n caru yn y daflod ar ôl priodi. Ond na, doedd dim yn tycio. Roedd o fel darn o froc môr wedi bod allan ar y tywod am fisoedd, ac wedi sychu'n grimp. Ella'i bod hi ar fai yn edliw'r sigaréts iddo, ystyriodd.

Cywilyddiodd wrth feddwl ei bod wedi cwestiynu ar un adeg tybed a fyddai hi'n well allan petai Ifan heb ddod yn ei ôl o gwbl, petai o wedi ei gadael fel roedd William wedi gadael Gladys neu fel roedd John Emlyn wedi gadael Anni yn wraig weddw. Petai hi wedi symud i fyw at ei brodyr a'i thad yn hytrach na chael ei gadael ar ben ei hun i ymdopi â phroblemau meddyliol Ifan, byddai ei bywyd gymaint brafiach.

Ochneidiodd yn uchel, a'r eiliad honno clywodd ganu aflafar y tu allan i'r tŷ. Gwrandawodd yn astud am eiliad neu ddwy cyn agor cil y drws. Gwelodd dri chysgod yn sefyll yn y tywyllwch: yn y canol rhwng dau ddyn roedd Ifan yn llipa fel pyped, a'r lleill yn ei ddal i fyny gerfydd ei geseiliau. Wrth weld Mair yn sefyll ar y trothwy ac yn rhythu arnyn nhw, gollyngodd y ddau Ifan yn swp ar y fainc fach ger drws y tŷ, a chamu'n ôl. Teimlodd hithau ei chalon yn torri'n deilchion wrth weld ei gŵr yn chwydu cynnwys ei stumog dros stepen y drws. Fedrai hi ddim symud, dim ond syllu arno'n cyfogi ac yn baglu wrth drio codi nes iddo ddisgyn ar ei bengliniau wrth ei thraed.

'Arglwy', Mair bach, mae o 'di cael mwy na llond 'i fol, cofia,' meddai Richard Penyfoel toc, a'i dafod lond ei geg.

'Ydi,' meddai Islwyn Hendy, 'ac mae o 'di teimlo mwy na'i siâr o ddyrna hefyd.'

Rhedodd Mair i gau drws y siambr.

'Rhag eich cwilydd chi, a cadwch eich lleisia i lawr 'cofn i chi ddeffro Gruffydd bach. Sbiwch arno fo. Pam na fysach chi'n dŵad â fo adra cyn iddo fo fynd i'r ffasiwn stad? A tydach chitha'ch dau fawr gwell chwaith.'

'Wel, mi aeth hi dipyn yn flêr pan ddechreuodd hogia'r pentra dynnu arno fo a'i drowsus ffansi,' atebodd Islwyn, 'ac mi aeth tempar Ifan drwy'r to. Geiria cas i ddechra, gofyn faint ohonyn nhw oedd wedi bod trwy'r rhyfel, 'ta oeddan nhw wedi medru osgoi mynd drwy guddio a chymryd arnyn bod eu hangen nhw adra ar y ffermydd bach 'ma ... ' Roedd Islwyn erbyn hyn yn pwyso'i fraich ar ysgwydd Richard, oedd yn nodio'i ben i fyny ac i lawr i gytuno â'i gyfaill. Gafaelodd yntau yn y stori.

' ... a phan ddeudodd Glyn Thomas, oedd wedi picio i mewn am dropyn, fel mae o'n arfer neud ar nos Sadyrna cyn mynd i rwla i bregethu'r diwrnod wedyn, yn ddigon diniwad ei fod o'n heddychwr dyma Ifan yn landio dwrn o dan ei ên a gweiddi, "Y conshi diawl, be ti'n feddwl fues i'n neud am yr holl flynyddoedd er mwyn i chdi a dy debyg enjoio dy blydi heddwch?"'

'Aeth petha'n waeth wedyn, yn do Richard,' meddai Islwyn, 'ac erbyn hynny roedd hogia Rhiw a Sarn wedi cyrraedd. Asu, 'sa ti'n gweld y Ship ... dyrna'n fflio i bob man heb sôn am ambell gadair ... a chwrw dros y lle i gyd.'

'Lle oedd Wilias tra oedd hyn yn mynd ymlaen?'

'Duwch, dydi o ddim isio bod yn rhan o unrhyw ffrwgwd. Mi driodd hel hogia Sarn adra ond doedd neb yn gwrando arno fo, ac yn ei ôl i Dŷ Plisman aeth o'n reit ddistaw.'

Wnaeth Mair erioed gredu y byddai Ifan wedi gallu achosi'r

fath helynt yn y pentref. Chwalodd cywilydd mawr drosti. Sut oedd hi'n mynd i fedru codi'i phen yn y gymdogaeth ar ôl hyn?

'Helpwch fi i ddod â fo i mewn, newch chi, wedyn mae'n well i chitha fynd adra at eich teuluoedd yn reit handi. Ylwch, mae 'na ddŵr cynnas yn y teciall, rhowch dipyn o drefn arnoch chi'ch hunain cyn cychwyn.'

Tynnodd Mair sgidiau trymion a chôt fawr Ifan oddi amdano gyda help Richard ac Islwyn, a llwyddodd y tri i'w roi i orwedd ar y gwely wenscot. Roedd Mair ei hun yn cyfogi erbyn hyn wrth i oglcuon sur cynnwys stumog Ifan lenwi ei ffroenau. Wrth i'r ddau ddyn ifanc symud tuag at y drws â golwg dinslip ar eu wynebau, galwodd Mair ar eu holau.

'Diolch i chi am ddod â fo adra'n saff, hogia. Mae o 'di bod drwy betha mawr, cofiwch.'

Erbyn i Mair wasgu'r cadach i sychu ei wyneb roedd Ifan yn rhochian cysgu. Edrychodd yn dosturiol ar ei amrannau euraid yn crynu'n ysgafn ar ei groen gwelw wrth iddo anadlu'n ddwfn, a chwalodd yr hen gariad tuag ato drosti. Efallai, pan ddeuai'r gwanwyn a'r ddau ohonynt yn gweithio allan yn yr ardd yn hadu a phlannu drwy'r dydd, y byddai'r llafurio caled yn ei adael yn rhy flinedig i fynd i lawr i'r Ship. Yn y cyfamser, byddai'n rhaid iddi aros wrth ei ochr ddydd a nos i'w warchod.

Pennod 7

Haf 1946

Cyrhaeddodd yr haf a'i ddyddiau hirion dioglyd. Bron bob dydd safai Mair ar y llethr uwchben Bwch y Graig yn syllu tua'r dwyrain, dros Gilan oedd yn gwthio'i drwyn hir i fae Ceredigion. Tu draw iddo gwelai fynyddoedd llwydlas Eryri yn y pellter. Rhywle rhwng y rhain roedd Rhydyberthan yn swatio, a dychmygai sut roedd ei thad a'i brodyr yn sgwrsio ar yr aelwyd. Dychmygai hefyd weld Gladys y tu ôl i gowntar Siop Johnson's mewn ffrog haf ysgafn yn cellwair hefo'r cwsmeriaid. Synnodd wrth deimlo cenfigen yn cropian yn slei drwyddi. Rhoddai'r byd y munud hwnnw i gael hwyl hefo merched o'r un oed â hi. Doedd hi'n gweld fawr neb o ddydd i ddydd os nad oedd hi'n picio i lawr i'r pentref, ac roedd hynny'n bur anaml. Dim ond os byddai hi angen rhywbeth nad oedd i'w gael yn siop Pencrugiau fyddai hi'n mynd, a doedd hi ddim am gael ei holi'n dwll am Ifan. Doedd hi ddim am orfod egluro iddyn nhw nad oedd o wedi bod yn dda dros y gaeaf, ac yntau wedi dioddef o iselder mawr ar brydiau.

Wrth eistedd ar y fainc y tu allan i'r bwthyn un prynhawn â'i llygaid ar gau, yn meddwl am ei thad a'i brodyr, meddyliai'n sicr fod dyddiau gwell i ddod. Roedd Ifan yn ymddangos gymaint gwell ers y gaeaf – roedd ei gorff tenau wedi llenwi a lliw yr haul ar ei wyneb ar ôl treulio cymaint o amser allan yn y gwanwyn. Roedd ei feddwl fel petai wedi ymdawelu hefyd. Ymhen sbel agorodd ei llygaid a cherdded i lawr i'r ardd at Ifan, oedd yn brwsio pitsh du dros y giât fechan. Rhoddodd ei breichiau'n gariadus am ei ganol.

'Fysat ti'n lecio tasan ni'n mynd i Rhyd am noson? Dwi'n colli gweld pawb, cofia. Rydan ni wedi gweithio mor galed yr wsnosa dwytha 'ma, ac mi fydd yr ardd yn iawn am sbel nes bydd hi'n amser hel y pys a'r ffa. Dwi'n siŵr y bysa Islwyn yn dod yma i odro i ni, ac mi fysan ni'n medru gwasgu'n hunain i mewn i'r lorri laeth, y fi yn y canol rhyngddat ti a'r dreifar a Gruffydd ar fy nglin ...'

Cododd Ifan ei ben i edrych arni a gwelodd Mair y boen yn ei lygaid.

Roedd ei feddwl wedi fferru wrth iddo ddychmygu eistedd am oriau yn y lorri ac oglau'r tanwydd yn llosgi'i drwyn, yn ei atgoffa o'r lorri ddrewllyd fuodd o'n ei gyrru drwy diroedd diffaith Affrica yn ystod y Rhyfel. Cofiodd fel y bu'n rhaid iddo yrru yn ôl ac ymlaen yn y gwres dros y tir llychlyd, y chwys hallt yn llifo i'w lygaid nes ei ddallu a'i figyrnau'n wyn wrth iddo gydio fel gelen yn y llyw a gweddïo na fyddai olwynion y lorri yn gyrru dros fein oedd wedi'i chladdu'n dwyllodrus yn y tywod gan y Jyrmans. Dychmygai ffrwydrad nerthol ac yntau a'i griw yn cael eu chwalu'n dalpiau cigog yma ac acw dros y twyni. Y cyfrifoldeb am ddwsin o fywydau ifanc i gyd ar ei sgwyddau o ... un camgymeriad, dim ond un llathen i'r chwith neu'r dde yn ormod, a dyna hi'n gwdbei. A doedd o'n sicr ddim eisiau tindroi yng ngheginau rhai o ffermydd y penrhyn i ddisgwyl i ddreifar y lorri yfed ei baneidiau tra oedd llygaid pawb wedi'u hoelio arno fo, yn disgwyl am atebion i'w cwestiynau. 'Faint o dy ffrindia di gafodd 'u lladd, Ifan? Saethist ti un o'r diawliaid, Ifan?' Na, yn bendant, doedd o ddim eisiau ateb 'run cwestiwn.

'Dos di, Mair. Well i mi aros yma, wel'di. Mi wyddost ti pa mor gyndyn o roi ei llaeth ydi Doli os styrbith rwbath hi. A dydi hi ddim wedi arfar hefo neb arall yn 'i godro hi 'blaw ni, nac'di? Fydda i'n iawn yma am noson, 'sti.'

Roedd yn gas ganddi feddwl am ei adael ar ei ben ei hun, hyd yn oed am un noson, ond roedd y dynfa i weld ei theulu a'i ffrindiau yn gryfach, felly gadawodd neges yn fferm Penyfoel i ofyn i yrrwr y lorri laeth aros amdani wrth y gamfa y bore Mercher canlynol. Ymhen deuddydd roedd Gruffydd a hithau ar eu ffordd i Rydyberthan.

Roedd hi bron yn amser te arnyn nhw'n cyrraedd, a chnociodd yn ysgafn ar ddrws tŷ ei thad cyn agor y drws yn dawel. Cerddodd i'r gegin – roedd ei thad yn pendwmpian o flaen tanllwyth o dân. Roedd yn amlwg yn syth i Mair nad oedd cynhesrwydd yr haul y tu allan yn ddigon i gynhesu corff eiddil Dafydd Preis, a chododd ei bys at ei gwefusau i roi arwydd i Gruffydd i ymatal rhag taflu'i hun i freichiau ei daid nes y byddai o wedi deffro'n iawn.

'Nhad ... Nhad,' sibrydodd yn ei glust. Yn raddol agorodd Dafydd Preis ei lygaid ac edrych o'i gwmpas yn syn.

'Duwadd, Mair? Chdi sy 'na go iawn? Ro'n i'n meddwl 'mod i'n breuddwydio ... a Gruffydd bach, ty'd yma at Taid, was.'

'Mi ddaethon ni ar y lorri laeth. Gawn ni aros yma hefo chi tan fory?'

Wrth i'w thad fywiogi, cododd yn sionc o'r gadair i gofleidio'i ferch a'i ŵyr. Yna symudodd tuag at y grisiau. 'Yli, mi geith Gruffydd gysgu hefo fi a dwi'n gwbod y bydd Emrys yn falch o roi 'i wely i fyny am noson i ti. Mi gysgith o ar lawr yn llofft Wmffra. Mae 'ma ddigon o le i ni i gyd. Dwi mor lwcus 'mod i wedi cael y tŷ 'ma cyn y rhyfel. Oes, yn tad, mae 'ma ddigon o le i ni i gyd,' pwysleisiodd wedyn. 'Mi fydd yr hogia adra toc a gei di weld sioc gân nhw pan welan nhw chi. Dach chi'n lwcus, mae 'na lond sosban o lobsgows at swpar heno.' Aeth yr hen ŵr i'r gegin i hwylio paned.

'Doedd Ifan ddim ffansi dŵad hefo chdi, Mair?' gofynnodd pan oedd y ddau yn eistedd yn y gegin yn ddiweddarach. 'Ydi o'n cadw'n o lew?'

Wrth glywed y consýrn yn llais ei thad llanwodd llygaid Mair, a sylwodd yntau ar y dagrau yn cronni ynddynt. Gafaelodd ym mraich Gruffydd a'i arwain allan i'r cwt lle roedd cathod bach yn crafangu dros ei gilydd ar wely o sachau yn y gornel.

'Drycha di ar ôl y cathod 'ma i mi am chydig, Gruffydd ac mi a' i yn ôl at dy fam am sgwrs. Mi ddo' i â bara llefrith iddyn nhw pan fydd o'n barod ac mi gei di eu bwydo nhw, yli.'

Yn ôl yn y tŷ, eisteddodd gyferbyn â Mair a gafael yn ei dwylo.

'Be sy, Mair bach? Ydi bob dim yn iawn rhyngthoch chi'ch dau?'

Sychodd Mair ei dagrau. 'Ydi siŵr, Nhad, ond mi fues i'n poeni llawer amdano fo ar un adeg. Yn y dechra – llynadd, ar ôl i ni symud – roedd 'na gymaint o betha angen eu gwneud o gwmpas y lle i gadw'r ddau ohonan ni'n brysur, ond unwaith ddaeth y gaea mi sylwais yn syth ar y newid yn Ifan. Mi aeth o i'w gragen. Droeon, mi ges i hyd iddo fo ar ei gwrcwd yn y cwt fcl 'tae o mewn sioc, ac wedyn ddechra'r flwyddyn, pan gawson ni wsnosa o'r hen niwl 'na, mi aeth petha'n waeth o lawar. Doedd o'n cymryd fawr o sylw o Gruffydd 'radeg hynny, er 'i fod o'n trio'i orau rŵan, ond mae'r hogyn yn dal i osgoi ei dad y rhan fwya o'r amser. Dydi o byth wedi derbyn mai Ifan ydi'i dad o, chi ... rhyw ddyn diarth ydi o iddo fo o hyd.'

Roedd hi'n rhy swil i sôn wrth ei thad fel roedd Ifan yn dal i droi ei gefn arni bob nos yn y gwely.

'Duwach, hogan, doedd gin i ddim syniad, achan. Ro'n i'n meddwl y bysa fo'n falch o gael byw mewn lle mor braf â Phencrugia. Ar yr hen ryfel 'na mae'r bai, ond mi ddaw o, gei di weld, ond iddo fo gael amser.'

'Ia, dach chi'n iawn. Mae'r hen ryfel 'na wedi deud ar 'i feddwl o'n sobor. Yn y dechra ro'n i'n trio codi'i galon o, troi'r stori bob gafael, ond wnaeth hynny ddim gweithio, mae'n amlwg. Fedrwn i ddim diodda 'i glywed o'n sôn am rai o'r hogia gafodd eu lladd. Ro'n i jyst isio anghofio pob dim am y rhyfel, isio cael dechra o'r newydd ac anghofio am y pum mlynadd oedd wedi dwyn bron bob dim oddi arnon ni. Dyna oedd ynta isio hefyd yn ôl 'i lythyra fo ... anghofio pob dim.' Ysgydwodd Mair ei phen mewn penbleth.

'Be amdanat ti? Ti'n iawn tua Pencrugia 'na?'

'Ydw, am wn i. Cofiwch, welis i fawr o neb yn ystod y gaea, ac mi fues i'n nyrsio Nanw Ifans ddechra'r flwyddyn. Ella gwellith petha rŵan, yn ystod yr ha 'ma, a hitha'n haws mynd i lawr i'r pentra i gael sgwrs hefo'r hwn a'r llall.'

Er na wnaeth hi ymhaelaethu, synhwyrodd Dafydd Preis nad oedd pethau wedi bod yn rhy hawdd i Mair ers iddi hi ac Ifan symud, a gallai weld y tristwch yn ei llygaid.

'Pam nad ei di i edrych am Gladys? Dwi'n siŵr y bysa hi'n falch o dy weld di. Mi fydd Gruffydd yn iawn yma hefo fi 'sti. Dos, i ti gael newid bach.'

'Diolch i chi, Nhad. Mi fydd hi'n braf gweld Gladys eto – dwi 'di colli ei chwmpeini hi. Roeddan ni'n cael dipyn o hwyl yn Ngwaenrugog er gwaetha bob dim.'

Agorodd llygaid Gladys led y pen pan welodd Mair yn sefyll ar drothwy'r drws. '*We'll meet again*, myn diân i,' gwaeddodd, gan agor ei breichiau led y pen i groesawu ei hen ffrind. 'Ty'd i mewn, mi awn ni i'r parlwr i gael llonydd.' Galwodd drwy ddrws y gegin ar ei mam yng nhyfraith. 'Meri, cadwch y plant hefo chi o dan draed, newch chi plis? Ma' gin i fisitor.' Amneidiodd at y soffa o dan y ffenest, 'Arglwy', ista wir, Mair.'

''Di dod adra am noson dwi, Gladys, a Nhad feddyliodd y bysat ti'n lecio 'ngweld i.'

'Ti'n lwcus nad ydw i'n gweithio heddiw. Chwara teg i dy dad, clên ydi o. Mi fydda i'n galw heibio o dro i dro i edrych amdano fo a'r hogia.'

Crychodd Mair ei llygaid yn awgrymog wrth rythu ar wyneb Gladys, a darllenodd honno ei meddwl.

'O paid â bod yn wirion, Mair, ma' hi'n reit neis cael cwmpeini dynion weithia ac mae Wmffra'n ffeind iawn hefo fi, a'r hen Emrys yn deud petha mor ddigri nes y byddwn ni i gyd yn rowlio chwerthin am 'i ben o.' Newidiodd Gladys y pwnc wrth weld Mair yn rhythu arni. 'Deud dy hanas tua Pencrugia 'na 'ta, Mair. Ti'n cael dipyn o sbort? Sgin ti gymdogion hwyliog o dy gwmpas, a sut ma' Ifan? Ydi o yma hefo chdi?'

Mwmialodd Mair yr esgusodion oedd yn cadw Ifan rhag medru dod hefo hi: y fuwch, yr ieir, yr hwyiaid.

'Sa'n gas gin i yn ganol rhyw betha fel'na, y drewdod a'r cachu. Mi fedra i ddeud dy fod ti'n gweithio'n galad dim ond wrth sbio ar dy ddwylo di ... yli coch a chras ydyn nhw. A sôn am gras, ma' siŵr fod gin ti ffedog fras hefyd, yn does? Ych a fi, fysat ti'm yn fy nal i'n gwisgo'r ffasiwn beth.' Llithrodd Gladys ei dwylo dros ei ffrog ac i lawr ei choesau llyfnion. 'Mi fuo hi'n ddigon calad arnon ni yn yr hen dai bach 'na, yn do, yn gorfod gwneud bob dim ein hunain. Dwi'n benderfynol o joio fy hun rŵan,' meddai, wrth dynnu ei thraed allan o'i sgidiau i ddangos lliw coch ei hewinedd oedd yn cyd-fynd ag ewinedd ei dwylo. 'Dwi'n lwcus iawn o fy lle yma, cofia, mae Meri'n gofalu am bob dim, y golchi a'r plicio tatws ac ati, ac rydw inna'n cael chydig oria o waith yn siop Howard Johnson, fel ers talwm.'

Rêl Gladys, meddyliodd Mair, rhoi hi ei hun yn gyntaf bob tro. Un felly fuodd hi erioed, ond er hynny roedd 'na ddigon o hwyl yn ei chwmni.

'Mi fues i'n lwcus iawn 'sti, Mair, er bod petha'n reit anodd ar ôl i mi symud yma. Mae Edward a Meri yn rai digon hen ffasiwn, ond ma' nhw am wneud iawn am ffaeledda' William ... ac wrth gwrs, ma' nhw wedi gwirioni ar ei blant o. Gawson ni'n dwy dipyn o fraw, yn do, pan ges i'r llythyr 'na gan William yn deud nad oedd o am ddŵad yn 'i ôl ata i. Ti'n cofio, dwyt Mair, sut stad o'n i ynddi? Mi fuest ti mor dda hefo fi, chwarae teg i chdi. Wna i byth anghofio pa mor ffeind oeddat ti hefo fi 'radag hynny.' Syllodd Gladys yn hir i'r grât oer. 'Dwi 'di dod i feddwl mai cosb oedd colli'r babi, am garu dyn arall yng nghefn William.'

'Gladys druan.' Gafaelodd Mair yn ei llaw. 'Ond ti 'di setlo'n iawn yn fama rŵan?'

'Do, am wn i. Mae Gari a Shirley yn cael eu sbwylio'n rhacs gan eu taid a'u nain, ac mae Edward wedi gwario dipyn ar fathrwm newydd yn y cefn hefo'r pres roedd o am 'i roi i William i ddechra'i fusnes ei hun ar ôl dod adra. Wel, dyna i chdi newid – dŵr poeth, pan yn flyshio a hyd yn oed bàth, er 'mod i'n gwbod bod Edward yn gwarafun un i mi'n aml, ac yn cwyno'n uchel pan fydda i 'di iwsio'r dŵr poeth i gyd a fynta angan siafio. Ond fydda i ddim yn cymryd arnaf 'mod i'n 'i glywad o, 'sti ... i mewn trwy un glust ac allan drwy'r llall, dyna fydda i'n ddeud. Dwi wrth fy modd yn treulio oria yno yn molchi a thrio gwahanol bowdrau a chrîms. Sgynnoch chi fathrwm tua Bwlch y Graig 'na?'

Gwenodd Mair, ond wnaeth hi ddim trafferthu esbonio fod yn rhaid cario pob tropyn o ddŵr yfed i Fwlch y Graig o'r ffynnon yng ngwaelod y cae a chasglu dŵr glaw ar gyfer golchi dillad a hyd yn oed ymolchi yn y seston yng nghefn y bwthyn.

'Braf arnat ti Glad,' meddai, 'dwi'n falch dy fod ti'n hapus o'r diwadd.'

Cododd Gladys ei phen i edrych i fyw llygaid ei ffrind, 'Ia, ond dwi'n dal heb ddyn, cofia di. Dydi bathrwm neis a theulu yng nghyfraith duwiol a phlant bach ddim yn gwneud iawn am golli sbort a sgwrsio a charu. Mi fydda i'n reit unig ar brydiau. Mynd draw i dŷ dy dad at Wmffra ac Emrys ydi'r unig gyfle, erbyn hyn, dwi'n 'i gael i gellwair a chwerthin hefo dynion. Ti mor lwcus fod Ifan gin ti.'

Chwarddodd Mair yn uchel. Cododd ar ei thraed yn barod i gychwyn yn ôl at ei thad, ond cyn mynd drwy'r drws, trodd yn ei hôl.

'Gwranda, Gladys, paid â tynnu gormod ar Wmffra ... dwi'm isio iddo fo gael 'i frifo, cofia. Fu gynno fo rioed gariad go iawn, i mi gofio, a fyswn i ddim yn lecio meddwl y bysa neb yn 'i siomi o. Mae o mor ffeind hefo Nhad ac fel ti'n gwbod, mae Emrys yn 'i addoli o.'

'Be ti'n awgrymu, Mair? Ti ddim yn meddwl y byswn i'n camarwain Wmffra, nag wyt? Duwadd, mae o'n hen foi iawn, ond fyswn i byth yn gwneud hynny iddo fo siŵr,' chwarddodd. 'A beth bynnag, does 'na ddim posib 'i ddal o ar ei ben ei hun – mae Emrys wrth 'i gwtyn o 'fath â chynffon mul, bechod. Dim ond dipyn bach o sbort fydda i'n gael hefo nhw.' Gan weld nad oedd Mair wedi'i hargyhoeddi, ychwanegodd, 'Ma' nhw fel brodyr i mi.'

Cerddodd Mair yn ôl i dŷ ei thad â geiriau Gladys yn cosi ei chlustiau.

'Brodyr, wir,' ebychodd yn uchel.

Wrth y bwrdd swper doedd dim diwedd ar gwestiynau ei thad ac Wmffra am ei bywyd ym Mhencrugiau ac am Ifan. Syllai Wmffra arni wrth iddo gnoi ei fwyd, a gwyddai Mair ei fod yn amau ei honiadau ei bod yn hapus.

'Oes raid i chdi fynd yn ôl fory?' gofynnodd iddi. 'Pam na nei di aros am chydig ddyddia – mi fysan ni wrth ein bodda'n cael cwmpeini dynas yn y tŷ yma, yn bysan, Emrys?'

'Ia Mair, aros, plis, plis, plis,' ategodd Emrys gan roi pwniad fach yn ystlys Gruffydd. Roedd y ddau yn amlwg wedi ailddarganfod eu cyfeillgarwch yn syth, ac yn cellwair a phiffian chwerthin am ben rhyw jôc ddirgel.

'Ma' raid i mi fynd fory siŵr iawn. Pwy fydd 'na i edrych ar ôl Ifan os na fydda i yno? A pheth arall, dwi'n clywed eich bod chi'n cael digon o gwmpeini merchaid yn y tŷ 'ma fel ma' hi.'

Cochodd Emrys at ei glustiau a dechreuodd Wmffra faglu ar draws ei eiriau.

'Be ... be ti'n feddwl, Mair?'

'Dim ond clywed bod Gladys yn dŵad i edrych amdanoch chi'n reit aml.'

Cuddiodd Emrys ei ben y tu ôl i gefn Gruffydd a rhoddodd Wmffra gipolwg o dan ei aeliau i gyfeiriad ei dad. Llanwyd y stafell â thawelwch trwm ac edrychodd Mair ar ei thad yn gyhuddgar.

'Daw, mi ddaw hi heibio bob hyn a hyn, yn daw, hogia?' baglodd Dafydd Preis dros ei eiriau. ''Dan ni'n falch o'i gweld hi amball gyda'r nos ... mi ddaw hi â darn o gacan neu grempog hefo hi weithia. Ac ma' hi'n giamstar ar gêm o Rummy 'sti.'

Cododd Emrys ei ben a chwarddodd dros y tŷ wrth gofio am antics Gladys, ond roedd Wmffra fel tasa fo wedi llyncu'i dafod.

Pennod 8

Gorweddodd Mair yn hir heb gysgu yn ei gwely y noson honno, ar ôl i'r geiniog ddisgyn. Roedd ei dau frawd wedi gwirioni hefo Gladys – a doedd ei thad fawr gwell, y tri fel hogiau bach wedi cael eu gollwng yn rhydd. Rummy, wir. Yn sydyn daeth rhyw euogrwydd drosti, fel chwa iasol, wrth iddi ystyried nad oedd hi erioed wedi gofyn i Ifan ei dysgu i chware cardiau hefo fo, er ei fod o wedi cyfaddef ei fod o wrth ei fodd yn gwneud hynny tra oedd o i ffwrdd. Ella y bysa petha'n well rhyngddyn nhw petai hi'n debycach i Gladys, myfyriodd ... petai hi'n fwy o gês, yn barod i fentro mwy yn lle cymryd pob dim o ddifri. Ella y bysa rhywun fel Gladys wedi medru dod â fo at 'i goed yn gynt, a ddim wedi cripian o'i gwmpas o ar flaena'i thraed rhag ofn ei ypsetio fo a'i dynnu oddi ar ei echel. Roedd hi wedi'i adael o i hel meddyliau, a'r rheiny wedyn wedi stiwio yn ei ben am ddyddiau ac wsnosau. Ochneidiodd yn uchel, ac er iddi gau ei llygaid doedd hynny ddim digon i atal y dagrau rhag gwlychu'r gobennydd.

Bu'n troi a throsi am oriau, yn llawn euogrwydd am nad oedd hi'n edrych ymlaen i fynd yn ôl i ben draw Llŷn. Doedd hi ddim awydd dychwelyd i'r bwthyn bach cyntefig, dychwelyd at y gwaith diddiwedd ac yn waeth na dim, at yr unigrwydd, er bod Ifan yno. Roedd un diwrnod yng nghwmni ei theulu a Gladys wedi gwneud iddi gyfaddef iddi'i hun gymaint roedd hi'n colli eu cwmni. Colli'r sgwrsio ffraeth a'r chwerthin ... yn enwedig y chwerthin. Dyna roedd hi'n hiraethu amdano'n fwy na dim.

Pan ddaeth Mair i lawr y grisiau y bore wedyn roedd Wmffra ac Emrys wrthi'n paratoi brecwast iddi. Sylwodd Mair ar y brechdanau tenau roedd Wmffra wedi'u torri, mor denau nes ei bod bron yn bosib gweld trwyddynt, ac er mai marjarîn oedd wedi'i daenu arnyn nhw roedd dysglaid o jam cochddu yn sgleinio yn y ddysgl wydr wrth ochr y plât.

'Wel wir, ma' rhywun wedi bod yn brysur yn gwneud y jam cartra 'ma, heb sôn am fedru hel digon o fwyar mor gynnar yn y flwyddyn,' sylwodd yn uchel.

'Wwwmff ... Wmffra aaaa Glaadys ... aaa fi ... ' dechreuodd Emrys ymlafnio â'i atal dweud cyn i'w frawd dorri ar ei draws.

'Taw wir, Ems, a gad lonydd i Mair fyta.'

Cododd Mair ei haeliau wrth edrych ar Wmffra. 'Ers pryd mae gan Gladys ddiddordeb mewn mwyar duon a jamio?'

'Deud nath hi 'i bod hi wedi gweld rhai cynnar yn y Nant ond eu bod nhw'n rhy uchel iddi hi eu cyrraedd, felly mi gynigiodd Emrys a finna fynd hefo hi i hel rywfaint. Yn do, Emrys?'

Diflannodd Emrys drwy'r drws gan esgus mynd i godi Gruffydd o'i wely, ond cyn iddi gael cyfle i rybuddio Wmffra rhag cyboli gormod hefo Gladys cyrhaeddodd Emrys yn ei ôl yn cario ei nai, oedd yn rhwbio'r cwsg o'i lygaid hefo'i ddyrnau. Gwrthododd Gruffydd fwyta briwsionyn o'r bara menyn a'r jam oedd o'i flaen.

'Ty'd Gruffydd, wir, gafael ynddi neu mi fydd Twm wedi mynd hebddon ni'n dau.'

'Dwi'm iso mynd. Isio aros yma hefo Ems,' cwynodd, gan roi ergyd i'r plât nes y bu ond y dim iddo daro'r gwydr llefrith oedd wrth ei ochr.

Gafaelodd Emrys yn ei fraich a'i arwain drwy'r drws i'r ardd.

Sylwodd Wmffra ar yr olwg drist ar wyneb Mair wrth iddi lapio'r brechdanau mewn papur llwyd a'u rhoi yn ei basged.

'Pam na wnei di 'i adael o yma hefo ni am sbelan?' gofynnodd. 'Cheith o ddim cam 'sti, yli gymaint o fêts ydi o ac Emrys. Mae'r ddau yn meddwl y byd o'i gilydd.'

Ystyriodd Mair ei gynnig am ennyd.

'Dwn i ddim, Wmffra, be i neud am y gora. Dim ond pump oed ydi o, a be tasa gynno fo hiraeth amdana i ... a'i dad?'

'Fydd o'n iawn, gei di weld, ac mi fysa fo wrth 'i fodd yn cael mynd i chwarae hefo Gari a Shirley. Mi gâi o groeso gan Gladys, yn siŵr i ti. Mae hi'n goblyn o gês hefo'r plant 'na; hwylia da arni hi bob tro ac yn canu a dawnsio hefo nhw byth a beunydd. Wel, gwna dy feddwl i fyny neu mi fydd y lorri wedi mynd hebddat ti.'

'Ond does gynno fo ddim digon o ddillad hefo fo ... a dwn i ddim be fysa Ifan yn feddwl.'

'Twt, dyro barsal i Twm ymhen diwrnod neu ddau, mi neith o 'i adael o yma ar ei ffordd adra. Ella 'sa Ifan yn falch o gael llonydd, dim ond y ddau ohonoch chi am chenj.'

Roedd yn amlwg fod ei thad wedi sôn wrth Wmffra am y tyndra oedd rhwng Ifan a Gruffydd. Yn anfoddog, cytunodd Mair i adael ei mab hefo'i theulu am wythnos.

Aeth allan i'r ardd i chwilio amdano, a gwenodd wrth ei weld yn chwarae ceffyl bach ar gefn Emrys ac yntau ar ei bedwar yn carlamu i lawr y llwybr rhwng y coed cyraints duon a'r gwsberis.

'Iawn 'ta, Gruffydd, mi gei di aros yma hefo Taid a'r hogia gwirion sy gynno fo os leci di, ac mi ddo' i i dy nôl di wsnos nesa.' Gafaelodd yn dynn amdano a chusanu ei wallt cyrliog. 'Cofia di fod yn hogyn da iddyn nhw ac ella y cei di fynd i chwara hefo Gari a Shirley. Ti'n eu cofio nhw, yn dwyt, ac Anti Gladys hefyd. Rhaid i mi fynd rŵan i ddal y lorri. Ty'd â sws fawr i Mam.'

Ond dim ond chwerthin wnaeth ei mab a rhoi cic hegar i ystlys Emrys i'w annog i roi carlam arall.

'Jî-yp, jî-yp,' gwaeddodd Gruffydd dros y lle heb fod yn ymwybodol o'r lwmpyn mawr oedd wedi codi yng ngwddf ei fam. Doedden nhw erioed wedi bod ar wahân o'r blaen ac roedd ei chalon yn brifo wrth iddi sylweddoli ei fod o'n barod i ollwng ei hun yn rhydd o'i gafael a'i gofal. Wyddai hi ddim, chwaith, sut groeso fyddai'n ei disgwyl gan Ifan pan gyrhaeddai adref heb eu mab.

Sgwrs denau oedd gan Twm wrth i'r lorri rygnu i gyfeiriad Pen Llŷn y bore hwnnw, ac roedd hynny'n siwtio Mair gan ei bod hi angen llonydd i roi trefn ar ei meddyliau dryslyd. Feddyliodd hi erioed y byddai hi ac Ifan yn ymbellhau cymaint oddi wrth ei gilydd. Mor wahanol oedd ei bywyd i'r hyn roedd hi wedi bod yn breuddwydio amdano drwy galedi'r Rhyfel – cael cyd-fyw yn ddedwydd fel teulu, yn mwynhau cwmni'i gilydd ... a chael ailgynnau'r nwyd fu rhyngddynt. Er bod Corn Enlli wedi tewi am y tro a fflachiadau'r goleudy wedi pylu yn ystod nosweithiau hirion dechrau'r haf, ac Ifan i'w weld yn hapusach, doedd o'n dal ddim yn fo'i hun. Efallai y byddai cael treulio ychydig ddyddiau hefo'i gilydd, dim ond nhw'u dau, yn dadorchuddio'r hen sbarc. Daeth atgofion melys am y daflod a'u mis mêl yn ôl i gynhesu synhwyrau a chorff Mair.

Deffrôdd o'i breuddwydion pan arhosodd y lorri wrth y gamfa yng ngwaelod y llwybr a arweiniai i Fwlch y Graig. Cododd Mair ei bag a chamu yn ei blaen yn eiddgar, yn edrych ymlaen i ddweud hanes pawb wrtho. Cododd ei llaw i gysgodi ei llygaid gan obeithio'i weld yn camu i lawr y llwybr i'w chyfarfod neu'n sefyll yn y drws i'w disgwyl adref, ond cafodd siom pan welodd fod y drws ynghau ac nad oedd pluen o fwg yn dod drwy'r simdde.

Wrth iddi ddringo'n nes at y tŷ, dechreuodd amau fod rhywbeth mawr o'i le.

'Ifan,' galwodd, ond doedd dim hanes ohono yn unman. Chlywai hi ddim ond brefiadau ymbilgar yr heffer a'r llo, a doedd 'run iâr yn pigo o amgylch y cae bach. Daeth ebychiad o geg Mair a dechreuodd redeg i fyny'r llwybr, ei gwynt yn ei dwrn. Erbyn iddi gyrraedd y bwthyn a gwthio'r drws yn agored roedd yn brwydro am ei hanadl a theimlai bigyn poenus o dan ei hasen dde. Safodd yn stond ar y trothwy, ei llaw yn gwasgu'i hochr, a gwelwodd wrth weld yr annibendod yn y gegin. Cododd y lludw yn gwmwl oddi ar garreg yr aelwyd wrth i chwa o awel sleifio heibio iddi drwy'r drws, ac roedd y bwrdd bach crwn yn gwegian o dan fynydd o lestri budron ... a photel wag.

'Ifan, lle wyt ti?' galwodd eto, a chlywodd chwyrnu yn dod o'r gwely wenscot. Suddodd ei chalon wrth weld Ifan yn gorwedd arno yn edrych fel petai'n anymwybodol, yn gwisgo ei siwt di-mob. Pan welodd botel arall ar ei hochr ar ymyl y gwely, yn gollwng diferion araf i staenio'r mat rhacs roedd hi wedi'i greu'n ofalus dros fisoedd y gaeaf, prin y gallai gelu ei thymer. Tynnodd ei siaced a rhoi ei ffedog fras amdani, gan ruthro allan i droi'r llo at ei fam i sugno'r pwrs chwyddedig, ac agor i'r ieir. Gwyrodd ei phen i osgoi eu hadenydd wrth iddynt hedfan heibio iddi yn clegar a chlochdar yn eu hawydd i weld golau dydd. Aeth yn ôl i'r beudy i ollwng y llo allan i'r ffolt cyn carthu rhywfaint ar y rhigol, yna eisteddodd ar y stôl deircoes a phwyso'i phen ar ystlys y fuwch.

Trodd ei thymer yn ddagrau hallt o siom, yn llifo i lawr i'r bwced wrth ei thraed. Doedd y stêm oedd yn codi'n gynnes o'r llaeth i anwesu ei hwyneb ddim yn ddigon i ddadmer yr ofn oedd yn ei chalon. Torrodd yr argae o ddifrif.

'Be wna i, Doli fach?' ymbiliodd yn uchel. 'Fedra i ddim cario mlaen fel hyn. Ro'n i wir yn credu ei fod wedi dechrau mendio.'

Pennod 9

Ceisiodd Ifan redeg ei fys dros ei amrannau ond roedden nhw'n teimlo'n gras, fel tasen nhw'n llawn tywod, ac wedi'u gludo yn ei gilydd fel y llygaid meheryn oedd yn glynu wrth y creigiau ym mae Aberdaron. Rhwbiodd yn galetach nes i bicell o olau llachar drywanu canhwyllau ei lygaid. Dechreuodd y morthwylion ddyrnu ei ben yn ddidrugaredd, ac i geisio osgoi'r poenau a'r fflachiadau tyrchodd ei ben i dywyllwch y dygowt o dan y gobennydd gan adael i'w goesau hongian yn llipa dros erchwyn y gwely cul. Gorweddodd yno fel corff marw. Oedd, mi *oedd* o wedi marw, credai, ac wedi croesi i ryw fyd arall. I uffern. Doedd ganddo ddim dewis ond ildio'i gorff i'r tân a'r brwmstan. Ond er syndod iddo, yn hytrach na theimlo'r fflamau yn llyfu ei wyneb roedd ei gorff yn dechrau oeri, ac arafodd y pwnio a'r dyrnu. Arhosodd heb symud llaw na throed am rai munudau cyn mentro tynnu ei ben allan o dan gysgod y gobennydd. O'r diwedd llwyddodd i agor ei lygaid yn holltau culion a gwelodd olau gwyn yn disgleirio yn y pellter. Ebychodd ei ryddhad – angel oedd yno, yn syllu arno. Roedd o yn y nefoedd wedi'r cwbwl. Cododd ei law i'w gyfarch ond ar yr un eiliad teimlodd ei stumog yn tynhau yn belen galed a blasodd lifeiriant sur, poeth yn codi fel lafa i'w gorn gwddw. Gollyngodd ei ben dros ymyl y gwely cyn chwydu, a thasgodd gweddillion y cwrw a'r wisgi yn sgwd dros y llawr. Yn raddol, ceisiodd roi ei ddwy goes dros yr erchwyn ond llithrodd ar y chwd nes iddo ddisgyn fel pyped llipa ar lawr. Edrychodd o'i gwmpas drwy'r niwlen am yr angel: roedd yn eistedd yn ei wynebu ac eurgylch yn disgleirio uwch ei ben. Rhyfeddodd mor debyg i Mair oedd, a cheisiodd ynganu ei henw ond roedd y surni wedi crasu ei geg a'i wefusau.

Mentrodd agor ychydig mwy ar ei lygaid a rhwbio'i lawes dros ei geg. Ceisiodd godi, ac wrth i'r llysnafedd sglefriog oeri gwadnau ei draed dechreuodd ddadebru. Safodd am eiliad fer cyn gollwng ei hun yn llipa yn ôl ar y gwely, a phan ailagorodd ei lygaid roedd Mair o'i flaen yn ei wylio'n dawel, dawel.

Ond ai Mair oedd hi o ddifrif? Doedd llygaid Mair byth yn oeraidd fel hyn. Llygaid glas fel lliw'r môr ar ddiwrnod braf oedd gan Mair, nid glas dyfrllyd y pibonwy rhew oedd yn hongian oddi ar y creigiau yng nghanol gaeaf brwnt yr Eidal. A byddai Mair yn siŵr o fod wedi rhuthro i'w helpu, wedi nôl cwpanaid o ddŵr oer iddo o'r bwtri, wedi sychu ei geg, wedi nôl bwced i llnau y swtrach afiach oedd ar y llawr. Ond doedd hon ddim wedi symud modfedd o'r gadair. Ddim wedi yngan gair, ddim wedi gwenu na dwrdio, dim ond dal i rythu'n gyhuddgar arno.

Yn raddol, rhwng y taranau oedd wedi ailddechrau pwnio'i ben ac ambell bwl o gyfog gwag, sylweddolodd ei fod o'n gorwedd yn y gwely wenscot ym Mwlch y Graig. Griddfanodd yn uchel wrth gofio ...

Y diwrnod cynt, yn hytrach na mynd i osod y lein ddillad fel yr oedd o wedi addo i Mair, roedd ei draed wedi mynnu ei arwain i fyny i'r mynydd. Roedd o angen cael gwared o'r dadwrdd a'r clebar oedd yn llenwi'i ben cyn y medrai ganolbwyntio ar unrhyw orchwyl. Cerddodd am awr dda ar hyd llwybrau'r defaid, gan deimlo'r haul poeth yn llosgi ei war wrth iddo gyrraedd godrau Mynydd Gwyddel, allan o afael miniog y gwynt. Roedd o wedi dilyn ei ddwy droed yn ufudd – Left-Right Left-Right – nes iddynt o'r diwedd stopio'n stond. Halt. Craffodd ar y môr diderfyn yn isel o dan ei draed. Roedd o'n sefyll gam yn ôl o'r Parwyd a'r dibyn a ddisgynnai'n unionsyth i'r môr oedd yn herio'r creigiau islaw â'i donnau pryfoclyd.

Safodd yn hir yno, wedi'i lesmeirio. Roedd y môr yn ei herio yntau hefyd, yn ei hudo: un munud yn glustog feddal las tywyll a'r munud nesaf yn wyrdd ac yn oer fel emrallt. I fyny ac i lawr.

Yn ôl a blaen. Dychmygodd lanio ar y glustog a chael ei amsugno i lawr ac i lawr i'r dyfnder tywyll, distaw, cynnes, a chau ei lygaid yn y distawrwydd llethol a disgyn i gysgu mewn heddwch. Am byth. Cael gwared ar y sgrechiadau a'r hymian a'r sŵn crensian diddiwedd oedd yn ei boeni bob awr o'r dydd a'r nos. Câi anghofio popeth oedd wedi digwydd iddo yn ystod pum mlynedd uffernol y Rhyfel ... câi wared ar yr hunllefau. Ac yn bwysicach na dim câi chwalu pob atgof o'r erchyllterau roedd o ei hun wedi'u hachosi. Roedd o'n cofio pob un ohonyn nhw: pob ergyd o'i wn, pob hyrddiad o'i fidog. Roedd ei goesau wedi dechrau cydsymud yn simsan â rhythm y tonnau, fel petaent yn perthyn i rywun arall, ac yn ei arwain fesul cam tuag at y dibyn. Left-Right.

'Ifan! 'Asu! Sa' draw, wir Dduw! Be ddiawl ti'n neud?'

Safodd Ifan yn stond. Halt. Gallai daeru fod y môr yn cilio'n euog oddi wrtho tuag at y gorwel. Roedd hyd yn oed yr haul wedi cuddio'i wyneb tu ôl i'r cymylau.

Clywodd y waedd eto.

'Ifan!'

Yn araf bach trodd ei ben i chwilio am berchennog y llais. Cododd ei ddwylo i chwilio am ei wn yn barod i saethu pwy bynnag oedd wedi meiddio torri ar ei freuddwyd, ond sylweddolodd nad oedd o'n gwisgo'i lifrai. Gollyngodd ei freichiau'n llipa. Yn raddol, wrth i'r niwlen chwalu, gwelodd Richard Penyfoel a'i gi yn edrych i lawr arno o ben craig gyfagos. Sut oedd o'n mynd i egluro i'w gymydog pam ei fod wedi mentro mor agos at drothwy'r Parwyd?

'Be ddiawl oeddat ti'n neud yn fanna, Ifan? Oeddat ti ffansi neidio ne rwbath?' gofynnodd Richard yn wawdlyd.

Mwmialodd Ifan ryw ateb ynglŷn â dilyn ei drwyn i wylio'r gwylanod yn pysgota ger Carreg Fellt cyn troi ar ei sawdl a dringo i fyny'r llechwedd. Dechreuodd ei galon bwmpio'n galed wrth iddo sylweddoli beth allai fod wedi digwydd. Beth petai Richard heb ei weld? Fysa fo wedi rhoi un cam yn ormod nes bod ei gorff yn hwylio dros y dibyn? Erbyn iddo gyrraedd y brig roedd Ifan wedi sylweddoli pa mor fregus oedd y ffin rhwng byw a marw. Clywodd Richard yn gweiddi arno o bell.

'Yli, Ifan, be am i ni fynd am lymad bach heno … os na fydd Mair yn meindio, 'de. Dim ond un neu ddau, ac adra wedyn cyn wyth o'r gloch. Fydd hen hogia Sarn ddim yno heno, 'sti, dim ond llond dwrn o'r pentra. Alwa i amdanat ti.'

Cododd ei fawd ar Richard a throdd am adref.

Aeth un neu ddau yn dri a phedwar i lawr yn y Ship y noson honno, a heb yn wybod i Richard llwyddodd Ifan, yn slei bach, i brynu hanner potelaid o wisgi ac un arall o frandi wrth y bar a'u cuddio ym mhoced ei gôt cyn cychwyn am adref cyn wyth o'r gloch. Roedd Richard wedi cael benthyg Austin 7 bach ei ewythr, ac ymhen dim roedd Ifan yn cael ei ollwng wrth y gamfa islaw Bwlch y Graig. Heblaw ambell fagliad dros fonion eithin a llwyni llus cyrhaeddodd y bwthyn yn ddianaf. Roedd y tŷ yn dywyll, yn oer a digroeso, er ei bod yn fis Awst. Wnaeth o ddim trafferthu gwneud tân, ac aeth i eistedd wrth y bwrdd. Tynnodd y poteli llawn o'i boced a syllu arnynt am hir cyn agor un â llaw grynedig. Cododd hi at ei geg a theimlo'r hylif cynnes yn llithro fel mêl i lawr ei wddf. Pan roddodd y botel hanner gwag yn ôl ar y bwrdd sylwodd pa mor ddistaw oedd hi heb Mair a Gruffydd yn mynd o gwmpas eu pethau. Roedd y synau di-ben-draw oedd yn arfer bod yn ei ben wedi diflannu, hyd yn oed. Gafaelodd yn y botel eto, a chyn hir dechreuodd deimlo'n gysglyd. Agorodd y botel arall cyn cychwyn at waelod yr ystol, ond ar ôl baglu sawl gwaith dros ei draed ei hun gollyngodd ei hun i'r gwely wenscot heb drafferthu tynnu ei ddillad. Rhwng cwsg ac effro cymerodd ddracht o'r botel.

Clywodd lais yn dod o bell … llais oeraidd, caled oedd yn hollti ei ben.

'Wel, Ifan, be sgin ti i'w ddeud wrtha i?' Gwthiodd Mair y geiriau'n faleisus rhwng ei gwefusau tyn. Cododd Ifan ei lygaid i edrych arni a gwelodd y tân yn ei llygaid glas.

'Sori.'

'Sori? Sori? Un noson nes i dy adael di, a dyma chdi'n edrych ac yn drewi fel tramp!'

'Plis, Mair, dwi'n sori, wir yr. Helpa fi i godi.'

'Helpu, wir. Gei di aros lle wyt ti, ond pan fyddi di wedi medru codi, ac wedi llnau y swtrach sglyfaethus 'na o dan dy draed a thacluso'r gegin 'ma, a molchi a newid, mi fydda i'n barod i siarad hefo chdi. Ac mi fyddi ditha'n gorfod gwrando. Pan ddois i adra a dy weld di'n rhochian yn fanna, mi es i allan i fwydo'r anifeiliaid druan ac mi ges i amser i feddwl. Ma' raid i betha newid. Dwi'n mynd am dro rŵan a phan ddo' i'n ôl dwi'n gobeithio y bydd trefn yn y lle 'ma a dŵr yn berwi ar y tân.'

Gafaelodd yn ei chôt wau a chamu allan i'r heulwen. Er bod yr haul yn dal yn gynnes wrth ddechrau machlud roedd yr awel yn fain, ac yn pigo tu ôl i'w llygaid. Eisteddodd ar garreg fwsoglyd yng nghysgod y wal derfyn, allan o'r gwynt, ond wnaeth y pigo ddim stopio nes i'w llygaid ddechrau dyfrio. O'r diwedd, agorodd y llifddorau. Teimlodd boen fel cyllell yn ei hystlys a gwyddai fod ei chalon wedi ei thorri'n siwrwd. Drwy ei dagrau ceisiodd chwilio am yr wylan oedd yn cnewian uwch ei phen, ond ar ôl iddi godi ei llaw i arbed ei llygaid rhag yr haul gwelodd fod yr wybren yn wag. Ei hwylofain hi ei hun oedd yn rhwygo'r distawrwydd. Pan na allai wylo rhagor gorffwysodd ei phen ar glustog Fair oedd yn dwmpath wrth ei hochr, heb deimlo pennau caled y blodau crin yn anghyffordus ar ei boch. Er mwyn ceisio arafu ei hanadl sugnodd arogleuon y penrhyn yn ddwfn i'w hysgyfaint, a syrthiodd i gysgu.

Deffrôdd wrth deimlo'r oerni yn llyfu croen ei breichiau. Cododd ar ei heistedd a tharo'i chôt wau amdani; sychodd ei hwyneb â'i ffedog a chribo'i dwylo drwy ei gwallt. Trodd ei meddwl yn syth at yr olygfa oedd yn ei disgwyl pan gerddodd i mewn i gegin Bwlch y Graig rai oriau ynghynt. Anghofiai hi byth y llanast, ac Ifan yn gorwedd yn ei fudreddi a'i ddrewdod. Doedd hi ddim yn deall. Doedd neb wedi ei rhybuddio y byddai ei gŵr – ei chariad – yn dod yn ei ôl ati yn berson hollol wahanol i'r un a aeth i ffwrdd i gwffio. Tybed a oedd hyn wedi digwydd i wŷr merched eraill? Oedd rhywun heblaw hi yn teimlo mor rhwystredig? Petai Ifan wedi colli braich neu goes, neu hyd yn oed ei olwg, byddai wedi medru ymdopi â hynny. Byddai wedi ei nyrsio fo ac edrych ar ei ôl o a sgwrsio hefo fo a dotio ato fo fel roedd hi'n wneud ers talwm. Ond allai hi ddim trwsio ei feddwl. Rhwbiodd ei llaw dros ei boch lle roedd y blodau sychion wedi sgathru ei chroen. Roedd hi ar ei phen ei hun. Fynnai hi byth drio egluro i'w theulu nac i Gladys sut roedd Ifan yn bihafio, ac yn sicr allai hi ddim siarad â'i chymdogion. Edrychodd o'i chwmpas ar y prydferthwch llonydd oedd yn ei hamgylchynu. Camgymeriad oedd dod yma.

Cofiodd am y penderfyniad roedd hi wedi'i wneud yn gynharach y diwrnod hwnnw. Ar ôl pwyso a mesur yn ofalus, daeth i'r casgliad na allai adael Ifan a mynd yn ei hôl i Rydyberthan hebddo. Dim ond un dewis oedd ganddi felly – dal ei gafael mor dynn ag y gallai, a pharhau i ysgwyddo'r cyfrifoldebau. Gwneud yr holl benderfyniadau ac ymorol fod Ifan yn cadw'n brysur o fore gwyn tan nos, rhag iddo gael cyfle i ail-fyw ei brofiadau yn y Rhyfel. Ei gobaith oedd y byddai hynny'n ddigon i achub ei phriodas.

Camodd i lawr y mynydd gan anadlu'n drwm, yn gwybod bod ei phenderfyniad yn mynd i lywio cwrs ei bywyd.

Oedodd pan ddaeth y bwthyn i'r golwg wrth odrau'r graig: roedd Ifan yn eistedd ar y fainc wrth ochr y drws yn llewys ei grys, ei lygaid ynghau a'i wyneb yn cyfarch yr haul oedd bron â suddo o'r golwg. Roedd llwybr euraid wedi'i beintio ar y môr oddi tanynt, a lliwiau coch a phiws yn britho'r awyr. Nesaodd Mair ato'n ddistaw a sylwi ei fod wedi ymolchi a rhoi dillad glân amdano. Teimlodd yr hen lwmp cyfarwydd yn codi yn ei gwddf, a'r hen ddagrau cyfarwydd yng nghefn ei llygaid, wrth sylwi mor ddiniwed ac ifanc yr edrychai. Ysai i benlinio o'i flaen a'i gofleidio, ond gwyddai y byddai'n rhaid iddi fod yn ddewr ac na ddylai ddangos tamaid o gydymdeimlad tuag ato os oedd hi am ei helpu.

'Dyma chdi. Ti'n teimlo'n well rŵan?' gofynnodd yn garedig ond yn awdurdodol.

Agorodd Ifan ei lygaid a throi ei ben tuag ati.

'Sori. Dwi wir yn sori, Mair. Neith o byth ddigwydd eto. Bob tro y bydda i'n gweld lluniau yn fy mhen a chlywed y ffrwydradau mi wna i drio'n galetach i anghofio. Nes i ddim deud bob dim wrthat ti yn fy llythyrau ... y pethau ofnadwy welis i ... y plant bach yn llwgu ... gwynab y Jyrman bach ifanc yn sbio arna i hefo'i lygaid gleision ac yn crio isio'i fam ... *Mutti, Mutti* ...'

'Taw rŵan. Paid â meddwl amdanyn nhw. Sbia be sy gin ti o dy gwmpas. Yli lwcus fuost ti'n cael dŵad adra yn fyw ac yn iach, yn wahanol i sawl un arall.' Roedd hi eisiau crio, ond gwyddai fod yn rhaid iddi beidio ildio y mymryn lleiaf i'w theimladau os oedd hi am fod yn gefn i'r ddau ohonyn nhw o hynny allan. Ond roedd ei chalon yn brifo wrth edrych arno'n syllu i ryw wacter, ei ddwy fraich yn pwyso ar ei bengliniau a'i ddwylo'n crynu er bod gwres yr haul yn dal i gynhesu wal wen y bwthyn y tu ôl iddo. Ysai i afael yn ei ddwylo a'i arwain i'r tŷ ac i fyny i'r daflod, i garu hefo fo a'i ddarbwyllo y byddai popeth yn iawn. Ond roedd blwyddyn ers iddo gyrraedd adref a doedd pethau wedi gwella dim. Roedd yn amser i bethau newid, er cymaint roedd hi'n ei garu.

Aeth Mair i'r tŷ i wneud paned – roedd Ifan wedi glanhau llanast y noson gynt a golchi'r llestri budron. Roedd y tegell, hyd yn oed, yn tuchan ar y pentan. Galwodd arno i ddod i mewn, ac eisteddodd y ddau gyferbyn â'i gilydd wrth y bwrdd mewn distawrwydd.

'Dwi 'di bod yn meddwl yn galad, w'sti Ifan,' meddai Mair toc, 'thâl hyn ddim. Ti'n sâl. Mae dy feddwl di'n sâl ac ma' raid i ni neud rwbath yn ei gylch o. Dwyt ti ddim isio gweld y doctor, nagwyt – ella mai dy yrru di i ffwr' neith o, a dwyt ti ddim isio i hynny ddigwydd, nagwyt? Be fysa pobol yn 'i feddwl? Dwi'n dal i dy garu di gymaint ag yr o'n i ers talwm, ond dwn i ddim be ddigwyddith os gariwn ni mlaen fel hyn. Dwi'n meddwl dy fod ti angen cwmpeini hogia eraill yn lle bod ar ben dy hun yn fama. Dwi'n siŵr bod 'na ddigon o waith i'w gael o gofio cymaint o fildio sy'n mynd ymlaen yn y wlad 'ma. Mae'r cownsil yn codi tai newydd yn Rhydyberthan, meddan nhw. Ella gei di waith yn fanno.'

Ysgydwodd Ifan ei ben. 'Fedra i ddim gadael Bwlch y Graig, siŵr iawn. Be am yr heffar a'r ieir ... a'r cwch?'

'Dwi 'di meddwl am hynny, a fydd dim isio i ti boeni am ddim, Ifan. Dwi am ofyn i Islwyn fysa fo'n lecio cael yr heffar a'r ieir am edrych ar ôl y tir 'ma ... neu mi fysan ni'n medru cael gafael ar rywun i rentu'r lle am flwyddyn neu ddwy i ni gael ein traed 'danon ac i titha wella. Mi werthwn ni'r chwïaid, y llo a'r cwch er mwyn i ni gael chydig bach yn ein pocedi i gychwyn.'

Pan glywodd Ifan hi'n sôn am werthu cwch ei dad, cododd ar ei draed a cherdded yn ôl ac ymlaen hyd y gegin. Sylweddolodd Mair ei bod hi wedi mynd yn rhy bell.

'Stedda i lawr, Ifan. Iawn 'ta, does dim rhaid i ni werthu'r cwch, ond mae angen i rywun 'i drwsio fo. Ofynnwn ni i Islwyn be mae o'n feddwl fysa ora. Dyna ni 'ta. Panad arall?'

Ystyriodd Ifan ei geiriau. Gwyddai mai hi oedd yn iawn, a'i fod wedi cyrraedd y pen. Roedd yn rhaid iddo wella. Yn fwy na dim arall roedd o ofn colli Mair. Petai ei gyflwr ddim yn gwella, efallai y byddai'n penderfynu na allai fyw hefo fo, na allai ddygymod â fo. Be ddigwyddai iddo wedyn?

Pennod 10

Roedd Gruffydd ar ben ei ddigon hefo'i daid a'i ddau ewythr yn Rhydyberthan, ac yn groes i dyb ei fam doedd ganddo ddim math o hiraeth am ei rieni. Wyddai o ddim pam fod ei fam wedi ei adael yno mor hir heb ddod i'w nôl, ond doedd hynny ddim yn poeni llawer arno chwaith. Weithiau byddai'n clywed enw ei dad a'r geiriau 'sâl' neu 'dorri i lawr' yn sgyrsiau'r bobol mewn oed, ond doedd o ddim yn cymryd sylw o hynny gan ei fod am i'w wyliau estynedig bara am byth. Ar ôl i'r ysgol gau am yr haf roedd o'n cael treulio'r dyddiau hir yng nghwmni Gari a Shirley ac Anti Gladys, neu yng nghysgod ei daid yn yr ardd. Weithiau byddai taith i'r siop, ac os oedd o'n lwcus câi alw heibio fferm Eban Robaits i wylio Wmffra ac Emrys wrth eu gwaith. Weithiau deuai llythyr wedi'i gyfeirio ato, a darllenai Wmffra'r cynnwys yn uchel gan ddechrau hefo 'Master Gruffydd Ifan Evans'. Roedd ei fam yn anfon ei chariad ato ac yn disgrifio beth oedd yn mynd ymlaen ym Mwlch y Graig, gan ddweud bod ei dad yn cofio ato. Ar ôl cael un o'r llythyrau byddai'n treulio'r pnawn yn y cwt yn yr ardd yn mwytho'r cathod â'i feddwl yn crwydro i Bencrugiau. Cofiai awyrgylch mor annifyr oedd yn llenwi'r bwthyn bach yn aml wrth i'w dad symud o un gorchwyl i'r llall yn dawedog, ei lygaid yn drist a llonydd, a'i fam yn ochneidio wrth orffen y gwaith y dylai ei dad fod wedi ei wneud. Roedd yr amser yn symud mor araf ym Mhencrugiau ond yma yn Rhydyberthan, rhwng pawb, roedd digon o bethau hwyliog i fynd â'i fryd. Edrychai ymlaen yn arbennig at brynhawniau Sadwrn pan fyddai Emrys ac Wmffra yn rhydd o'u gwaith. Bryd hynny byddai ei ddau ewythr yn mynd â fo am bicnic i lawr at yr afon. Gan amlaf byddai Gari a Shirley ac Anti Gladys yn ymuno â nhw, a byddai pawb yn edrych ymlaen at gael diosg eu sgidiau a'u sanau er mwyn plymio'u traed i'r dŵr oer.

Un prynhawn Sadwrn poeth yng Ngorffennaf, lledorweddai Wmffra a Gladys ar wellt crin y llethr yn gwylio Emrys a'r plant yn chwarae yn yr afon. Er bod Wmffra wedi crychu ei lygaid rhag yr haul gallai weld y blewiach mân, mân ar freichiau Gladys. Ysai am gael eu mwytho. Roedd o'n teimlo mor rhwystredig, wyddai o ddim beth i'w wneud, sut i gymryd y cam cyntaf. Fu o erioed yn caru hefo hogan – fedra fo ddim ac Emrys yn ei ddilyn i bob man fel cysgod. Sut deimlad oedd o, tybed? Rhywbeth tebyg i fwytho cath fach, efallai. Caeodd ei lygaid a throi ei ben draw yn euog.

Clywai sŵn y plant yn chwerthin yn ddireidus a deuai ambell sgrech pan oedd Emrys yn bygwth eu trochi yn y dŵr. Agorodd ei lygaid a rhoi pwniad ysgafn i Gladys.

'Sbia arnyn nhw,' meddai, 'yli hwyl ma' nhw'n gael.'

Cododd Gladys ar ei heistedd a chwarddodd hithau wrth weld castiau'r pedwar oedd wedi mentro camu i'r afon.

'Emrys, cymra di ofal nad ydyn nhw'n disgyn i mewn ar 'u tina,' galwodd. 'Be fysa Mair yn ddeud tasa Gruffydd yn dal dos o annwyd, neu hyd yn oed fronceitis tra mae o yma hefo ni?' gwaeddodd. Trodd ei phen at Wmffra, 'Emrys druan, mae o wrth 'i fodd hefo plant, yn tydi.'

'Yndi 'sti, plentyn fydd o am byth, am wn i. Mae'n braf iawn arno fo, cofia, dydi o'n poeni am ddim byd cyn belled â'i fod o'n cael llond 'i fol o fwyd.' Cododd ei law a'i chwifio ar ei frawd, oedd wedi rhoi'r gorau i blagio'r plant am y tro ac wedi codi ei law uwchben ei lygaid i'w cysgodi rhag yr haul. Roedd o'n syllu'n hir ar Wmffra a Gladys yn eistedd ochr yn ochr ar y boncen.

'Be wnaeth i Mair ac Ifan benderfynu gadael Gruffydd bach hefo chi cyhyd? Am wsnos roedd o i fod i aros, yntê?' holodd Gladys. 'Fydd o'n mynd adra cyn i'r ysgol agor, dŵad?'

'Does 'na ddim sôn, cofia. Deud wnaeth hi yn ei llythyr nad oedd Ifan yn rhy dda a bod ganddi hitha fwy na digon o waith ym Mwlch y Graig, a gofyn fysan ni'n cadw Gruffydd yma am dipyn bach hirach. Wrth gwrs roedd Nhad wrth ei fodd, a ninna hefyd, ac ma'r hogyn yn falch iawn o gwmpeini Gari a Shirley.'

Wnaeth Wmffra ddim crybwyll fod Mair yn ystyried symud yn ôl i fyw i Rydyberthan.

'Dwi'n falch dy fod ti wedi dŵad pnawn 'ma, cofia. Dydi'r plantos ddim yn cael llawer o gyfle i gael sbort iawn hefo dynion a hogia ifanc. Er bod Meri ac Edward yn ffeind iawn hefo nhw – hefo ni'n tri a deud y gwir – ma' nhw'n rhy hen i gadw reiat a chyboli a ballu. Ffysian o'u cwmpas nhw ma' Meri'n ddyddiol, sychu'u trwyna nhw a phoeri ar 'i hancas cyn ei rhwbio o gwmpas 'u cega nhw ar ôl iddyn nhw fyta. Ac ma' hi'n gwneud ceg twll-tin-iâr os ydyn nhw'n gweiddi'n rhy uchal neu'n digwydd deud rhyw eiriau bach diniwad fel "damia" neu "diawl". A dyna i chdi Edward wedyn – does fiw iddyn nhw chwarae pêl na rhedag o gwmpas y tŷ i chwara bloc-wan-tŵ-thri ar y Sul neu mi fydd o'n sbio dros 'i sbectol arnyn nhw, y petha bach. Ista ar 'u tina heb symud ma' nhw heblaw am godi i fynd i'r capal yn y bore ac ysgol Sul yn y pnawn, ac mi fydda inna'n gorfod gwneud yr un fath â nhw ... ista yn sbio i'r grât drwy'r dydd. Ond dyna fo, dwi'n lwcus o fy lle ma' siŵr. To uwch ein penna ni a bwyd ar y bwr' i ni'n tri.'

'Hen gythra'l oedd William yn mynd â dy adael di. Be oedd ar 'i ben o dŵad?'

'Dwn i ddim, wir, ond mynd nath o. Isio gweld y byd, medda fo.'

'Lle mae o rŵan?'

'Dwi'm yn siŵr iawn. Ochor bella i Loegr dwi'n meddwl. Fydda i ddim yn cymryd llawar o sylw be fydd gynno fo i ddeud ar yr ambell gardyn post fydd o'n 'i yrru i ni o dro i dro, a deud y gwir wrthat ti, dim ond eu rhoi nhw i Meri fydda i ac mi fydd hitha'n syllu arnyn nhw am oria a'u cadw nhw mewn hen dun bisgets o dan 'i gwely. Gweithio i ryw fildar mawr mae o, yn trwsio a ballu ar ôl y bomio.'

Edrychodd Wmffra yn fanwl ar Gladys. Roedd ei llygaid

duon fel pyllau diwaelod a'i gwallt tonnog wedi'i glymu hefo sgarff coch, a defnydd tenau ei blows wen yn dynn yn erbyn ei bronnau llawn. Gallai werthfawrogi bod gwasg y trowsus nefi blŵ a'i goesau llydan yn dangos ei chanol main yn gelfydd. Un fentrus oedd Gladys, meddyliodd, yn gwisgo dillad na feiddiai 'run ddynes arall eu gwisgo o gwmpas y pentref. Pa fath o ddyn fedrai droi ei gefn arni, gofynnodd iddo'i hun. Pan sylweddolodd fod Gladys yn syllu arno, cochodd at ei glustiau a chodi ar ei draed gan esgus mynd i chwilota am sili-dons yn y pyllau bach yn uwch i fyny'r afon.

Caeodd Gladys ei llygaid a gorwedd yn ôl ar y gwellt crin i wrando ar leisiau Emrys a'r plant uwchben bwrlwm yr afon. Roedd hi wedi bod mor anlwcus hefo'i dynion, meddyliodd: roedd William wedi addo'r byd iddi cyn cael ei alw i fyny i gwffio yn y Rhyfel – er na fu o dros y dŵr yn ymladd, dim ond trwsio meysydd awyr oedd wedi'u bomio gan y Jyrmans. Ac wedyn Roy. Gwenodd wrth gofio amdano, mor gariadus, mor annwyl, mor ddel â ffilm-star. Er ei bod yn feichiog â'i blentyn doedd yntau chwaith ddim am aros hefo hi. A dyma hi, ar ei phen ei hun hefo dau o blant bach a dim gobaith o gael dyn i'w chadw. Trodd i edrych ar Wmffra yn sefyll yn y dŵr â godrau ei drowsus wedi'u rhowlio hyd at ei bengliniau i ddangos pâr o goesau gwyn, fel dwy gannwyll. Yn gyferbyniad llwyr, roedd llewys ei grys wedi'u torchi hyd at ei beneliniau i ddangos breichiau cryf, brown, a'r blewiach aur oedd yn tyfu arnynt yn sgleinio yn yr haul. Sylwodd fod croen tywyll ei wyneb a'i wddw wedi crebachu drwy fod allan ym mhob tywydd, a chan ei fod wedi meiddio y prynhawn hwnnw agor dau fotwm uchaf ei grys roedd triongl o'r un lliw wedi ei brintio ar ei frest ac ambell flewyn cringoch yn sbecian heibio'r botymau. Doedd o ddim yn bad, ystyriodd, heblaw am ei enw henffasiwn ... ac Emrys. Cofiai Gladys i Mair ddweud wrthi ei fod o wedi addo i'w fam cyn iddi farw na fysa fo byth yn gadael Emrys, ac y bysa fo'n edrych ar ei ôl o ar hyd ei oes. A chwarae teg iddo, roedd o wedi cadw at ei addewid am flynyddoedd drwy gael gwaith i'w frawd ochr yn ochr ag o'i hun drwy'r Rhyfel. Doedd hi ddim yn debygol y bysa fo'n gadael Emrys hefo'i dad er mwyn priodi a symud i rywle arall i fyw ... a dyna oedd uchelgais Gladys. Symud o'r pentref i fyw yn y dre i gael mwy o *life*: pictiwrs, siopa, neb yn achwyn nad oedd hi'n mynd i'r capel, tships i swper weithia, gweithio mwy o oriau er mwyn iddi gael pres yn ei phoced i brynu pethau fel lipstig a sanau neilon o Peacocks iddi hi ei hun, yn lle gorfod camu'n ofalus o gwmpas Edward a Meri a deud plis a thanciw wrthyn nhw am bob dim.

Doedd hi ddim yn siŵr fuasai hi'n hapus yn cymryd cyfrifoldeb am Emrys – er ei fod o'n ddigon diniwed, byddai ganddi ddigon o howdal gwaith hefo gŵr a dau o blant heb gael dyn arall yn y tŷ. Ochneidiodd wrth feddwl sut fyddai pethau wedi troi allan petai William wedi dod yn ei ôl ati. Roedd o wedi addo adeiladu tŷ newydd sbon iddyn nhw ac roedd hithau wedi breuddwydio trwy ddyddiau duon y Rhyfel, pan oedd hi'n byw yn y tŷ bach oer yn Rhes Newydd, sut roedd hi'n mynd i ddodrefnu pob ystafell yn y tŷ crand hwnnw. A sut fywyd fyddai hi wedi'i gael petai Roy wedi mynd â hi hefo fo pan oedd yn gadael yr ardal ar ddiwedd y Rhyfel? Roedd o â'i fryd ar fynd i'r coleg i fod yn athro, felly tybed fuasai hi wedi bod yn wraig i *headmaster*? Edrychodd yn slei drwy gil ei llygaid ar Wmffra, oedd erbyn hynny'n gorwedd ar ei fol ar y geulan yn uwch i fyny'r afon.

Torrodd chwerthin swnllyd y plant ar draws ei synfyfyrio, a chododd Gladys ar ei heistedd i dynnu lliain bwrdd o'r fasged wrth ei hochr a'i daenu'n ofalus ar y borfa. Agorodd y papur llwyd oedd am y brechdanau jam cyraints duon, a gosod y cwpanau a'r fflasgiau ar gerrig gwastad cyn sefyll ar ei thraed a bloeddio fod y picnic yn barod. Chwarddodd wrth weld Wmffra yn codi Gari a Shirley o dan ei geseiliau ac Emrys yn gwneud yr un fath hefo Gruffydd, a'r ddau yn rhedeg ras i fyny'r bryncyn. Erbyn iddyn nhw gyrraedd roedd y plant yn sgrechian chwerthin ac Emrys yn ei ddyblau.

'Ni oedd gynta, 'te Gruffydd. Ha-ha 'fyd Wmffra dew,'

gwaeddodd Emrys, a thaflodd Wmffra ei freichiau am goesau ei frawd nes roedd y ddau'n rowlio yn eu holau i lawr y llechwedd.

'O dorwch gorau iddi wir, y penna defaid, a dowch i nôl te!'

Gorweddodd y chwech yn ddiog yn yr haul, eu boliau'n llawn o de a brechdanau. Deuai ambell ebychiad ysgafn o geg agored Emrys wrth i Gari gyffwrdd ei wyneb hefo gwelltyn hir, a chwarddai Shirley a Gruffydd y tu ôl i'w dwylo wrth syllu ar drwyn Emrys yn crychu wrth deimlo'r cosi.

'Wsti be, Gladys?' sibrydodd Wmffra yn isel, 'dydw i ddim wedi cael pnawn fel hyn ers oes. Rhaid i ni ddŵad yma eto. Bechod na fysa Mair ac Ifan yma hefo ni, 'de?'

'Dwn i ddim sut ma' hi'n diodda ym mhen draw'r byd fel'na. Fysa'n gas gin i yn fanno, yn gweld neb o un pen dwrnod i'r llall. Dwi'n methu dallt pam na ddôn nhw ffor hyn i fyw. Yli hwyl fysan ni'n gael hefo'n gilydd.'

Arhosodd Gladys am funud hir yn disgwyl am ateb ond wnaeth Wmffra ddim agor ei geg na'i lygaid. Teimlodd chwa ysagfn yn oeri ei breichiau noeth a chododd yn sydyn ar ei thraed.

'Faint o'r gloch ydi hi?'

Edrychodd Wmffra ar ei watsh ac atebodd ei bod yn tynnu at bump o'r gloch.

'Ydi hi gymaint â hynny? Mi fydd swpar ar y bwr' gan Meri mewn dim, ac os na fyddan ni'n ista'n barod amdano fo neith hi ddim byd ond pwdu am oria wedyn. Mi ddylwn i wisgo watsh ar fy ngarddwrn ond ma' nhw mor ddrud, yn tydyn? O'n i 'di meddwl y bysa William wedi prynu un i mi ar fy mhen-blwydd yn un ar hugain, ond wyddost ti be ges i gynno fo? Choeli di byth – blydi injan wnïo! Wel, am siom. Be wn i am wnïo? Fedra i ddim rhoi edau mewn nodwydd heb sôn am bwytho, ac mi wnes i 'i chynnig hi i Mair ar ôl i'r hogia fynd i ffwr'. Mi wnaeth hitha, chwara teg iddi, dalu amdani fel y medra hi. Swlltyn neu ddau yma ac acw. Chafodd William byth wybod. Watsh o'n i wedi breuddwydio amdani – watsh hefo gwynab bach, bach aur yn sgleinio ar fy ngarddwrn. Un Swiss.' Ochneidiodd yn uchel a dechrau hel y lliain a'r cwpanau at ei gilydd a'u rhoi yn y fasged. 'Dowch rŵan blantos, adra'n syth heb loetran, a pheidiwch chi â meiddio atab yr hen Elsi May 'na fydd yn siŵr o ofyn i chi lle dach chi 'di bod. Mi wyddoch chi sut un ydi hi, yn pwyso ar ben y wal drwy'r dydd isio gwbod busnas pawb, a'i mam yn y rŵm ffrynt yn aros am bob stori.' Trodd at Wmffra ac Emrys. 'Arhoswch chi yma am sbelan, hogia ... rhowch ddigon o amser i ni gael cyrraedd adra o'ch blaena chi, a fydd gan neb ddim byd i'w ddeud wedyn.'

Ac i ffwrdd â hi a'r plant nerth eu traed gan adael Wmffra ac Emrys yn gorwedd ar y glaswellt hefo Gruffydd, a llygaid y ddau frawd yn dilyn ei chorff lluniaidd nes iddi fynd o'r golwg.

Pennod 11

Roedd haul gwan diwedd Hydref yn gwthio'i belydrau'n bowld drwy'r hollt rhwng llenni blodeuog ei chartref yn Rhydyberthan. Gorweddai Mair ar ei gwely yn gwylio'r staen melyn yn lledaenu'n araf ar y nenfwd. Wrth glywed Ifan yn tuchan yn ei gwsg, diolchodd ei bod hi wedi mynnu symud yn ôl yma i dŷ ei thad. Trodd ei phen i edrych arno – synnai hi ddim nad oedd o wedi ennill pwys neu ddau o gnawd o gwmpas ei fol yn ystod yr wythnosau ers iddyn nhw adael Pencrugiau, ac roedd y crychau ar ei wyneb wedi dechrau llyfnhau hefyd. Doedd o'n cael fawr o amser i hel meddyliau ac yntau'n gorfod gweithio mor galed ar y safle adeiladu yn ystod y dydd, a gyda'r nosau roedd y tŷ yn llawn miri a hwyl wrth i'w frodyr gadw reiat hefo Gruffydd. O gwmpas y tân cyn noswylio roedd ganddynt ddigon o straeon i'w difyrru. Ifan fyddai'r cyntaf fel arfer i godi o'i gadair a dringo'r grisiau i'r llofft, ac yna fesul un byddai ei dad a'i frodyr yn ei ddilyn gan ei gadael hi ar ôl i orffen tacluso'r gegin a gosod y bwrdd yn barod at frecwast y bore canlynol. Roedd hi'n ymwybodol fod gan Ifan gysgodion yn llechu yn ei feddwl o hyd, ond o leiaf doedd o ddim yn cael ei adael i ymdrybaeddu ynddyn nhw yma yn Rhydyberthan. Roedd rhywun hefo fo ddydd a nos yn ei warchod, a llai o bwysau arni hi i ysgwyddo'r holl faich.

Cafodd goblyn o fraw pan ddaeth Richard Penyfoel i'w gweld hi ychydig wythnosau ar ôl iddi ddod yn ôl o Rydyberthan i Fwlch y Graig yn ystod yr haf.

'Yli Mair,' meddai, 'dwi wedi bod yn meddwl yn hir ddylwn i ddeud hyn wrthat ti ai peidio ... isio sôn wrthat ti am Ifan ydw i. Ella mai fi oedd yn dychmygu, cofia, ond mi ddychrynis i'n ddiawledig pan welis i o'n sefyll uwchben y Parwyd. Roedd o braidd yn rhy agos i'r dibyn yn fy marn i. Un cam arall ... '

Roedd hi eisoes wedi gwneud y penderfyniad i ddychwelyd i Rydyberthan, ond y munud y clywodd yr hanes dychrynllyd aeth Mair ati i frysio'r trefniadau i symud i ganol cymdogion a theulu a fyddai'n gefn iddyn nhw.

Roedd hi'n dal i fyfyrio pan glywodd sisial yn dod oddi ar y landing y tu allan i ddrws y llofft, ac ambell wich fach. Gwenodd. Gwyddai mai ei brodyr oedd yn camu i lawr y grisiau yn nhraed eu sanau.

'Ty'd, deffra,' meddai, gan ysgwyd braich Ifan, 'ma' Wmffra ac Emrys i lawr yn barod.' Trodd Ifan ar ei ochr a thurio'n gyfforddus o dan y blancedi. 'Ty'd, wir, neu mi fyddi di'n hwyr ... a ti'n cofio be ddigwyddodd tro dwytha, yn dwyt? Ti'm isio cael dy gardia eto. Ty'd rŵan, mi a' i lawr i neud brecwast i ti a llenwi'r fflasg.'

Taflodd Mair siwmper a sgert amdani a llithro'i thraed i hen bâr o slipars di-lun. Cyn cychwyn i lawr y grisiau agorodd fymryn ar ddrws y llofft fach a gwenu wrth weld pen gwyn ei thad yn glyd o dan y blanced. Ar y gwely bach isel o dan y ffenest roedd Gruffydd yn dal i chwyrnu'n ysgafn. Caeodd Mair y drws ar ei hôl. Doedd dim achos i'r un o'r ddau godi mor fore.

Pan gyrhaeddodd y gegin roedd ei brodyr wrthi'n sglaffio'u brecwast: tafelli tew o fara wedi'u taenu â saim oedd ar ôl yn y badell y noson gynt ar ôl ffrio cig moch.

'Argol, dach chi 'di codi'n fore a chael y blaen arna i,' cyfarchodd nhw'n chwareus a rhwbio'i llaw dros ben Emrys wrth ei basio. Dim ond codi ei lygaid wnaeth o a dal i gnoi'r bara a llowcio'i baned ar yr un pryd. Rhoddodd Mair dro i'r uwd cyn symud y sosban, oedd wedi bod yn cadw'n gynnes ar y pentan drwy'r nos, ar y tân. Dechreuodd ei chynnwys ffrwtian yn swnllyd, fel llosgfynydd yn barod i ffrwydro. 'Sa'n well i chi uwd o lawer yn lle'r hen fara saim 'na,' meddai wrth ei brodyr.

'Dim yn lecio uwd,' cwynodd Emrys, oedd wedi llyncu ei fwyd o'r diwedd, 'dim yn lecio lympia ... codi pwys arna i.'

'Twt, does 'na ddim lympia yn fy uwd i siŵr iawn. Dwi wedi'i droi o'n ofalus a rhoi pinsiad o halen ynddo fo. Rhaid i chdi 'i drio fo un bore. Be am ddydd Sul? Mi fydd gynnoch chi ddigon o amser 'radag hynny i'w flasu o'n iawn, siawns.'

Trodd Emrys at ei frawd mawr mewn braw, yn meddwl sut roedd o'n mynd i wrthod cynnig Mair heb frifio'i theimladau. Rhoddodd Wmffra winc iddo.

'Fedran ni ddim 'sti Mair, ein tro ni 'di porthi fore Sul nesa, yntê, Emrys.'

Ochneidiodd Mair yn chwareus. 'Be wna i hefo chi'ch dau, dwn i ddim wir, yn cadw ar eich gilydd fel hyn. Cerwch, neu mi fyddwch chitha'n hwyr ac mi fydd Eban Robaits yn gwaredu. Diolch byth eich bod chi'n ca'l cinio gynno fo neu fyswn i byth yn dod i ben i neud brechdana i Ifan ac i chitha'ch dau.' Wrth ei phasio gafaelodd Emrys am ei gwasg a'i chodi nes bod ei phen bron â tharo'r nenfwd. 'Dyro fi i lawr, yr hen labwst gwirion,' sibrydodd gan afael yn ei ddwy glust a'u pinsio nes ei fod o'n gwichian fel mochyn bach. Rhoddodd Mair ei llaw dros ei geg i'w ddistewi. 'Hisht, mae Nhad a Gruffydd yn dal i gysgu.'

Ond doedd dim arwydd bod Ifan wedi codi, felly dringodd Mair yn ddistaw i'r llofft a'i gael yn dal i swatio o dan y blancedi. Rhoddodd ei llaw ar ei gefn a'i ysgwyd.

'Sawl gwaith ma' isio i mi ddeud wrthat ti, Ifan? Cwyd rŵan hyn, neu mi fyddi di'n hwyr.'

Gwyddai ar ei wyneb ei fod wedi deffro ers tro ond nad oedd ganddo awydd i adael ei wely i wynebu'r diwrnod. Estynnodd ei ddillad oddi ar y gadair a'u rhoi wrth ei ochr, ac ebychodd wrth ei weld mor ddi-glem wrth wisgo amdano. Gafaelodd yn ei sanau a'u rhoi am ei draed.

'Brysia rŵan, a thria beidio gwneud llawer o sŵn wrth fynd i lawr y grisia. Dydi Nhad a Gruffydd ddim 'di deffro eto.'

O'r diwedd, cyrhaeddodd Ifan y bwrdd bwyd. Ceisiodd Mair dynnu sgwrs.

'Lle ti amdani heddiw 'ma, Ifan?' Tywalltodd baned o'r tebot a gwthio'r plât bara menyn o'i flaen.

Mwmialodd Ifan rywbeth o dan ei wynt cyn codi i wisgo'i grysbas a tharo strap ei fag bwyd dros ei ysgwydd. Ar ôl rhoi cusan sydyn ar ei boch cerddodd allan trwy'r drws.

Gwyliodd Mair ei gefn nes yr oedd wedi mynd o'r golwg. Roedd o'n edrych mor unig, meddyliodd, fawr gwell nag yr oedd o ym Mwlch y Graig. Dim ond ei gorff o oedd yn altro, mae'n amlwg. Methai â deall sut roedd Bobi Preis a rhai tebyg iddo wedi medru dod yn ôl o'r Rhyfel ac ailafael yn eu bywydau hefo gwên ar eu hwynebau. Roedd Bobi druan wedi colli'i goes, ond doedd Mair erioed wedi'i glywed o'n cwyno pan âi yno i'w helpu i godi yn y boreau ac i'w roi o yn ei wely gyda'r nosau. Diolchodd am y cyflog a gâi am wneud hynny – doedd o ddim yn llawer ond roedden nhw angen bob dimai, gydag Ifan ar ei drydydd swydd mewn cyn lleied o fisoedd. Tridiau barodd ei swydd gyntaf am na fedra fo godi yn y boreau. Pan gafodd yr ail un, methodd yn glir â setlo i weithio yng nghanol dynion eraill – roedd o'n tynnu pawb i'w ben, yn ôl y mistar.

'Mam, Mam,' daeth llais Gruffydd o'r llofft, ac aeth Mair i waelod y grisiau i'w gyfarch.

'Bore da, 'mlodyn i. Ydi Taid 'di codi?'

'Do, mae o'n dŵad rŵan. Ydi Yncl Wmffra ac Emrys 'di mynd?'

Gwelodd Mair y siom ar ei wyneb pan atebodd yn gadarnhaol.

Ar ôl cinio, a'i thad wedi cymryd mantais o wres yr haul i dacluso rhywfaint ar yr ardd, roedd gan Mair awydd mynd am dro. Cnociodd ar ddrws Tŷ Isaf i ofyn i Gladys ymuno â hi. Roedd 'Ti'n cofio ...?' a 'Sgwn i be ...' yn britho'u sgwrs wrth iddynt gerdded yn hamddenol tuag at Waenrugog.

Daeth Rhes Newydd i'r golwg cyn bo hir a distawodd y ddwy wrth iddynt nesáu. Lledodd chwithdod drostynt wrth weld fod y tai bychain wedi cael eu gadael i ddirywio, a'u bod bron o'r golwg tu ôl i'r gwrychodd bocs uchel, blêr. Roedd y dorau wedi pydru ac yn hongian ar eu tolynnod a natur wedi hawlio'r craciau yn y simneiau oerion.

'O, sbia sobor,' meddai Mair o'r diwedd. 'Ma' chwith gweld yr hen le.'

'Mi oedd yn gas gin i fyw yma, waeth i mi ddeud y gwir ddim. Ddylswn i fod wedi symud wsnosa'n gynt nag y gwnes i. Ti'n cofio'r tamp oedd yn rhedag i lawr y walia? Ro'dd hi'n warthus ein bod ni wedi gorfod byw yno cyhyd. A'r holl waith oedd gynnon ni, yn gorfod cerddad i'r ffynnon i nôl dŵr ar bob tywydd, heb sôn am wagio'r bwcad closat,' cwynodd Gladys, 'a'r holl dwrw slei 'na yn y nos y tu allan. Ti'n cofio? Ewadd, mi oedd gin i ofn mynd i 'ngwely, cofia, a gormod o gywilydd sôn wrth neb rhag ofn i chi neud sbort am fy mhen i a deud mai hel meddylia o'n i. Roedd y peth mor frwnt, yn doedd? Cael ein gadael yma'n genod ifanc a neb yn poeni fawr amdanon ni. Doeddan ni fawr hŷn na phlant ein hunain.'

Safodd y ddwy am ychydig o flaen y rhes o dai yn myfyrio am gyfnod y Rhyfel. Roedd y tai bach yn gartref i chwech o ferched: pedair ohonynt yn wragedd ifanc hefo plant bychain, a dwy hen wreigan. Tra oedd y wlad yn canmol a moli'r bechgyn a'r dynion oedd i ffwrdd yn cwffio, roedd eu cymuned fach nhw yn teimlo fel petai'n anweledig drwy'r cyfan.

Trodd Gladys at Mair. 'Ti'n meddwl mai Defi John oedd yn cadw reiat, i drio'n dychryn ni?'

'Dwn i ddim wir. Dwi 'di trio anghofio am bob dim ddigwyddodd i ni. Ond ydi, mae'n ddigon posib mai fo oedd yn crafu'n ffenestri ni ar ôl iddi d'wyllu. Hogyn ifanc gwirion oedd o, a gormod o amser ar 'i ddwylo. Mi fysa 'di gwneud lles iddo fo dreulio chydig o amser yn yr armi i sadio.'

'Sgwn i ydi o wedi callio rywfaint erbyn hyn? Dwi'n siŵr 'i fod o'n dal i weithio i Magi Cae'r Hafod. Mae o'n dŵad ar 'i feic i'r pentra weithia ond ddeudith o ddim byd wrtha i, dim ond rhythu drwydda i fel tasa fo ddim yn fy nabod i. Wnes i rioed ddim i bechu yn ei erbyn o, am wn i – nes i rioed yngan 'i enw fo nac achwyn amdano fo wrth neb. Dwi'n cofio unwaith, pan oeddan ni wedi mynd â'r plant i lawr i'r afon, ei weld o'n sbecian arnon ni tu ôl i'r coed. Mi redodd i ffwrdd pan waeddodd

Wmffra arno fo i gadw'n glir ac i gofio be ddigwyddodd iddo fo ers talwm.'

Edrychodd Mair mewn penbleth ar Gladys. 'Rhyfadd, 'te. Un fel'na oedd o, os ti'n cofio, crwydro ar ben 'i hun yn hela a physgota a ballu a Robin Nymbar Wan yn 'i ddilyn o i bob man.' Trodd y stori. 'Sgwn i be ddigwyddodd i Beti Ŵan ... ydi hi'n dal i fyw yn y twlc bach 'na gafodd hi ar dir Cae'r Hafod?'

Ysgydwodd Mair ei phen. 'Beti druan. Mi oedd hi'n reit galad arni, a dim teulu o fewn cyrraedd iddi. O leia ro'n i'n gallu mynd at Nhad weithia a chditha'n medru mynd â'r plant i weld eu taid a'u nain i'r pentra, ac mi fuodd Jên ac Ela yn lwcus iawn, yn do? Er bod yr hen fodryb 'na wedi mynd â phob dim oddi ar Ela pan gollodd hi ei thad mi wnaeth y peth iawn yn y diwadd, a gadael ei thŷ yn Aberystwyth iddi hi yn 'i 'wyllys.'

'Do. Dim ond rhyw dri mis sy ers iddyn nhw symud o Rhosddu, ac mae'r Hen Gapten yn dal i fyw yno ar ei ben ei hun.'

'Mae'n chwith iddo fo, ma' siŵr. Dwi'n meddwl bod Ela fach a Jên yn fwy o gwmni nag o forwynion iddo.'

'Fydda i'n gweld Anni ambell dro tua'r dre,' medai Gladys, 'ac ma' hi'n edrych yn well o lawar. Bechod meddwl amdani fel gwraig weddw, 'fyd, ar ôl iddi golli John Emlyn, a dau o betha bach isio'u magu gynni hi. Tua faint neith hi, dŵad?'

'Tua'r un oed â ninna, yn ei hugeinia, 'swn i'n feddwl.'

Ochneidiodd Gladys. 'Chawn ni byth 'mo'r blynyddoedd 'na'n ôl 'sti, Mair. Meddylia, 'dan ni 'di colli bron i ddeng mlynadd o'n bywyda ifanc rhwng bob dim. Erbyn i ni ddŵad yn ôl fel roeddan ni mi fyddwn ni'n ganol oed ac yn rhy hen i joio'n hunain!'

'Fysat ti'n cymryd William yn ei ôl tasa fo'n cynnig i chdi?' mentrodd Mair holi.

'Naf'swn, wir Dduw i ti, fysa fo ddim yn cael cyfle i roi ei draed dan bwrdd. Fedra i fyw yn iawn hebddo fo bellach, a choelia fi, mae 'na ddigon o bysgod eraill yn y môr.' Edrychodd Gladys ar Mair. 'Be amdanat ti – fysat ti'n madda i Ifan tasa fo'n gwnuud tro sal â chdi?'

Teimlodd Mair y gwrid yn llenwi ei bochau. Oedd Gladys wedi dyfalu nad oedd pethau'n dda iawn rhyngddi a'i gŵr?

'Hei, ydan ni am fynd cyn belled â Thai Seimon, 'ta mynd am adra fysa ora?' meddai, i osgoi ateb.

'Ma' hi bron yn amser i'r plant ddŵad o'r ysgol. 'Sa'n well i ni 'i throi hi – mi fyddan nhw ar lwgu. Er, mi fydd Meri wedi gwneud rwbath i de iddyn nhw, ma' siŵr.'

Wrth ffarwelio ar gyrion y pentref rhoddodd Mair wahoddiad i Gladys a'r plant i swper y noson honno.

'Wel ... iawn 'ta. Fydd dim gwahaniaeth gan Ifan a dy dad?'

'Na fydd siŵr iawn, *the more the merrier*. Mi fyddan nhw wrth eu boddau. Gawn ni gêm o rings a sgityls hefo'r plant.'

Tra oedden nhw'n clirio'r llestri swper yn y pantri gwenodd Gladys a Mair ar ei gilydd wrth glywed Wmffra ac Emrys yn y gegin yn chwarae'n swnllyd hefo'r plant, ac ar ôl sychu eu dwylo a chadw'r llestri aethant drwodd atynt. Sylwodd Mair fod ei thad yn pendwmpian o flaen y tanllwyth tân ac Ifan yn eistedd gyferbyn ag o yn syllu'n ddwfn i'r fflamau, yn ei fyd bach ei hun. Roedd ei brodyr yn gorwedd ar eu hyd ar y llawr hefo'r plant ac am y gorau i daro dynion bach pren i lawr hefo pêl.

Rhoddodd Gladys bwniad i fraich Ifan.

'Rargian, Ifan, ti rioed yn ista yn fanna a'r rhein yn brwydro'n erbyn 'i gilydd. Sbia, ma' isio dyn arall ar dîm Emrys a Gruffydd. Dwyt ti ddim am adael i'r lleill guro dy fab, siawns? Ty'd 'laen. Symuda, Gruffydd, i neud lle i dy dad.'

Cododd Ifan o'r gadair a gorwedd ar y llawr pren heb ddweud gair. Pan ddaeth ei dro anelodd y bêl yn gywir a tharo pedwar o'r dynion bach i lawr ar ei gynnig cyntaf.

Neidiodd Gruffydd ar ei draed a chwifio'i ddau ddwrn yn yr awyr yn fuddugoliaethus.

'Asu, sbia hwn. Hit bob tro. Mae o 'di cael mwy o bractis na ni'n dau, yn do, Shirley bach? Dydi o ddim yn deg,' gwaeddodd Wmffra, 'mae o rêl sneipar.'

Neidiodd Ifan ar ei draed a sylwodd Mair fod y gwaed wedi

draenio o'i wyneb nes ei fod mor welw â'r galchen. Eisteddodd yn ôl yn ei gadair heb yngan gair. Gwenodd Gruffydd yn swil ar ei dad, ond sylwodd yr oedolion fod rhywbeth wedi tynnu'r gwynt o hwyliau Ifan.

Safodd pawb yn eu hunfan, ofn torri ar yr awyrgylch oedd yn mygu'r ystafell, nes i Gladys fentro agor ei cheg.

'Argian fawr, blantos, ma' hi bron yn wyth ac yn amser i chi fynd am y ciando. 'Stynnwch eich cotia.' Cychwynnodd i gyfeiriad y drws. 'Dowch rŵan. Be dach chi'n ddeud wrth Anti Mair am y swpar neis? Dowch wir, fedra i ddim coelio'i bod hi wedi t'wllu mor fuan.'

'Ddo' i hefo chi cyn belled â'r siop. Rhoswch i mi roi sgidia am 'y nhraed.'

Wrth glywed ei frawd yn cynnig eu hebrwng cododd Emrys hefyd, ond estynnodd Wmffra ei law i'w atal. 'Mae'n iawn 'sti, Ems, does dim angen i chdi ddŵad. Llenwa di'r bwcad lo erbyn y do' i'n ôl.'

Cododd Mair ei haeliau ar ei gŵr wrth i Gladys ac Wmffra ddiflannu drwy'r drws a'r plant wrth eu sodlau yn gweiddi eu ffárwel a'u diolch. Erbyn i Mair ddarllen stori i Gruffydd a'i swatio yn ei wely roedd Ifan ac Emrys wedi noswylio a'i thad wedi cau drws y stafell molchi ar ei ôl.

Roedd Mair yn y pantri yn estyn y llestri brecwast erbyn y bore pan glywodd y drws ffrynt yn cael ei gau a throed Wmffra yn cyrraedd gris isaf y grisiau. Galwodd Mair arno i aros.

'Ista i lawr am funud, Wmffra,' meddai, gan sychu ei dwylo yn y lliain ac amneidio at y gadair esmwyth. Eisteddodd hithau gyferbyn ag o yng nghadair ei thad. 'Sut ti'n gweld Ifan erbyn hyn ... ti'n meddwl 'i fod o'n mendio?' gofynnodd.

Roedd Wmffra yn ymwybodol fod Ifan wedi dod adref o'r Rhyfel yn ddyn hollol wahanol i'r un roedd o'n ei gofio yn canlyn Mair. Cofiai'r hogyn ifanc chwareus, y tynnwr coes rhadlon a charedig. Ond roedd yr Ifan newydd hwn fel tasa fo wedi cropian i'w gragen, ei lygaid yn bŵl a dim sgwrs i'w chynnig i neb. Roedd o wedi clywed hefyd nad oedd o'n gallu cydweithio'n dda hefo dynion eraill ac y byddai'n colli ei dymer yn aml iawn. Roedd un peth arall yn poeni Wmffra hefyd – roedd o wedi sylwi nad oedd Ifan yn dangos fawr o gariad tuag at Mair fel yr arferai wneud yn yr hen ddyddiau. Cyn y Rhyfel roedd Ifan fel petai'n methu tynnu ei lygaid oddi arni, ac yn gafael amdani bob cyfle a gâi. Ond nawr doedd o prin yn edrych arni wrth ateb ei chwestiynau heb sôn am ei chyffwrdd, ac roedd o wedi sylwi ers i Gruffydd ddod atynt o Bencrugiau nad oedd y bychan eisiau sôn am ei dad. Roedd fel petai rhyw fur mawr wedi'i godi rhyngddynt.

'Mi ddaw o 'sti, Mair. Mae o wedi gweld petha mawr ac wedi bod trwy uffern. Fydd o'n sôn am ei brofiada?'

'Wel, mae o 'di trio siarad am y peth efo fi ambell dro, ond a deud y gwir mae gin i ofn clywed be ddigwyddodd iddo fo.'

'Mi rois i 'nhroed ynddi hi heno 'ma, yn do, yn ei alw fo'n sneipar. Welist ti'r newid ynddo fo y munud y clywodd o'r gair?'

Eisteddodd y ddau yn dawel am rai munudau.

'Well i mi 'i throi hi am 'y ngwely,' meddai Wmffra o'r diwedd, gan godi o'i gadair.

'Na, aros funud. Dwi isio trafod rwbath arall hefo chdi hefyd.'

Gollyngodd Wmffra ei hun yn ôl i lawr, yn amau ei fod yn gwybod beth oedd gan Mair dan sylw.

'Mi fuost ti'n hir yn danfon Gladys heno 'ma, yn do? Yli, Wmffra, dwi ddim isio i bobol siarad nag i chdi gael dy frifo. Mi sylwis i ar dy wynab di wrth i ti sbio arni hi gynna. Cofia ei bod hi'n wraig briod, a fedri di neud dim am hynny. A pheth arall, mae ganddi hi ddau o blant bach isio'u magu a'u cadw.'

Cochodd Wmffra at ei glustiau wrth wrando ar Mair. Wnaeth o erioed feddwl fod ei deimladau at Gladys mor amlwg, ond doedd ganddo fo ddim help. Roedd o wedi gwirioni arni ac yn barod i wynebu unrhyw beth er mwyn cael treulio'i holl amser yn ei chwmni.

'Wel, be sgin ti i ddeud, Wmffra?'

Cafodd ei daro'n fud am eiliad cyn medru ei hateb.

'Fedra i ddim addo dim i chdi, Mair ... fedra i ddim tynnu fy llygaid oddi arni.'

'Mi ddeuda i'n blaen wrthat ti, Wmffra: tasa 'na ddyn pwysicach a mwy ffansi na chdi yn dwyn 'i sylw hi, fysa hi ddim yn edrych ddwywaith arnat ti wedyn, yn enwedig tasa ganddo fo enw ffansi hefyd. Dwi 'di byw am bron i bum mlynadd drws nesa i Gladys ac yn ei nabod hi'n reit dda. Dydi hi ddim yn meddwl dim drwg, cofia – un fel'na ydi hi. Mae hi angen cwmpeini, a mwya'n y byd fysa dyn yn medru'i gynnig iddi, y mwya'n y byd fysa hitha'n closio ato fo. Dydw i ddim yn meddwl llai ohoni ar gownt hynny, ond dwi ddim isio i 'mrawd fy hun gael 'i frifo. Cadw hyd braich, dyna ydi 'nghyngor i, cyn i betha fynd yn rhy bell.' Cododd Mair o'i chadair a gafael am ysgwyddau ei brawd. 'Dim ond meddwl amdanat ti ydw i, cofia, a diolch i chdi am fod mor ffeind hefo Ifan. Tasan ni ond yn cael yr hen aea 'ma allan o'r ffordd dwi'n siŵr y bysa fo'n altro drwyddo.'

RHAN DAU

Ionawr 1947

Pennod 12

Ddechrau'r flwyddyn, pan oedd y llwydrew wedi taenu'i hun yn gyrten les ysgafn dros yr ardd, swatiai Mair o flaen y tân, yn rhy oer i wneud dim. Teimlai'r ager oedd yn codi o'i hail baned y bore hwnnw yn goglais ei thrwyn, a'r gwpan gynnes yn dadmer ei dwylo. Symudodd ei chadair yn nes at y grât, a dechreuodd ei meddwl grwydro.

Roedd hi wedi gobeithio y byddai Ifan yn gwella yng nghwmni'i gyfoedion ond doedd fawr o newid ynddo, sylweddolodd yn drist. Tybed beth oedd yn mynd drwy ei feddwl wrth wylio Gruffydd yn troi at ei daid a'i ewythrod am sylw yn hytrach nag ato fo, ei dad? Ochneidiodd wrth gofio am y parsel bychan hirsgwar roddodd Ifan yn llaw Gruffydd ar fore'r Nadolig ychydig wythnosau ynghynt – roedd hi wedi gobeithio mai cyllell boced fach finiog â charn gwyn sgleiniog, fel y tu mewn i gragen, oedd yn y bocs, un yn union fel roedd Gruffydd wedi dyheu amdani. Wnaeth Ifan ddim sylwi ar ymateb ei fab pan rwygodd y papur lapio i ffwrdd a gweld y gair 'Parker' ar y bocs. Welodd o 'mo'r deigryn trwm yn rowlio i lawr grudd ei fab na'i sylwi ar ei gorff yn crebachu â siom. Ond roedd Emrys wedi sylwi, a chododd ei brawd caredig ar ei draed hefo'r esgus ei fod o angen i Gruffydd fynd i'r cwt hefo fo i fwydo'r cathod. Wyddai hi ddim beth ddigwyddodd wedyn ond roedd y wên lydan ar wyneb Gruffydd pan ddaeth yn ei ôl i'r tŷ yn awgrymu fod Emrys wedi achub y dydd.

Penderfynodd fod yn rhaid iddi hi ac Ifan ddod o hyd i gartref newydd. Efallai mai byw ar eu pennau eu hunain fyddai'r sbardun i Gruffydd a'i dad gymodi.

Tra oedd ei fam yn breuddwydio o flaen y tân roedd Gruffydd wedi mynd i'r cwt yn hen gôt fawr Wmffra i chwilio am gynhesrwydd hefo'r cathod. Edrychodd o'i gwmpas ar y trugareddau oedd yn cael eu cadw yn y cwt, ac wrth i'w lygaid gyrraedd at y bachwalbant cofiodd am yr anrheg roedd Emrys ac yntau wedi'i chuddio yno ddiwrnod Dolig. Pan agorodd o'r papur newydd oedd wedi'i lapio amdani ar ddiwrnod yr Ŵyl a gweld y ffon dafl, anghofiodd yn syth am y siom roedd o newydd ei brofi a thaflu ei freichiau am ganol Emrys ac igian dweud, 'O Ems, sling! Y presant Dolig gora rioed. Diolch, diolch!' Wnaeth o ddim sôn wrth neb gan fod Emrys wedi ei siarsio mai eu cyfrinach nhw eu dau oedd yr anrheg.

Methai â deall pam nad oedd ei dad yn ymddwyn fel Emrys ac Wmffra. Roedd ei ddau ewythr yn chwarae hefo fo ac yn dweud pethau doniol, ond y cyfan wnâi ei dad oedd syllu'n fud i'r tân. Roedd ei fam wedi newid hefyd, ac yn dweud 'Ifan bach' bob munud. Pam na fysa fo wedi aros yn Pencrugia yn lle dod i Rydyberthan hefo fo a'i fam?

* * *

Ymhen y mis trodd y tywydd yn anarferol o gynnes, ac yna dechreuodd yr eira ddisgyn ... a disgyn.

'Myn diân i,' cwynodd Dafydd Preis, 'welis i 'mo'r ffasiwn beth. Sgin i ddim co' gweld cymaint o eira, a hwnnw mor fân. Gewch chi weld: eira mân, eira mawr.'

Pwysodd Mair ei thrwyn ar wydr ffenest y llofft i wylio'r plu gwynion perffaith yn disgyn yn ysgafn, ysgafn fel sêr o ddiemwntiau i orchuddio'r pridd llwm yng ngardd ei thad. Er mor hardd oedd y darlun gwyddai Mair pa mor dwyllodrus y gallai'r eira fod, yn sticio o dan wadnau sgidiau ac yn troi'n wlybaniaeth du fyddai'n staenio teils llawr y gegin. Roedd hi wedi dod â hen sachau o'r cwt a'u taenu y tu ôl i'r drws cefn er mwyn i'r dynion adael eu sgidiau gwlyb arnyn nhw, ond allai hi ddim dioddef oglau'r sachau hynny, oedd yn lledu drwy'r tŷ:

oglau piso cathod a hen datws wedi pydru'n slwj. Trodd oddi wrth y ffenest gan obeithio na fyddai'n para'n hwy na diwrnod neu ddau.

Er ei bod yn ganol y bore ac Wmffra wedi crafu'r eira oddi ar wydrau'r ffenestri cyn mynd i'w waith, roedd y tŷ yn dal yn dywyll. Yn wahanol i'r gaeafau cynt, roedd yr awyr yn fudr lwyd ers wythnos a dim golwg o'r haul yn sbecian heibio i'r cymylau trymion.

Daliodd yr eira i ddisgyn yn gyson, yn fân, fân fel siwgr, gan chwilio am graciau rhwng fframiau'r ffenestri ac o dan lechi'r to. Un bore, pan agorodd Wmffra'r drws cefn teimlodd chwipiad rhewllyd ar ei wyneb – roedd yr eira wedi lluwchio yn erbyn y tŷ a rhewi nes ei fod cyn uched â sil y ffenestri, o ganlyniad i wynt main y dwyrain.

'Dwi newydd roi fy mhen allan drwy'r drws ac ma' hi 'di rhewi'n gorn dros nos,' meddai Mair, gan droi at ei thad. 'Clywch y gwynt 'na'n chwibanu!'

'Ddeudis i do,' meddai Dafydd Preis, oedd yn eistedd wrth y bwrdd yn bwyta'i frecwast, 'mae 'na rwbath yn wahanol leni. Fel'ma fydd hi am sbelan rwân. Dwi wedi'i weld o o'r blaen – yr hen wynt Llanhuar 'ma, yn dŵad o le oer ac yn setlo am wsnosa.'

'O tewch â phaldaruo wir, Nhad. Sut gwyddoch chi?' ceryddodd Mair ei thad. 'Dach chi'n gwbod gymaint dwi'n casáu'r eira.'

'Mae gin i fwy o brofiad o'r hen fyd 'ma na chdi, 'mach i. Rhaid i ni forol fod gynnon ni ddigon o lo yn y tŷ, digon i bara am fis, o leia. Mi geith Emrys ofalu bod y tatws wedi'u lapio yn iawn yn y cwt pan godith o.'

Yn ystod y dyddiau canlynol disgynnodd mwy o eira nes gorchuddio pob ffordd a ffos a chloi pawb yn eu cartrefi. Ataliwyd y gwaith o godi'r tai newydd yn y pentref oherwydd y tywydd felly daeth gwaith Ifan i ben am y tro, ond roedd yn rhaid i Emrys ac Wmffra fustachu drwy'r eira i fferm Eban Robaits i borthi'r anifeiliad a rhyddhau'r defaid oedd wedi eu claddu yn y lluwchfeydd. Ar anogaeth Mair ymunodd Ifan â rhai o ddynion eraill y pentref i gerdded i'r becws i brynu bara a chario'r torthau ar eu cefnau mewn sachau yn ôl i siop y pentref. Caewyd yr ysgol, ac ymhen sbel roedd Gruffydd, hyd yn oed, wedi laru ar y tywydd. Roedd ei drwyn a'i draed wastad yn oer ac ambell noson codai o'i wely a cherdded yn ddistaw bach i lofft ei fam a'i dad cyn stwffio o dan y dillad i gesail ei fam i gynhesu. Roedd Mair yn dal i fynd i gartref Bobi Preis yn ddyddiol er bod y palmantau'n llithrig fel gwydr o dan ei thraed. Roedd yntau wedi ei gaethiwo i'r tŷ – allai o ddim mentro allan ar ei faglau – ac roedd Mair yn gofalu fod digon o fwyd ar ei gyfer yn y pantri. Roedd hi'n mwynhau y sgwrsio tawel rhyngddi hi a Bobi, oedd yn rhoi amser iddi ymlacio. Weithiau sylwai ar lygaid Ifan yn rhythu arni pe byddai wedi loetran braidd yn hir hefo Bobi, nes gwneud iddi deimlo'n euog am beidio rhuthro adre'n syth ar ôl iddi ei setlo yn ei wely. Ond roedd bod hefo Bobi gymaint yn haws na bod ar ben ei hun hefo'i gŵr, ystyriodd.

Bu'n rhewi'n gorn am wythnosau, a phoenai Mair nad oedd digon o lo ar ôl yn y cwt. Heblaw am y coed roedd Eban Robaits wedi'u cynnig mor garedig o'r winllan i'w brodyr yn dâl ychwanegol am eu llafurio caled ar ei fferm, byddai wedi poeni mwy am ei thad a sut yr oedd o'n mynd i oroesi'r clo mawr. Ar ôl i Emrys ollwng y gath o'r cwd un diwrnod deallodd Mair fod y ddau eisioes wedi mynd â choed i Dŷ Isaf, ac wedi llifio'r brigau'n ddarnau hwylus cyn gadael rhag i dad yng nghyfraith oedrannus Gladys orfod gwneud hynny. Tybed pa mor aml fyddai Wmffra'n galw yno heb sôn wrthi, dyfalodd Mair.

Pennod 13

Un diwrnod trodd y gwynt i'r gorllewin gan ddod â chyfnodau o law yn ei sgil. Fesul modfedd toddodd yr eira ac ailafaelodd trigolion Rhydyberthan yn eu bywydau. Roedd Mair yn falch o weld Ifan yn dychwelyd i'w waith ar ôl dyddiau distaw di-ben-draw y clo mawr, pan eisteddai yn syllu i'r tân am oriau hirion. Clywyd sŵn morthwylio a llifio'r adeiladwyr unwaith eto, wrth iddynt ailafael yn y gwaith o godi tai newydd yn y pentref. Erbyn diwedd Mawrth roedd goriad eu cartref newydd yn llaw Mair, ond nid un o'r tai newydd oedd o, ond un o'r ddau dŷ oedd yn sefyll ochr yn ochr ym mhen pella'r pentref. Eban Robaits oedd berchen y tai, ac er nad oedd Wmffra'n awyddus i weld ei chwaer a'i theulu yn gadael, roedd wedi sôn wrthynt bod Fronolau ar gael i'w rentu.

'Be ti'n feddwl, Ifan?' gofynnodd Mair ar ôl i'r ddau gerdded drwy'r tŷ i gael golwg arno. Roedd hi wedi gwirioni ar yr estyniad bychan to sinc i'r gegin gefn lle roedd digon o le i stof baraffin ar gyfer coginio, ac at y stafell molchi oedd yn amlwg wedi'i chreu allan o'r drydedd lofft fach er nad oedd digon o le i fàth ynddi. 'Neith o i ni?'

'Wel, gwneith ma' siŵr, er 'mod i'n gwbod y bysa'n well gin ti gael un o'r tai cyngor newydd. Ond gan mai ni sy biau Bwlch y Graig does 'na ddim llawar o siawns y cawn ni un, nagoes?'

Edrychodd y ddau drwy ffenest y llofft ar yr ardd gul ac ar yr hancesi poced o eira oedd yn dal i loetran yn y corneli.

'Sbia, mae'n ardd go lew, tydi, ac mi oedd yr hen fachgan oedd yn byw yma ddwytha yn ei thrin hi tan y llynedd. Fyddi di fawr o dro'n cael trefn arni pan ddaw'r gwanwyn. Gawn ni lwyth o dail gan Eban Robaits dwi'n siŵr, ac mi fedri di dyfu digon o bys a ffa a ballu, a bitrwt i mi wneud picl at y gaea. Roedd syniadau Mair yn byrlymu ohoni, ond teimlai Ifan hynny o egni a oedd yn ei gorff yn llifo i lawr i fodiau ei draed wrth ei chlywed hi'n siarad mor frwdfrydig am y llafurio roedd angen iddo'i wneud yn yr ardd. Doedd ganddo fo 'mo'r nerth i feddwl am y peth heb sôn am afael mewn fforch neu raw. Wyddai o ddim beth oedd yn bod arno. Heblaw am godi i fynd i'w waith fel dyn pren a dychwelyd adref ar ddiwedd y dydd, doedd o ddim yn dyheu am ddim byd, heblaw eistedd a syllu i'r tân tan amser gwely.

Yng nghanol yr ardd tyfai hen goeden afal unig, a thaflai ei changhennau cnotiog eu cysgod ar y ffenest.

'Yli Ifan, mi fysa Gruffydd yn cael modd i fyw wrth ddringo'r goedan 'na.'

Ochneidiodd Ifan. 'Tydi o byth wedi cymryd ata i. Mi fydd o'n bownd o hiraethu am dy dad a'r hogia os symudwn ni.'

Rhoddodd Mair ei thalcen ar wydr y ffenest, gan ddychmygu gweld Gruffydd ar gangen isa'r goeden a'i dad yn ei annog i ddringo'n uwch ac yn uwch gan addo na châi niwed tra oedd o yno i'w ddal rhag disgyn.

'A pheth arall sy'n fy mhoeni i,' parhaodd Ifan, 'sut ydan ni am lenwi'r holl stafelloedd 'ma?'

'O mi wnawn ni dow-dow, 'sti. Mae'r seidbord gynnon ni, yn tydi, ac mae Wmffra wedi gwrthod gadael i ni gyfrannu llawer at ein cadw er mwyn i ni fedru safio hynny fedran ni o dy gyflog di. Ar ben hynny dwi wedi bod yn safio pres y rhent sy'n dŵad o Fwlch y Graig ers y dechra. Mi wnawn ni'n iawn. Tasan ni'n cael dau wely a chadeiria i ddechra, a mat cocomatin dan draed ar lawr y gegin fyw 'ma. Mi ddaw'r gweddill yn nes ymlaen, fel fedran ni 'i fforddio fo.' Symudodd Mair i sefyll y tu ôl i Ifan gan lapio'i breichiau'n dynn am ei wasg. 'Yli braf fydd hi arnon ni yn fama. Mi gawn ni lonydd i neud fel y mynnwn ni ac i fod ar ein pennau ein hunain, ac ella yr eith Gruffydd i gysgu ambell nos Wener at Nhad. Mi fysan ni'n medru mynd i'r pictiwrs weithia, Ifan, a dod yn ôl yma wedyn hefo tships i swpar ... dim ond ni'n dau fel roeddan ni ers talwm.' Llithrodd ei chorff i'w wynebu a chododd ei phen i edrych i fyw ei lygaid.

Trodd yntau ei ben oddi wrthi. 'Dwi'n sori, Mair. Mae 'na rwbath wedi digwydd i mi 'sti. Fedra i ddim rhoi fy meddwl ar ddim fysa'n gwneud i mi anghofio'r cwffio. Dwi'n teimlo mor euog 'mod i wedi cael byw, wedi cael dŵad adra'n saff, a'r hogia eraill wedi colli'u bywyda. Dwi'm isio colli'r teimlad yna neu fedra i ddim byw yn fy nghroen. Dwi angen teimlo'r euogrwydd ar hyd yr amser.'

Camodd Mair oddi wrtho. 'Ifan bach, fedra i ddim dallt. Mae 'na bron i ddwy flynadd ers i ti ddod adra ... tydi hi ddim yn bryd i ti anghofio bellach? Fel arall, fydd ein bywyda ni ddim gwerth 'u byw. Dwyt ti ddim wedi cysidro sut effaith mae dy weld di fel hyn o hyd yn 'i gael arna i a Gruffydd? Dydan ni ddim wedi symud ymlaen o gwbwl ers i ti ddŵad adra.'

Aeth i sefyll wrth y ffenest, a gwelai adlewyrchiad Ifan y tu ôl iddi yn y gwydr. Roedd ei ysgwyddau wedi crymu a'i ddwylo'n hongian yn llipa wrth ei ochr. Roedd hi mor awyddus i'w cartref newydd fod yn llwyddiant, yn hafan iddi hi a'i gŵr a'u plentyn, ond wrth sefyll yno sylweddolodd mai hi fyddai'n gorfod cario'r baich os oedd hynny am ddigwydd. Byddai'n rhaid iddi barhau i gadw Ifan yn brysur a chadw'r diafoliaid draw.

Gafaelodd yn ei ddwylo a'i arwain i lawr y grisiau, gan wneud rhestr feddyliol o'r hyn fyddai ei angen arnynt wrth edrych o amgylch y gegin fyw. Trodd at Ifan.

'Reit 'ta, mi ddechreuwn ni'n fan hyn. Dwyt ti ddim yn gweithio ddydd Sul, felly gei di roi côt o ddistempar dros y waliau i ffreshio'r lle bryd hynny. Pan fyddi di wedi gorffen mi gei di ofyn i Wmffra ac Emrys gario'r seidbord yma o dŷ Nhad.'

Ymhen cwta bythefnos roedd y tri wedi symud i fyw i Fronolau, a bu'r ddau yn ddiwyd yn paratoi'r ardd ar gyfer plannu llysiau. Mair oedd yn llafurio galetaf ac Ifan yn estyn a chyrraedd iddi. Droeon, daliodd Mair ef yn sefyll yn ei unfan, ei feddwl yn bell nes iddi hi orfod galw arno i dynnu ei sylw.

* * *

Un noson, a Gruffydd yn aros hefo'i daid a Mair wedi mynd i helpu Bobi Preis, eisteddai Ifan yn syllu i fflamau'r tân. Doedd ganddo ddim egni i godi i droi'r golau ymlaen.

Yn sydyn, daeth cnoc ar y drws cefn a chlywodd lais Gladys. 'Iw-hŵ! Duwadd, Ifan, be ti'n da yn y twllwch?' Edrychodd o'i chwmpas a gofynnodd yr un hen gwestiwn cyfarwydd, 'Lle ma' Mair?' cyn eistedd i lawr gyferbyn ag o. 'Wel am noson fudur! Ma' hi'n piso bwrw allan yn fanna, a tydi hi 'di dechra nosi'n fuan? *April showers* wir – mae'n debycach i ddilyw Noa!'

'Mae Mair 'di mynd at Bobi, a waeth i minna drio arbad dipyn ar y letric ddim,' atebodd yntau.

'Ydi Gruffydd yn 'i wely?' Edrychodd Gladys tuag at waelod y grisiau.

'Na, mae o hefo'i daid. Mi fydd o'n lecio cael mynd yno i gysgu amball dro.'

'O, ma' siŵr 'i fod o'n cael hwyl hefo Emrys. Mae hogia bach angen hwyl yng nghwmni dynion 'sti ... er, does gan y ddau acw ddim dyn neith chwarae hefo nhw yn y tŷ, chwaith. Wedi deud hynny fysa fo ddim yn ddrwg o beth i bob un ohonon ni gael dipyn o hwyl go iawn ar ôl cael ein caethiwo gan yr hen eira 'na. Faint o'r gloch ddaw Mair adra?'

'O, ddaw hi ddim am sbel, ddim nes bydd Bobi yn gyfforddus yn 'i wely.'

Syllodd Gladys yn hir ar wyneb main Ifan, a'i ddwylo oedd yn aflonydd ar ei lin. 'Be ti'n gael i'w neud yn fama ar ben dy hun, dŵad? Ti isio gêm o gardia neu ddominôs i aros i Mair gyrraedd yn ôl?'

Camodd tuag at y seidbord ac agor y drôr i estyn y pecyn cardiau ohono. Roedd hi'n gwybod ble roedd popeth yn cael ei gadw yng nghartref ei ffrindiau – ers iddyn nhw symud roedd hi'n galw heibio yn wythnosol, bron, i edrych amdanynt. Yn ddiweddar roedd Ifan wedi dechrau amau ei bod hi'n amseru'r ymweliadau hynny er mwyn ei gael o ar ei ben ei hun yn y tŷ.

'Tara'r teciall 'na ar y tân i ni gael paned wrth chwara.'

Cododd Ifan yn ufudd i lenwi'r tegell.

Rhannodd Gladys y cardiau rhwng y ddau. Dim ond clecian y fflamau yn y grât a sŵn bob cerdyn yn cael ei daro ar y bwrdd oedd i'w glywed am funudau hirion nes i Gladys ochneidio wrth sylweddoli ei bod hi wedi'i threchu unwaith yn rhagor. Chwarddodd yn uchel.

'Argol, Ifan, yn yr Armi nest ti ddysgu chwara mor dda? Sut oeddat ti'n ffendio'r amser?'

'Wel,' atebodd yntau, 'weithia roeddan ni'n gorfod aros am ddyddia – wsnosa ambell dro – cyn symud yn ein blaenau i ganol y cwffio. Doedd gynnon ni ddim byd arall i neud, dim ond aros. Aros nes oedd ein nerfa ni'n rhacs, ofn be oedd o'n blaenau ni a meddwl faint ohonon ni oedd am ddod yn ôl yn fyw.'

Gwelodd Gladys yr ing yn ei lygaid, yn union fel y troeon eraill pan oedd wedi adrodd ei hanes wrthi. Soniodd am ddilyn y rhesi blaen drwy Affrica, Sicily a'r Eidal.

'Ifan druan. Ti 'di gweld petha mawr, yn do,' meddai'n gydymdeimladol.

'Do. Mi oedd gin i gymaint o ofn methu symud ymlaen tuag at y ffrynt, ofn colli fy nerfa a thrio troi'n ôl ... rhedag o 'no am fy mywyd. Roedd hynny'n digwydd i rai, cofia. Dengid o 'no. Isio mynd adra. Ond roedd rhywun yn siŵr o gael gafael ynddyn nhw a'u gwthio nhw yn eu blaenau, yn bygwth 'u saethu nhw. Wna i byth anghofio'r cywilydd a'r ...'

Clywsant glicied y drws yn agor a sŵn Mair yn ysgwyd ei hambarél yn y cyntedd a hongian ei chôt law. Pan welodd hi Gladys, arhosodd yn ei hunfan.

'Rargol, Gladys, wyddwn i ddim dy fod ti yma ar y ffasiwn noson. Sbiwch arnoch chi'ch dau yn chwara'r hen gardia 'na eto. Dim ond gobeithio nad ydach chi'n gamblio hefo'ch dimeiau prin.'

Teimlodd Gladys y sbeit yn llais Mair a cheisiodd newid y pwnc.

'Ro'n ni'n clywad dy fod ti 'di cael papuro'r llofft gefn. Sut bapur gest ti? Dwi'n trio cael papuro'r rhai acw hefyd ond mae Meri mor set yn 'i ffordd ac yn mynnu cadw at yr un hen baent gwyrdd gola ar y palis. 'Swn i wrth fy modd yn cael tŷ i mi fy hun.'

Aeth y ddwy i fyny'r grisiau, ac wrth iddyn nhw edmygu'r papur wal newydd gyda'i rosod pinc, a sylwi ar y lle gwag rhwng gwely bach Gruffydd a'r palis, rhoddodd Gladys bwniad chwareus i gefn Mair.

'Fyddwch chi fawr o dro yn llenwi fama – mae 'na ddigon o le i got neu wely bach arall,' meddai, 'a chitha'n cael llonydd yma ar ben eich hunain a phob dim.' Anwybyddodd Mair sylw Gladys. Doedd o ddim yn fusnes i neb arall sut roedd hi ac Ifan yn cyd-fyw, meddyliodd, a throdd ar ei sawdl i lawr y grisiau.

Yn y cyntedd gostyngodd Gladys ei llais.

'Mae Ifan yn edrych yn well nag oedd o pan ddaethoch chi i'r Rhyd 'ma, yn tydi? Dwi 'di sylwi 'i fod o'n sôn mwy am ei amser i ffwr', ac mae o wrth 'i fodd yn cael gêm o gardia. Cofia, dydi o ddim yn deud bob dim wrtha i chwaith, y straeon mwya gwaedlyd. Fyddwch chi'n chwarae dipyn, chi'ch dau? 'Ta sgynnoch chi betha gwell i'w gwneud hefo'ch amser?' Winciodd Gladys yn awgrymog ar Mair. 'Mae Ifan druan angen dipyn o sylw, cofia Mair, ar ôl be mae o wedi'i weld.'

Teimlodd Mair y gwres yn codi o'i stumog i fyny at ei gwddf nes i'r gwrid ledu i'w hwyneb a'i phenglog. Clywodd glychau yn atsain yn ei chlustiau. Pa gêm oedd Gladys yn ei chwarae? Pa hawl oedd gan hon, oedd yn ddigon haerllug i sefyll o'i blaen yn ei chartref ei hun, i ddweud wrthi sut i fynd ati i drin ei gŵr? Be wyddai hi am ddioddef?

Cipiodd Mair gôt Gladys oddi ar y bachyn a'i gwthio i'w breichiau. Camodd at y drws a'i agor led y pen cyn sefyll yno â'i chefn tuag at y tywyllwch. Poerodd ei geiriau fel sarff.

'Dos, Gladys. Dos adra wir, a phaid ti â meiddio dŵad yma pan fydd Ifan ar ei ben ei hun eto. Ddim unwaith, wyt ti'n clywad?' Rhoddodd bwniad i gefn Gladys nes i honno faglu dros y trothwy yn gegagored, yn methu deall beth oedd wedi digwydd i'w ffrind oedd wastad mor annwyl a charedig, ac a fu mor driw iddi bob amser.

Rhoddodd Mair glep ar y drws a sefyll â'i chefn yn pwyso arno am ennyd, cyn troi yn ôl i'r gegin. Roedd Ifan yn ôl yn ei gadair wrth y tân, yn syllu ar y gwreichion yn chwyrlïo i fyny'r simdde.

Er na ddangosodd hynny, roedd Ifan wedi dychryn wrth weld Mair yn cynhyrfu cymaint. Doedd o erioed o'r blaen wedi gweld ei llygaid gleision yn fflachio mor filain a'i bochau mor fflamgoch, a wnaeth o erioed ddychmygu y byddai'n bosib i wyneb Mair, o bawb, ffinio ar fod yn hyll.

'Be fyddwch chi'ch dau yn neud yn fama pan fydda i ddim adra? Dyna 'swn i'n lecio'i wbod. Am be ydach chi'ch dau'n siarad? Paid ti â meddwl nad ydw i wedi sylwi dy fod ti'n fwy siriol ar ôl iddi hi fod yma ... ac mi wyt ti'n cysgu'n well hefyd. Wyt ti'n troi dy gefn arni hi fath â ti'n neud hefo fi?'

Chwipiodd ei geiriau ar draws ei wyneb, a chaeodd ei lygaid am ennyd. Beth oedd wedi dod drosti? Chlywodd o erioed 'mo'i wraig yn siarad mor atgas â hyn o'r blaen. Mor gas. Mor ffiaidd.

'Rhag dy gwilydd di Mair, yn deud y ffasiwn beth. Dim ond fy holi am fy hanas yn y rhyfel mae hi, a finna'n sôn dipyn bach wrthi gymaint o ofn oedd gin i na fyswn i byth yn cael dŵad yn ôl atat ti, a ... '

'Yli Ifan, mae'n hen bryd i chdi roi'r gora i siarad am hynny. Mi gest ti ddod adra, yn do, dyma chdi hefo fi a Gruffydd heb 'run marc arnat ti, heblaw y graith fach 'na ar dy gefn. Roeddat ti'n sôn ym mhob llythyr dy fod ti isio anghofio bob dim am y rhyfel ac nad oeddat ti isio deud gair wrth neb am dy brofiada. Ac a deud y gwir, Ifan, dydw inna ddim isio gwbod dim amdanyn nhw chwaith. Fyswn inna'n lecio anghofio bob dim ddigwyddodd i minna yn Rhes Newydd hefyd, pan o'n i'n stryglo ar fy mhen fy hun drwy fisoedd tywyll pob gaea am bron i bum mlynadd.'

Dechreuodd y gynnau a'r magnelau ffrwydro ym mhen Ifan.

Rhoddodd ei freichiau dos ei glustiau a dechreuodd siglo'n ôl a blaen.

'Sgin ti ddim syniad yn nagoes, Mair?'

'Sgin titha ddim syniad chwaith, Ifan. Chlywist ti mohona i'n cwyno am y dychryn a'r ofn oedd gin i, naddo? Ddeudis i ddim gair am be oedd yn digwydd i mi yn Rhes Newydd, bod rhyw gythraul yn aflonyddu arnon ni'r genod, yn trio'n dychryn ni, yn prowla o gwmpas yng nghanol y nos ac yn crafu gwydrau'r ffenestri. Yn naddo, Ifan?'

Edrychodd Ifan ar Mair mewn syndod.

'Pam na fysat ti 'di deud wrtha i yn dy lythyra?'

'Pa haws o'n i o dy boeni di? Fedrat ti neud dim am y peth. Fel'na oedd hi ar bawb. Yr unig wahaniaeth rhyngddat ti a fi ydi 'mod i wedi penderfynu anghofio bob dim, ei roi o o'r neilltu, a chditha ofn gollwng gafael. Be wyt ti isio mewn difri, Ifan … piti? Cydymdeimlad? Mae arna i ofn na chei di 'mo hynny gan neb. Ma' pawb wedi diodda mewn ryw ffordd neu'i gilydd. A dwi wedi deud wrth Gladys, dallta, na tydi hi ddim i ddŵad yma pan fyddi di ar ben dy hun eto. Cardia, wir. Sa'n well i chdi symud oddi ar dy din i neud rwbath o gwmpas y lle 'ma. Mae 'ma ddigon o betha angen eu gwneud.'

Ffrwydrodd yr argae ym mhen Mair wrth iddi sylweddoli fod Ifan wedi ildio i'w ofnau heb ystyried brwydro yn eu herbyn – dim hyd yn oed er ei mwyn hi a Gruffydd.

'Pam fod rhaid i chdi fyhafio fel hyn?' gwaeddodd uwch ei ben. 'Mae pob dyn arall dwi'n ei nabod sydd wedi bod mor lwcus â chael dod yn ei ôl adra wedi ailafael yn eu bywyda ac wedi setlo i lawr yn iawn. Yli Bobi druan – dim ond un goes sgynno fo, a dydi o byth yn cwyno na hel meddylia. Pam fod rhaid i chdi fod yn wahanol, Ifan? Pam? Dwi 'di cael llond bol. Fedra i ddim dal llawar mwy ar dy fŵds di.'

Neidiodd Ifan ar ei draed a rhythu arni, a fflamau'r tân yn adlewyrchu yn ei lygaid cochion.

'Un dda wyt ti i siarad. Am be ma' Bobi a chditha'n sgwrsio am oria 'ta? 'Swn inna'n lecio gwbod hynny hefyd. Mi wyt ti yno am hydoedd, yn ddigon hir weithia i neidio i'r gwely ar 'i ôl o.'

'Welai neb fai arna i am wneud hynny decini – dwi'n cael fawr o sylw gan neb arall, nac'dw?'

Sylweddolodd Mair ei bod wedi mynd yn rhy bell pan welodd ddwrn caeëdig Ifan yn cael ei anelu tuag ati. Trodd ei phen, ac er iddi godi'i breichiau i arbed ei hun, glaniodd ei ddwrn yn egr ar ei hysgwydd nes iddi faglu a disgyn i'r llawr.

Yn lle rhuthro ati i'w helpu trodd Ifan yn ôl at y tân heb ddangos owns o edifeirwch.

Rhedodd cannoedd o binnau bach rhewllyd drwy gorff Mair a'i gadael yn oer, oer. Pwy oedd y dyn gwyllt oedd yn sefyll o'i blaen yn glafoerio, â'i lygaid yn fflachio? Doedd hi ddim yn ei nabod o. Oedd o'n debygol o'i brifo? Oedd o'n debygol o frifo Gruffydd bach?

Cododd yn araf a llusgo'i hun at y drws. Gwisgodd ei chôt a gafael yn ei hambarél.

'Dwi'n mynd adra, Ifan,' meddai'n dawel. 'Dwi ddim yn meddwl y medra i aros yma hefo chdi a chditha fel wyt ti. Dwi 'di trio 'ngora, ond dydw i ddim yn dy weld ti'n trio fawr ddim. Dwi'n gorfod ista yma'n sbio arnat ti'n syllu i'r tân noson ar ôl noson, yn deud dim byd, neu'n gorfod dy ddeffro di yn y nos pan fyddi di'n troi a throsi a gweiddi yn dy gwsg. Oeddwn siŵr, ro'n i'n fodlon gwneud bob dim o fewn fy ngallu i dy helpu, ond mi wyt ti wedi mynd yn rhy bell heno, Ifan. Fedra i ddim diodda mwy. Mi ga' i amser adra yn nhŷ Nhad i feddwl dros betha. Waeth i ti gloi'r drws ddim, ddo' i ddim yn ôl yma heno.'

Pennod 14

Y noson honno roedd Defi John yn symud yn araf ar ei feic yng ngolau gwan y lamp i lawr stryd hir, gul Rhydyberthan. Roedd ei lygaid wedi'u crychu nes eu bod bron ar gau er mwyn eu harbed rhag nodwyddau dur y glaw oedd yn hyrddio'n erbyn ei wyneb. Mentrodd gau ei lygaid am eiliad fer i geisio cael gwared ar y gwlybaniaeth oedd yn ei ddallu, a bu bron iddo daro postyn giât y siop. Rhoddodd blwc sydyn i gorn y beic i'w sythu, ac wrth wneud hynny sylwodd ar gefn rhywun yn hanner rhedeg ar y palmant o'i flaen. Dynes oedd hi, tybiai oddi wrth ei hosgo, yn llechu o dan ambarél fawr. Cyn ei chyrraedd sylwodd ar batshyn sgleiniog o'i flaen, yn dywyllach na'r ffordd ei hun, a gwenodd yn ddireidus. Arhosodd nes bod yr ambarél bron gyferbyn â'r düwch, yna anelodd yr olwyn flaen i ganol y pwll dwfn. Teimlodd y dŵr oer yn tasgu dros ei goesau, ond roedd yn werth gwlychu dim ond er mwyn clywed y wich a'r rheg a ffrwydrodd o dan yr ambarél wrth iddo ei phasio. Aeth yn ei flaen am adref dan chwerthin yn uchel.

Cadwodd ei feic yn y sied oedd wrth ochr y tŷ, gan ddadfachu'r lamp oddi ar y ffrâm, a gadawodd byllau gwlyb ar lawr y gegin fach foel cyn tynnu'i ddillad a'u taflu dros y gadair agosaf.

'Defi John bach, lle ti 'di bod ar y ffasiwn noson, dŵad? A dos â'r dillad 'na drwadd i'r bwtri.'

'Peidiwch â busnesu wir Dduw, Mam – dydi o'n ddim o'ch busnas chi lle dwi 'di bod. Tydach chi ddim yn holi o lle mae'r cwningod a'r ffesantod fydda i'n ddod adra i chi wedi dod, nac'dach? Ond sgin i ddim byd i chi heno 'ma ... diawl o ddim yn y glaw 'ma.'

'Paid â rhegi wir, Defi bach, dydi o'n help i neb.'

Edrychodd ei fam yn ddigalon arno. Er nad oedd hi lawer dros ei deugain roedd ei bywyd caled wedi dweud arni. Plentyn siawns oedd Defi ac roedd hi wedi gorfod gofalu amdano ar ei phen ei hun, a throdd yntau allan, yn anffodus, yn rhy debyg i'w dad. Doedd o ddim yn fodlon cymryd dim byd o ddifri, dim hyd yn oed ei waith ar fferm Cae'r Hafod, ac roedd hi'n poeni'n ddyddiol y byddai Magi'n ei droi oddi yno am golli diwrnod o waith er mwyn mynd i hela neu bysgota – er ei bod yn gwir werthfawrogi ei ddalfa – neu am fod yn hwyr yn cyrraedd yn y boreau. Cododd yn fusgrell a mynd at y popty i estyn y plataid o gig moch a thatws roedd hi wedi'i gadw'n gynnes ar ei gyfer.

Doedd Defi ddim wedi sylwi bod ei fam wedi teneuo gymaint nes bod llinyn ei brat yn mynd o amgylch ei chorff main ddwywaith. Er bod ei llygaid gleision bellach yn oer doedd ei gwallt gwinau ddim wedi gwynnu, a phan ddihangai ambell gudyn ohono o'r cap gwau gwyrdd oedd bob amser ar ei phen, roedd cip o'r ferch ifanc landeg yn dod i'r golwg. Rhoddodd wên lydan i Defi wrth ollwng y plât o'i dwylo cnotiog ar y bwrdd o'i flaen.

'Hitia befo, 'ngwas i. Mi fydd hi'n bryd i chdi dynnu'r wialan 'na i lawr o do'r cwt cyn bo hir, a meddylia braf fydd sgodyn neu ddau i swpar. Ti'n deud y gwir bod gin ti leisans, yn dwyt? Dwi ddim isio i chdi gael dy ddal gan yr hen gipar 'na ... '

'Peidiwch â ffysian, Mam, dwi 'di deud wrthach chi fod bob dim yn iawn, yn do?'

Tarodd ei fam ei llaw unwaith neu ddwy yn dyner ar ei ysgwydd.

''Na chdi 'ta. Dwi am 'i throi hi am 'y ngwely. Paid ti â thaenu'r dillad 'na'n rhy agos i'r grât, cofia, ma'r hen fonion eithin 'na'n tueddu i sboncio a tydan ni ddim isio i'r lle 'ma losgi'n ulw cyn y bore, nac'dan.'

Rowliodd Defi ei lygaid wrth wrando ar yr un hen eiriau. Cododd ei ddwy droed ar y pentan, a chwarddodd nes roedd ei fochau cochion yn sgleinio wrth gofio am y pwll dŵr yn y pentref. Roedd ei wallt tywyll wedi dechrau sychu a chyrlio o gwmpas ei wyneb, a'i lygaid duon yn ddisglair yn fflamau'r tân. Taflodd ei ben yn ôl i ddangos rhes o ddannedd claerwyn oedd yn cyferbynnu â'i groen tywyll. Roedd y ffaith fod un o'i ddannedd blaen yn gam a thamaid bach ohono ar goll yn gwneud i Defi John edrych yn union fel gwalch bach drygionus.

A dyna yn union oedd o ... drygionus, direidus a diog.

Tybed pwy oedd o dan yr ambarél, dyfalodd. Ond doedd dim ots. Doedd pobol y pentref erioed wedi derbyn Defi a'i fam i'w plith, am eu bod nhw'n byw yng nghanol nunlle a byth yn mynd i'r capel. Ond sut allai ei fam druan fynd i'r capel a chanddi hi ddim dillad Sul? Roedd plant y pentref yr un fath hefyd pan oedd o'n fengach, yn ei sbeitio am nad oedd o'n gallu darllen a sgwennu cystal â nhw ... ond roedd Defi yn siŵr nad oedd 'run ohonyn nhw'n nabod eu hadar a'u nythod fel fo, nac yn medru gosod croglathau na dal tyrchod. Wnaeth neb ei ddysgu yntau sut i wneud y pethau hynny chwaith – roedd y sgiliau'n dod yn reddfol iddo.

Roedd yn gas ganddo'r ysgol, yn enwedig pan oedd y plant mawr yn siarad yn uchel tu ôl i'w gefn am sipsiwn a ballu, a phan oedd y genod yn piffian chwerthin y tu ôl i'w dwylo ac yn sbio'n slei arno. Weithiau roeddan nhw'n ei ddilyn beth o'r ffordd adref gan weiddi ar ei ôl, 'Sgin ti begs i ni, Defi John?' Doedd Defi ddim yn deall i ddechrau ond o dipyn i beth daeth i sylweddoli'r gwir. Wnaeth o erioed ofyn i'w fam pwy oedd ei dad na lle roedd o'n byw, ac a dweud y gwir doedd o ddim isio gwybod chwaith. Roedd yr awgrym yn ddigon. O ystyried popeth, roedd o'n reit lwcus o gael chydig sylltau gan Magi am odro yng Nghae'r Hafod – fyddai neb arall wedi rhoi gwaith iddo, beryg.

Byddai Defi wedi lecio mynd yn sowldiwr, ac mi fu ond y dim iddo gael mynd nes i'r swyddog yn y Recruiting Office ar ddechrau'r Rhyfel ddarganfod ei fod wedi dweud celwydd am ei oed. Erbyn gweld mi fu'n lwcus, ystyriodd. Gallai fod wedi cael ei ladd, a phwy fyddai wedi edrych ar ôl ei fam wedyn?

Efallai mai yn y wyrcws fyddai hi. Gallai fod wedi dod yn ôl yn anabl fel Bobi Preis, heb obaith o fedru gweithio na physgota byth eto, neu ddod adra fel Ifan Aberdaron, yn hanner pan.

Rhoddodd bwniad i'r tân hefo'r procer a rhoi ei draed yn ôl ar y pentan. Dechreuodd feddwl am y tymor hela o'i flaen – roedd ei groglathau yn dechrau dangos eu hoed, a byddai'n rhaid iddo fentro allan yn o fuan gefn nos i ddwyn un neu ddwy o rai newydd. Ond byddai'n rhaid iddo fod yn ofalus y tro hwn. Gwgodd wrth gofio am y grasfa a gafodd yng ngwinllan Rhosddu y noson Nadolig cyn i'r Rhyfel ddod i ben. Roedd o wedi mynd yno i hela pan ymosododd rhywun arno a'i ddyrnu. Lluchiwyd ei groglathau i frigau uchaf y coed, ac yn waeth na dim malwyd olwynion ei feic yn rhacs. Roedd o bron yn siŵr, pan edrychodd ar eu cefnau drwy ei lygaid culion, gwaedlyd, mai Wmffra a'i frawd Emrys o'r pentref oedden nhw, a doedd ganddo ddim gobaith o gwffio yn eu herbyn. Roedd un ohonyn nhw wedi'i siarsio i beidio ag aflonyddu ar ferched Rhes Newydd byth wedyn: dyna, yn hytrach na'r ymosodiad, oedd wedi'i wylltio. Byddai'n hollol fodlon derbyn cweir petai wedi cael ei ddal yn gwneud rhywbeth o'i le, ond roedd cael bai ar gam yn fater hollol wahanol. Gwaeddodd ar eu holau y byddai'n talu'n ôl iddyn nhw, ac roedd yr addewid hwnnw'n dal i fudlosgi yn ei ben.

* * *

Llithrodd y goriad allan o law grynedig Mair a disgyn ar garreg y drws. Caeodd hithau'r ambarél cyn gwyro i lawr i chwilio amdano, ond roedd yn rhy dywyll iddi ei weld. Ymbalfalodd o gwmpas ei thraed, a rhedodd ias drwyddi wrth i'r glaw wthio'i fysedd oer rhwng coler ei chôt a'i chroen. Roedd hi awydd sgrechian ar rywun i ddod i agor iddi ond doedd hi ddim am i'w thad na'i brodyr ei gweld yn y fath stad. Teimlodd y goriad o'r diwedd, a rhoddodd ymgais arall ar ei wthio i dwll y clo. Y tro hwn roedd yn llwyddiannus, ac agorodd y drws yn ddistaw a chamu i'r gegin gefn. Y peth cyntaf wnaeth hi oedd tynnu ei chôt a'i sgidiau gwlybion, gan alw pwy bynnag oedd wedi ei gwlychu yn bob enw dan haul. Roedd y lliain sychu llestri yn ei le arferol wrth y sinc, a sychodd ei llygaid a'i hwyneb ynddo cyn ei wasgu am gudynnau gwlyb ei gwallt. Roedd y mymryn tân oedd ar ôl yn y grât yn rhoi digon o olau iddi weld ei ffordd tuag at y grisiau, ond yna drwy gil ei llygad gwelodd gysgod yn codi oddi ar y gadair.

'Be ddiawl ...?'

Safodd Mair yn ei hunfan pan glywodd lais Wmffra, oedd erbyn hynny wedi taro'r switsh golau ymlaen.

'Asu mawr, Mair, be ti'n drio 'i neud? O'n i'n meddwl bod rhywun yn torri i mewn. Be taswn i wedi dy daro di mewn camgymeriad?'

'Tro'r gola i ffwr', Wmffra, rhag i ti ddeffro Nhad ac Emrys. Be ti'n da ar dy draed mor hwyr, beth bynnag?'

Eisteddodd y ddau i lawr.

'Dim ond rhyw feddwl am betha 'sti, Mair ... dydw i ddim yn cysgu'n rhy dda y dyddia yma. Ond yn bwysicach, be ti'n da yma?'

Dechreuodd Mair igian crio, a rhoddodd ei dwylo dros ei hwyneb i'w guddio rhag llygaid Wmffra, oedd yn rhythu arni.

'O Wmffra, ma' gin i gymaint o gwilydd. Dwi 'di gwneud peth ofnadwy heno ... nes i rioed feddwl y byswn i wedi medru ffeindio geiriau mor ddiawledig o gas â'r rheiny nes i eu taflu at Gladys ac Ifan.'

'Gladys? Be ti'n feddwl ... be ddigwyddodd?'

Gwelodd Wmffra nad oedd Mair mewn sefyllfa i egluro dim iddo, felly aeth i'r cefn i roi'r tegell i ferwi. Roedd Mair bob amser yn gefn i bawb, ac mor dawel a ffeind. Doedd o erioed wedi'i gweld hi fel hyn o'r blaen – mae'n rhaid bod rhywbeth mawr wedi digwydd i ypsetio cymaint arni. Pan aeth yn ei ôl hefo paned bob un iddyn nhw roedd hi'n dal i syllu i'r tân drwy lygaid coch, chwyddedig, a'i hanadl yn fyr ac yn fas.

'Yfa dy banad – mi fyddi di'n teimlo'n well wedyn.' Sylwodd

ar gôt ac esgidiau ei chwaer oedd wedi creu pwll mawr o ddŵr ar lawr y gegin. 'Rargian, nes i ddim meddwl 'i bod hi'n bwrw gymaint â hynny. Ma' siŵr dy fod ti'n wlyb at dy groen!'

'Ydi, ma' hi'n o ddrwg, ond rhywun ar gefn beic aeth drwy andros o bwll dŵr fel roedd o'n fy mhasio i.' Rhoddodd chwerthiniad bach ysgafn i geisio ysgafnhau'r awyrgylch, ond yna cofiodd am y ffrae fu rhyngddi ac Ifan a sobrodd yn syth. 'Mi nes i 'i cholli hi go iawn gynna, Wmffra. Dwn i ddim be ddaeth dros 'y mhen i. Pan gyrhaeddis i'n ôl o dŷ Bobi a gweld Ifan a Gladys yn sgwrsio wrth chwara cardiau mi ffrwydrodd rwbath yn 'y mhen i. Jyst fel'na. Mi nes i gyhuddo Gladys fod 'na rwbath rhyngddi hi ac Ifan, a gweiddi arni i adael y tŷ a pheidio â dŵad yn ei hôl byth eto.' Adroddodd Mair yr hanes air am air ond aeth hi ddim cyn belled â chrybwyll fod Ifan wedi ceisio'i tharo.

'Mae'r holl straen dwi wedi byw hefo fo am flynyddoedd wedi dod i'r wyneb heno ... fedra i ddim cymryd mwy, Wmffra. Dwi 'di trio 'ngora i helpu Ifan i ddŵad allan o'r twll du mae o ynddo fo, ond does dim byd yn tycio. Ella y dylswn i fod wedi mynd â fo i weld rhywun ond dim ond swllt neu ddau sydd ganddon ni ar ôl ar ddiwedd pob wsnos, sydd ddim digon i dalu am ddoctor ac am ryw dabledi a ballu. Ac mae gin i gymaint o ofn iddyn nhw fynd â fo i ffwr' i rwla fel y seilam – arna i fysa fo'n gweld bai, ac ella na fysa fo byth isio 'ngweld i wedyn. Weithia mae o'n dechra deud hen straeon afiach ond fedra i ddim meddwl am wrando arno fo. Ti'n meddwl y medri di siarad dipyn hefo fo, Wmffra? Fysa hynny'n 'i helpu o dŵad ... siarad hefo dyn arall?'

Pwysodd Wmffra yn ei flaen i afael yn ei llaw yn dyner.

'Mair bach, pam na fysat ti wedi sôn yn gynt? Sgin i ddim profiad o fod i ffwr' yn cwffio ond mi fyswn i'n barod i wrando arno fo siŵr iawn, byswn tad.'

'Dwi mor sori 'mod i wedi gweiddi ar Gladys ... dwi ddim yn meddwl neith hi fadda i mi byth. Mi wn i fod gin ti *soft spot* iddi hi, ac ella 'mod i wedi sbwylio bob dim rŵan. Sori Wmffra.'

'O, dwn i'm ... dwi'm yn meddwl y bysa 'na ddim wedi dŵad o'r peth, 'sti. Ma' hi'n dal yn briod hefo William, yn tydi?'

'Dyna pam dy fod ti'n methu cysgu – meddwl am Gladys?'

Edrychodd Wmffra ar ei ddwylo gan obeithio na fyddai Mair yn sylwi ar ei fochau'n gwrido.

'Fel y gwyddost ti, fues i rioed yn caru hefo neb. Ond ers i mi ddŵad i weld mwy ar Gladys, dwi 'di sylweddoli gymaint dwi'n mwynhau ei chwmni hi. Mae 'nghalon i'n rhoi llam pan fydd hi'n dŵad drwy'r drws 'ma, ac mae Nhad ac Emrys wrth 'u boddau yn 'i gweld hi hefyd. Ti 'di sylwi? Mae hi 'di sôn fwy nag unwaith fod ganddi achos i gael difôrs ... *desertion* medda hi, am fod William wedi mynd â'i gadael hi a'r plant ers dros ddwy flynadd bellach.'

'Bobol bach, be 'sa Meri ac Edward yn ddeud? Mi fysa difôrs yn dwyn y ffasiwn warth ar 'u penna nhw. Ei throi hi allan yn syth wnaen nhw, siŵr iawn – a pheth arall, lle fysa hi'n cael pres i dalu twrna?' Gwelodd olwg euog ar wyneb ei brawd cyn gynted ag y cododd ei lygaid i edrych arni. 'Na, Wmffra! Nei di ddim. Sgin ti 'mo'r modd beth bynnag.'

'Wel, ma' gin i ryw gelc fach wedi 'i hel at ei gilydd ... ella 'sa hynny'n help iddi.'

'Dydi o ddim yn mynd i weithio. A lle fysa hi'n mynd tasa hi'n cael ei throi allan? Ti rioed yn meddwl am ofyn iddi dy briodi di a dŵad â hi yma, yn nagwyt?'

Wnaeth Wmffra ddim cymryd arno ei fod wedi clywed y cwestiynau, dim ond cau ei lygaid ac eistedd yn ôl yn ei gadair.

'Sut ydw i'n mynd i ddeud wrth Gladys 'mod i'n sori?' gofynnodd Mair eto. 'Neith hi byth fadda i mi, gei di weld.'

'Yli, mi a' i â Gruffydd yno fory, gan esgus mynd â fo i chwara hefo Shirley a Gari, a thrio egluro be ddaeth drostat ti heno. Bod bob dim sydd wedi digwydd dros y blynyddoedd dwytha wedi ffrwydro yn dy ben di, a dy fod ti wedi colli pob rheolaeth arnat ti dy hun. Dwi'n siŵr y gwneith hi ddallt. Tydi hi ddim y teip i ddal dig, nac'di?'

'O, diolch i ti, Wmffra. Fyswn i byth isio brifo'i theimlada hi, a ninna 'di byw drws nesa i'n gilydd cyhyd yn Rhes Newydd ac wedi edrych ar ôl ein gilydd drwy'r hen ddyddiau duon 'na.'

'Ti'n meddwl y bysa Ifan yn lecio dod i bysgota hefo fi, unwaith y gwellith y tywydd? Dim ond ni'n dau ... mi fysan ni'n cael digon o gyfle i siarad ar lan yr afon.'

Pennod 15

Y bore wedyn arhosodd Mair yn y gwely nes iddi glywed sŵn y drws yn cau y tu ôl i'w brodyr wrth iddynt gychwyn am eu gwaith. Roedd y cur yn ei phen yn dal yno a gwyddai fod ei llygaid yn chwyddedig a choch ... bu'n effro drwy'r nos yn ailfyw'r geiriau cas roedd hi wedi'u hanelu at Ifan a Gladys. Toc, cododd mor ddistaw â llygoden fach, a gwenu ar Gruffydd, oedd yn dal i gysgu. Ar ôl gwisgo amdani a chamu i lawr y grisiau ar flaenau ei thraed, cerddodd yn llechwraidd yng nghysgod tai'r pentref tuag at Fronolau gan osgoi'r pyllau dŵr oedd yn dal yma ac acw ar ôl glaw mawr y noson gynt.

Â'i bysedd yn barod i agor cliced giât Fronolau, rhewodd wrth weld Ifan yn camu allan drwy'r drws â'i fag bwyd ar ei gefn. Edrychodd y ddau ar ei gilydd, y naill yn disgwyl gweld ymateb y llall. Ifan oedd y cyntaf i dorri ar y distawrwydd.

'Mair, be fedra i ddeud?'

'Taw, Ifan. Dwi wedi dŵad yn ôl ac mi fydda i yma pan ddoi di adra pnawn 'ma. Gawn ni siarad yr adag hynny.' Gadawodd i'w llaw bwyso'n ysgafn am ennyd ar ei fraich wrth iddo ei phasio a sylwodd y ddau ar yr olwg druenus oedd ar wynebau'r naill a'r llall, 'run o'r ddau yn amlwg wedi cael eiliad o gwsg ers eu ffrae.

Roedd Ifan wedi gosod tân oer yn y grât a rhoddodd hithau fatsien ynddo i gynhesu rhywfaint ar y gegin. Roedd hi'n teimlo'n swp sâl ac yn dal i ddifaru siarad mor frwnt hefo Gladys, ond y flaenoriaeth y diwrnod hwnnw fyddai cymodi hefo Ifan.

Ers rhai wythnosau bu'n pendroni a ddylai ddweud wrth Ifan am ei phrofiadau hi yn ystod y Rhyfel – pa mor unig ac ofnus fu hi yn Ngwaenrugog tra oedd o i ffwrdd mor hir, a pha mor galed oedd cadw deupen llinyn ynghyd. Tybed a fyddai hynny yn ei helpu i anghofio rhywfaint ar ei hunllefau ei hun? Ond pam ddylai o wrando arni hi, ystyriodd, a hithau mor anfodlon i glywed ei hanes o? Os oedden nhw am ddechrau byw eto hefo llechen lân roedd yn werth rhoi cynnig arni.

Llwyddodd yr haul o'r diwedd i roi sglein ar egin gwlyb y goeden afalau yn yr ardd. Gwenodd Mair wrth weld gobaith am flodau gwynion y gwanwyn wrth iddi dynnu'r llenni yn eu holau, ac wrth agor y ffenest teimlodd awel gynnes yn llenwi'r gegin. Cyhoeddai cân y deryn du fod digon o bryfed genwair yn y pridd gwlyb, a chyn pen dim ymddangosodd ei bartner wrth ei ochr. Braf arnyn nhw, meddyliodd Mair wrth eu gwylio'n tynnu'r cyrff hir o'r pridd, a dim byd yn eu poeni. Dim ond iddyn nhw gael digon o fwyd i'w cynnal mi fydden nhw'n canu drwy'r dydd. Penderfynodd ofyn i Wmffra wneud bwrdd adar iddi er mwyn denu mwy o adar i'r ardd – byddai Gruffydd wrth ei fodd. Diolchodd fod ei mab bach hefo'i daid y diwrnod hwnnw; a hithau'n ddydd Sadwrn byddai Ifan adref yn gynnar o'i waith, gan roi digon o amser iddynt siarad heb ddim i darfu arnyn nhw.

Tra oedd hi'n aros am Ifan, aeth Mair ati i dynnu'r llwch oddi ar y silffoedd cyn mynd i fyny'r grisiau i newid dillad y gwelyau. Roedd ei nerfau'n ei chadw ar flaenau ei thraed. Brwsiodd garped newydd y grisiau cyn taro cadach tamp ar y pren o'i gwmpas fesul gris. Wrthi yn rhoi sglein ar y bariau bràs oedd yn dal y carped yn ei le oedd hi pan glywodd y drws yn agor ac Ifan yn camu'n araf i'r gegin. Rhuthrodd Mair ato a disgyn i'w freichiau, gan ryddhau pwysau'r gofid oedd wedi bod yn cronni yn ei bron drwy'r bore.

'Sori, Ifan, wn i ddim be ddaeth dros 'y mhen i neithiwr. Mae gin i gymaint o gywilydd,' ebychodd i'w goler.

Gwasgodd Ifan ei freichiau'n dynn amdani.

'Dwinna'n sori hefyd. Wnes i erioed gredu y medrwn i

wneud y ffasiwn beth. Dy daro di, o bawb, yr un dwi'n ei charu yn fwy na fi fy hun.'

Tynnodd Mair ei fag oddi ar ei␣ysgwydd ac aeth y ddau i eistedd gyferbyn â'i gilydd o boptu'r tân.

'Ifan bach, be sy wedi digwydd i ni?'

'Y rhyfel felltith 'na, dyna sy 'di sbwylio bob dim. Pum mlynadd o fod ar wahân, ac fel tasa hynny ddim yn ddigon, pum mlynadd o fynd drwy betha mawr, chdi a finna. Nes i ddim ystyried am eiliad sut fywyd roeddat ti'n 'i gael yn y tŷ bach 'na ar ben dy hun, dim nes i ti grybwyll neithiwr faint wnest ti ddiodda. Drwy'r nos mi fues i'n meddwl ac yn cysidro ac yn cofio am dy lythyra di – roeddan nhw mor hwyliog bob amser, byth yn cwyno, dim ond deud faint o hwyl oeddach chi'r genod yn 'i gael hefo'ch gilydd, a finna'n falch o hynny. Roedd gin ti gymaint o gwmpeini, a'r cwbwl ohonach chi'n edrych ar ôl eich gilydd, dyna ddeudist ti … ond mi ddylwn i fod wedi cysidro nad oedd bywyd yn fêl i gyd i chdi. Ro'n i mor hunanol yn meddwl am neb ond fi fy hun.'

Roedd dagrau yn dal i gronni yn llygaid Mair wrth edrych i fyw rhai Ifan.

'Paid rŵan, Ifan, â gweld bai arnat ti dy hun. Doeddat ti ddim i wbod sut oedd hi arnon ni, siŵr iawn.' Gwenodd yn annwyl arno. 'Doeddat titha fawr gwell – nest ti ddim sôn am y cwffio o gwbwl yn dy lythyra, a nes i ddim sylwi nes i ti gyrraedd adra faint o boen oedd o i chdi, faint roedd bob dim wedi ffeithio ar dy feddwl di.' Syllodd yn hir i'r tân. 'Mae'n ddrwg gin i, Ifan, ond fedra i ddim diodda clywad am y petha welist ti. Fedra i ddim. Ond dwi'n sylweddoli fod yn rhaid i chdi siarad amdanyn nhw hefo rhywun, er mwyn ei gael o allan o dy feddwl, ac mi ydw wedi sôn wrth Wmffra … ddrwg gin i am fynd yn dy gefn di … ond ti'n gwbod pa mor gry' a doeth ydi Wmffra, ac mi fedri di ddeud bob dim wrtho fo. Ella na fydd o'n dallt bob dim ond mi wrandawith o arnat ti, yn bendant.' Cododd Mair a chloi'r drws, cau'r ffenest a thynnu'r llenni. Edrychodd i fyw llygaid Ifan. 'Dwi'n gwbod na fedra i feddwl am wrando ar dy brofiadau di ... fedra i ddim dychmygu'r lladd a'r gwaed a ballu,' meddai mewn llais distaw. 'Ond tybad, Ifan, wyt ti'n teimlo fel gwrando arna i? Dwi isio deud bob dim wrthat ti, ein hanas ni i gyd yng Ngwaenrugog, a dwi'n meddwl y dylwn i neud hynny tra ydan ni'n cael llonydd ar ben ein hunain.' Gafaelodd yn ei law a'i arwain i fyny'r grisiau. Roedd arogl ffres y polish lafant yn llenwi'r ystafell ac roedd Mair wedi tywallt tropyn neu ddau o'r *eau de cologne* a gafodd gan Ifan yn anrheg Nadolig ar y gobennydd. Gorweddodd y ddau ar y gwely, ac ar ôl rhoi ei phen i orwedd ar ysgwydd Ifan dechreuodd Mair ddisgrifio ei hamser yn Rhes Newydd.

Disgrifiodd yr hiraeth, y consyrn am y babi roedd hi'n ei gario ac unigrwydd y geni ac yntau mor bell oddi wrthi. Yna'r ofn ar ôl iddi nosi, y gwrando ar bob un smic roedd hi'n dychmygu ei glywed. Y gwaith diddiwedd: cadw'i thŷ yn daclus, cario dŵr o'r ffynnon, gwagio'r pwcedi lludw a'r closet a cherdded i'r siop ar bob tywydd, glaw neu hindda. Y bwyd prin, cyfri'r cwpons a llafurio i wau neu wnïo i ymorol fod ganddi hi a Gruffydd – ac Ifan hefyd – ddigon o ddillad a sanau i'w cadw'n gynnes. Disgrifiodd yr olwg slei ar wyneb yr Hen Gapten pan fyddai hi'n mynd i Rosddu i dalu'r rhent. Ac yna, soniodd Mair am yr aflonyddu cyn diwedd y Rhyfel: y pesychu o dan ei ffenest yn ystod y nos, y sŵn crafu a'r sgriffio ar wydr y ffenest. Dywedodd wrth Ifan sut y bu i feiciwr ei dychryn hi, Gladys ac Anni ar y lôn un noson dywyll, a sut y cadwodd yr ofnau iddi'i hun rhag poeni ei chymdogion. Er cymaint y demtasiwn, wnaeth hi ddim sôn 'run gair wrtho fo yn ei llythyrau.

Cododd Ifan ar un penelin a phwyso'i ên ar ei law er mwyn cael golwg well ar wyneb ei wraig. 'Pam na fysat ti wedi sôn wrth dy dad am hyn i gyd?'

'Mi fysa fo wedi mynnu 'mod i a Gruffydd yn symud ato fo, a finna wedi addo i titha y byswn i'n edrych ar ôl ein tŷ bach ni nes i ti ddod adra. Mi o'n i isio i ti fod yn gwbod bod 'na gartra llawn cariad yn disgwyl amdanat ti.'

'Doedd gin i ddim syniad, Mair bach. Ro'n i'n hollol fodlon

dy fod ti'n saff yn Ngwaenrugog, ymhell o'r bomiau a'r lladd, ond yn amlwg roeddat ti'n diodda mewn ffyrdd gwahanol, doeddat?'

Bob hyn a hyn teimlai Mair ochneidiau Ifan, a'i freichiau yn ei gwasgu'n dynnach, ond wnaeth o ddim torri ar ei thraws, dim ond gwrando'n astud arni'n disgrifio cyfnod y Rhyfel, a sychu'i dagrau hefo cornel y gynfas. Toc, trodd Mair oddi wrtho, ac ar ôl ysbaid hir soniodd wrtho am y noson pan alwodd y gweinidog ifanc heibio iddi, ac am yr eiliadau pan oedd hi'n ysu am gael breichiau dyn amdani wrth edrych arno yn eistedd yng nghadair Ifan. Dywedodd y cyfan, heb ddal dim yn ôl.

Ar ôl i Mair ddistewi gafaelodd Ifan amdani'n dyner a'i throi tuag ato. Gorweddodd y ddau yn darllen llygaid ei gilydd am funudau hirion cyn i Ifan dorri ar y tawelwch.

'Doedd gin i ddim syniad ...' sibrydodd, 'dwi wedi bod mor hunanol, 'nghariad i. Dwi mor falch dy fod ti wedi medru deud y cwbwl wrtha i.'

Pan ddeffrôdd Ifan roedd hi'n dechrau nosi a chysgodion canghennau'r goeden afalau yn dawnsio ar wal y llofft. Cododd ac aeth i lawr y grisiau, ac ymhen dim dringodd yn ôl i'r llofft â phaned o de ym mhob llaw. Rhoddodd baned Mair ar y gadair ger y gwely a gafaelodd yn ei hysgwydd i'w deffro.

'Argol, Ifan, faint o'r gloch ydi hi? Dwi ddim wedi cysgu fel'na ers misoedd! Fysa'n well i mi godi ...'

'Na, aros yn fanna. Ddaw neb yma bellach – ma' hi bron yn amser swpar.' Cododd y cwrlid dros goesau Mair. 'Ro'n i'n meddwl gynna, gymaint o sôn fu ar ôl y rhyfel amdanon ni'r hogia fu'n cwffio a'r hogia gollwyd, am y dinasoedd mawr gafodd eu bomio, a'r faciwîs druan, a genod y Land Army a ballu, ond does neb yn sôn amdanoch chi, y genod ifanc oedd yn gorfod bod yn fam ac yn dad i'r plant bach a'u magu nhw heb help neb. Doedd o ddim yn hawdd, mi wn i hynny bellach, ond dwi yma hefo chdi rŵan, Mair, er nad ydw i fawr o help i ti pan fydda i'n cael y pylia drwg 'ma. Mi wnaeth les i ti ddeud y cwbwl wrtha i gynna, a dwi'n meddwl y byswn inna'n teimlo'n well o gael gollwng fy maich yn hollol onest ar rywun hefyd.' Sylwodd Ifan fod golwg bryderus ar wyneb Mair. 'Ond paid ti â phoeni, fel deudist ti, mae'r hen Wmffra yn barod i wrando arna i.'

Estynnodd Mair ei dwy fraich i gofleidio'i gŵr ac roedd hi mor falch o deimlo'i gyhyrau'n ymlacio wrth iddo ymateb iddi.

Pennod 16

Yn ystod yr wythnosau canlynol galwai Wmffra heibio i Fronolau yn rheolaidd yn cario'i wialen bysgota a thun llawn pryfed genwair tewion oedd wedi pesgi yn nhomen dail ddrewllyd Eban Robaits. Edrychai Ifan ymlaen at y nosweithiau hynny, am gwmni Wmffra ac am y rhyddid i sôn wrtho am ei brofiadau. Ymbiliai Gruffydd yn daer am gael mynd hefo nhw ond gwrthod yn dawel wnâi Wmffra bob tro. Roedd hi bron mor anodd perswadio Emrys i aros adref ond roedd Wmffra'n benderfynol o roi llonydd i Ifan fwrw'i fol fel yr addawodd i Mair.

Un hwyrddydd braf yn niwedd Awst eisteddai Ifan ac Wmffra ochr yn ochr ar y dorlan yn syllu ar y dŵr yn byrlymu dros y cerrig mân. Roedd cysgodion dail y fasarnen yn dawnsio ar y dŵr a'r pryfetach mân yn suo o gwmpas eu pennau. Cododd Ifan ei law i hysio'r pryfed i ffwrdd a gollyngodd Wmffra'i hun i orwedd wrth ei ochr.

'Mae'n gas gin i wrthod gadael i Gruffydd ddod hefo ni, ond fysat ti byth yn medru agor dy galon a fynta o gwmpas, yn na fysat?'

Roedd y ddau yn esgus mai mynd i bysgota oedden nhw, ond mewn gwirionedd cerdded a sgwrsio oedden nhw, gydag Ifan yn sôn fesul chydig am ei brofiadau pan oedd dros y môr. Gwrandawai Wmffra'n astud arno a phrin y byddai'n torri ar ei draws.

'Na, dwi ddim isio iddo fo glywad am yr uffern fues i drwyddo, mae o'n rhy ifanc o lawer. Ond mae o'n dechra tynnu ata i rŵan, 'sti, yn siarad mwy hefo fi, a dwi 'di addo y ceith o ddŵad i bysgota hefo fi ryw ddiwrnod. Mi fydd yn rhaid i mi gofio cadw'n glir oddi wrth Bwll Sliwod, gan 'mod i wedi deud gymaint o weithia wrtho fo mai oherwydd y pyllau peryglus dwi'n gwrthod gadael iddo fo ddŵad efo ni!' Chwarddodd y ddau. 'Fuest ti rioed yn 'sgota pluan yn y pylla, Wmffra?'

'Na, dwi ddim yn ddigon o giamblar arni, ond mae rhai fel Jac Tŷ Du wrthi. Coch y bonddu mae o'n iwsio, medda fo, ac yn bachu'n dda.' Rhythodd Wmffra am funudau i'r afon cyn parhau. 'Mi ddeuda i gyfrinach wrthat ti, ond does neb arall yn gwbod, cofia. Mi fydda i'n crwydro am y pylla 'na pan fydd y samons yn symud i fyny i ddodwy, ac yn cario tryfer. Ond paid ti â sôn wrth neb, dim hyd yn oed wrth Emrys ... yn enwedig Emrys. Mi fysa fo'n brolio wrth bawb mae o'n 'i nabod, ac mi fysa hi'n capŵt arna i wedyn, yn bysa.'

'Argol, wyddwn i ddim bod gin ti dryfer. Lle ti'n 'i chadw hi?'

'Mewn lle digon saff – neith Emrys na Nhad 'mo'i gweld hi.' Tapiodd Wmffra ei ffroen dde hefo'i fys a wincio ar Ifan. 'Ti'n gêm, pan fydd hi'n amser?'

Dychmygodd Ifan y dryfer yn trywanu cefn y pysgodyn fel bidog ac aeth ias oer i lawr ei feingefn. Cofiodd am y dril: y fidog yn barod yn ei law, y swyddog yn bloeddio ... Thrust-Twist-Withdraw. Cododd chwd sur i'w geg wrth gofio. Methu ufuddhau wnaeth o y tro cyntaf hwnnw – doedd ganddo ddim stumog i wneud y fath beth er y gwyddai mai anelu at sach yn llawn llwch lli oedd o. Clywodd sgrechiadau'r sarjant yn ei alw yn bob enw o dan haul a'i fygwth â phob math o gosbau nes codi cywilydd mawr arno, a rhoddodd ail gynnig digon llywaeth arni. Ond ymhen misoedd, pan fu'n rhaid iddo ddewis rhwng ei fywyd ei hun a bywyd yr hogyn llygadlas oedd yn gorwedd yn y dygowt o'i flaen, ei law yn crynu wrth anelu baril ei wn tuag ato, wnaeth o ddim petruso cyn defnyddio'r fidog. Roedd o'n dal, flynyddoedd yn ddiweddarach, i glywed ymbil y sowldiwr ifanc yn ei ben: '*Bitte, bitte* ...'. Neidiodd ar ei draed a dechrau cerdded yn ôl ac ymlaen, ei ddwylo dros ei ben.

'Be sy, Ifan? Ty'd, ista i lawr a deud be sy'n dy boeni di.'

Doedd Ifan erioed wedi dweud wrth neb sut y bu iddo ladd

dyn arall. Dwyn bywyd hogyn ifanc oddi wrtho am byth. Amddifadu ei fam a'i dad oedd yn disgwyl i'w mab ddod adref atyn nhw'n saff, troi gwraig ifanc hiraethus yn wraig weddw mewn munud. Efallai fod ganddo fo blant … Dywedodd y cwbl wrth Wmffra y noson honno.

'Heblaw dwyn ei fywyd o, mi nes inna golli rwbath hefyd, 'sti. Mi newidiodd rwbath yr eiliad honno a fydda i byth yr un fath eto. Fedra i byth faddau i mi fy hun, a dwi'n dal i ogleuo'r gwaed ar fy nwylo … maen nhw'n dal i deimlo'n sticl dim ots faint fydda i'n eu sgwrio nhw. Am wn i mai felly fyddan nhw am byth.'

Gwrandawodd Wmffra yn astud arno heb yngan gair. Roedd yn amhosib iddo amgyffred beth roedd Ifan wedi ei brofi. Arhosodd y ddau yn llonydd ar y dorlan yn gwrando ar yr afon yn cludo cyfrinachau Ifan i'r môr mawr. I ebargofiant.

'Y chdi neu fo, dyna oedd hi, 'de Ifan? Be arall fedrat ti fod wedi'i neud?' meddai Wmffra o'r diwedd. 'Doedd gin ti ddim dewis, siŵr iawn. Fysat ti ddim yma hefo ni rŵan tasa chdi wedi oedi, naf'sat?'

'Mi wn i hynny, ond dwi'n dal i ddifaru gwneud y ffasiwn beth.'

Wrth i'r ddau ddyn glosio, gallai Wmffra a Mair weld gwahaniaeth yn Ifan, a hynny er gwell, ond doedd anghofio ddim yn dod yn hawdd iddo. Un diwrnod crasboeth yn nechrau Medi, ac Ifan ac Wmffra'n lled-orwedd yn llewys eu crysau o dan goeden ar lan yr afon, aeth yr wybren yn dywyll, dywyll a thorrwyd ar y distawrwydd gan daran yn rowlio a chlecian uwch eu pennau. Yna saethodd mellten felen i rwygo'r cymylau wrth i ddafnau breision o law ddechrau disgyn. Trodd Wmffra at Ifan a'i ddarganfod ar ei bengliniau ar lawr, ei freichiau wedi'u lapio am ei ben.

'Ifan, be ddiawl …?' Rhoddodd Wmffra bwniad i ben-ôl Ifan a phan gododd hwnnw ar ei draed roedd ei wyneb yn glaerwyn a'i ddwylo'n crynu wrth iddo frwsio'r chwyn a'r dail oddi ar ei grys.

'Fel'na oedd hi, Wmffra, yn union fel'na. Clywad gynnau mawr ymhell cyn i ni eu cyrraedd, fel t'rana, nes oedd y ddaear yn crynu o dan ein traed. Ac wrth i ni nesáu at y ffrynt lein roedd y sŵn yn mynd yn uwch ac yn uwch, a'r *shells* yn chwibanu uwch ein penna ni. Roedd hi fel Gehenna, oedd wir. Mwg ac ogla carbeid lond ein ffroenau, ac wrth i ni fynd yn nes at y gyflafan, gweld y dynion oedd wedi cael eu rhyddhau am sbelan fach yn ein pasio yn ôl am rest a'u llygaid nhw'n farwaidd, y naill yn dilyn y llall fel rhes o ddeillion. Mi oedd ganddon ni gymaint o ofn, coelia di fi, Wmffra, nes oeddan ni'n piso yn ein trowsusa.' Agorodd Wmffra ci lygaid led y pen yn anghrediniol. 'Wedyn pan oeddan ni bron â chyrraedd lle bynnag roeddan ni'n mynd roedd y sneipars yn anelu tuag aton ni a ninna'n clywad y bwledi'n chwibanu uwch ein penna. Roeddan ni wedi cael gorchymyn i balu'r ddaear i neud dygowts a thaflu ein hunain i'r ffos, rwbath i drio arbed ein hunain, ond pan oeddat ti ar dir creigiog, fel roeddan ni'n aml yn Italy, be fedrat ti neud? A phan oeddan ni'n symud i fyny i ogledd y wlad drwy ddyffryn llydan roedd hi mor wlyb, yn enwedig ar ôl glaw mawr, a fedrat ti ddim tyllu dim ond chydig fodfeddi achos roedd y dŵr yn codi. Bryd hynny mi oeddan ni'n chwilio am foncyff neu garreg i guddio y tu ôl iddyn nhw, i gysgodi. Dim ond lwc oedd hefo chdi. Allat ti neud dim ond gorfadd yn llonydd a rhoi dy ddwylo dros dy ben, a gweddïo. Roedd hyn yn mynd ymlaen am ddyddia, cofia. Weithia, roedd un o dy ffrindia yn 'i dal hi – bwled yn 'i ben neu dameidiau o shrapnel yn 'i chwalu o nes nad oedd fawr ohono ar ôl. Mi welis i ambell foi druan yn cael 'i chwalu'n siwrwd gan fagnel, a finna'n medru gwneud dim. Dim byd i'w hachub nhw, dim ond trio gwneud fy nghorff yn fychan bach i f'arbed fy hun.' Sychodd Ifan ei ddagrau a gafaelodd yn ei enwair. 'Sori, Wmffra, os dwi'n dy ypsetio di. Dwi'n teimlo'n well o beth coblyn wrth 'i gael o allan o fy system.'

'Paid ti ag ymddiheuro. Sgin ti ddim byd i fod gwilydd ohono.'

Caeodd Ifan ei lygaid yn dynn. Tasa fo ond yn gwybod, meddyliodd. Ond allai o byth sôn am hynny, ddim hyd yn oed wrth Wmffra.

Plygodd Wmffra o'i flaen a'i godi gerfydd ei freichiau.

'Tyd, mi drown ni am adra.'

Roedd yr haul wedi machlud erbyn iddyn nhw ddychwelyd ar hyd y llwybr i'r pentref a llwydni'r nos yn dechrau llenwi'r lôn fach gul rhwng y gwrychoedd uchel. Yn sydyn wrth rowndio'r tro, cyn cyrraedd y gamfa, daeth rhywun i'w cyfarfod yn cario sach ar ei gefn. Arafodd Ifan pan welodd mai Defi John oedd yn eu hwynebu.

'Wel, su'ma'i Defi,' cyfarchodd Ifan ef yn hwyliog, 'ti am gwningan heno?'

Ond wnaeth Defi ddim ateb, dim ond rhythu arnynt a gwthio heibio i'r ddau heb ddweud gair.

'Asu, be oedd ar hwnna dŵad? Dwi ddim wedi'i weld o ers blynyddoedd a dyma fo'n fy mhasio fi fel tamaid o gachu. Welist ti'r *look* roddodd o i chdi, Wmffra? 'Sa chdi'n meddwl y bysa fo'n falch o weld rhywun i gael sgwrs hefo fo, yn bysat, a fynta'n byw hefo'i fam ymhell o'r pentra 'ma.'

'Duwadd, paid â chymryd sylw ohono fo – un oriog fel'na ydi o, byth ar berwyl da. Mae o'n gwneud ryw fisdimanars hyd y lle 'ma byth a beunydd. Anwybydda fo, a phaid â sôn gair wrth Emrys amdano fo.'

Wrth weld yr olwg ddryslyd ar wyneb Ifan, oedodd Wmffra wrth giât oedd yn arwain i gae fferm Eban Robaits.

'Rhosa yn fama am funud, Ifan, i minna gael deud rwbath wrthat ti am chenj. Dwi ddim 'di deud gair am hyn wrth neb.' Pwysodd Wmffra ar y giât. 'Noson Dolig oedd hi, y flwyddyn cyn i ti ddod adra. Mae Mair wedi deud wrthat ti sut roedd hi'n teimlo ar ben ei hun yn Rhes Newydd, yn do, ac fel roedd rhywun yn cadw reiat, yn trio'u dychryn nhw. Nath hi ddim enwi neb, ond ro'n i'n gwbod ei bod hi'n ama mai Defi John neu Robin Nymbar Wan – neu'r ddau, ella – oedd wrthi. Wel, roedd Emrys a finna wedi ei danfon hi adra y noson Dolig honno ac mi dorrodd y beth bach i lawr a dechra bwrw'i bol am y peth. Roedd y straen o orfod byw yn Rhes Newydd wedi mynd yn drech na hi ac mi wylltiais inna'n gacwn. Yn lle mynd adra fel y dylswn i fod wedi gwneud mi aeth Emrys a finna am dro i winllan Rhosddu i chwilio am Defi John. Dyna lle oedd o'n tendio'i groglathau ac mi chwalodd rwbath drwy 'mhen i ... mi roeson ni gweir iawn iddo fo. Dim ond wedi meddwl 'i ddychryn o o'n i, ond mi gollais fy limpin braidd. A deud y gwir ella 'mod i wedi cael dipyn bach yn ormod o'r wisgi 'na ro'n i wedi'i guddio hefo'r dryfer yn y cwt. Dim ond hannar potal oedd 'na, ond ma' siŵr 'i fod o wedi mynd i 'mhen i a finna ddim wedi arfer llawer hefo fo.'

Gwrandawodd Ifan yn syn. 'Argol, Wmffra, wyddwn i ddim y gallat ti gwffio! Be ddigwyddodd wedyn, gafodd y genod lonydd?'

'Do, am wn i. Duwch, dim ond 'i bwnio fo'n reit hegar nes i a lluchio'i groglathau o i bennau'r coed ... a neidio ar 'i feic o yn fy nhempar. Ddylwn i ddim fod wedi gwneud y ffasiwn beth heb brawf mai fo oedd y diawl oedd yn styrbio'r genod, ond fel y deudis i, ma' raid bod yr wisgi 'di poethi 'ngwaed i. Doedd o 'mond rhyw lipryn bach o linyn trôns 'radag honno – ella y bysa fo 'di troi arna i tasa'r peth 'di digwydd heddiw, a fynta 'di aeddfedu fel mae o. Chlywis i ddim sôn am y peth wedyn ac mi aeth Mair i aros at dy fam i Bencrugia, a phan ddaeth hi'n ôl mi oedd 'na betha gwaeth o lawar wedi digwydd yng Ngwaenrugog, yn doedd?'

'Dim Defi John nath 'mosod ar yr Ela fach 'na, siawns?'

'Na – mi oedd Preis Plisman yn gwbod pwy nath, dwi'n siŵr, ond chafodd neb arall wbod. Ond ta waeth i chdi, mae Defi John am 'y ngwaed i ers y noson honno yn y winllan, a wela i ddim llawer o fai arno fo os wnes i roi bai ar gam arno fo. Roedd yn gwilydd i Emrys a finna, dynion cry fel roeddan ni, fod wedi 'mosod ar hogyn ifanc digon gwanllyd. Pan fydda i'n 'i weld o o gwmpas dwi'n trio'i gael o i aros er mwyn i mi gael deud sori wrtho fo, i ni gael diwadd ar y peth am byth. Ond dydi o ddim yn dŵad i'r pentra'n aml, dim ond piciad i'r siop weithia. Tasa fo ond yn stopio i siarad am funud hefo fi, i ni gael gwarad o'r hen ddrwgdeimlad 'ma.'

Cerddodd y ddau yn araf i fyny'r llwybr, Wmffra ar y blaen ac Ifan yn ei ddilyn heb yngan gair. Clywai Wmffra ei frawd yng nghyfraith yn ochneidio, ac er mwyn llacio rhywfaint ar y tyndra dechreuodd Wmffra drafod ei deimladau tuag at Gladys. Roedd hi a Mair wedi cymodi ar ôl y noson ofnadwy honno pan wnaeth Mair ei chyhuddo o drio temtio Ifan.

'Be ti'n feddwl o Gladys, Ifan?' Lluchiodd Wmffra y cwestiwn dros ei ysgwydd gan geisio ymddangos yn ddidaro.

'Wel, dwn i ddim a deud y gwir. Roedd hi a Mair yn dipyn o ffrindia pan oeddan nhw'n byw yn Rhes Newydd, yn doeddan? Roedd hi wrth 'i bodd yn mynd i'r dre ar nos Sadyrna, medda Mair, i'r pictiwrs a ballu, ond aeth Mair rioed hefo hi am ryw reswm. Ro'n i'n synnu pan glywis i fod Gladys wedi symud at rieni William ar ôl i'r rhyfel ddarfod, achos rhai digon sychdduwiol ydi Meri ac Edward, yn wahanol iawn i Gladys. Nes i rioed ofyn i Mair pam, ac os ydi hi'n gwbod fysa hi byth yn bradychu Gladys, dim hyd yn oed wrtha i. Un fel'na ydi Mair, sobor o driw. Mi wn i fod Gladys wedi cael ei siomi yn ofnadwy pan sgwennodd William ati i ddeud nad oedd o am ddŵad yn 'i ôl ati hi a'r plant.'

'Y cachgi iddo fo.'

'Fyswn i ddim yn iwsio'r gair yna, Wmffra. Hen air cas ydi o. Hen ddiawl neu hen fasdad fyswn i'n 'i alw fo.'

'Ma' hi wedi sôn am ddifôrs, 'sti. Ond gynta ma' raid iddi hi gael hyd i William. Dwi 'di rhyw hanner addo rhoi ceiniog neu ddwy iddi i'w helpu hi. Fel ti'n gwbod, fues i rioed yn canlyn hogan o'r blaen, ond mae bod yng nghwmpeini Gladys fel bod mewn ffair bentymor – y miwsig yn troi a throi yn dy ben di, pawb yn hapus, pawb yn chwerthin a sgrechian ac ogla melys, melys y candi-fflos ar toffi-apples a'r injaroc yn chwalu dy ben di. Neb yn poeni am ddim, cyn belled â'u bod nhw'n cael sbort cyn wynebu tymor arall.'

Gwenodd Ifan wrth wrando ar Wmffra ... mor wahanol i Mair oedd Gladys. Mair ddwys, ffeind, ddel. Roedd o wedi penderfynu troi dalen lân a gwneud ei orau i warchod ei wraig ac i drio cael Gruffydd i ymddiried mwy ynddo fo. Gwenodd wrth feddwl am y dyfodol: roedd o am fynd â'i fab i lan y môr i'w ddysgu o i nofio fel y gwnaeth o'i hun ym mae Aberdaron ers talwm, ac am brynu beic bach iddo fo er mwyn i'r ddau ohonyn nhw gael crwydro ffyrdd bach culion Llŷn. Mi âi o â fo i hel llus i ben Garn ...

'Be sy ar dy feddwl di, Ifan?'

'Hyn a'r llall. Gwranda, Wmffra, dwi'n gwbod bod Gladys yn ges ond dwi'm yn siŵr sut wraig fysa hi chwaith. Sgynni hi fawr o ddiddordeb mewn gwaith tŷ, yn ôl be glywis i – pincio a chrandio ydi'i phetha hi. Gadael bob dim i Meri mae hi ar hyn o bryd. Fysa hi'n fodlon rhoi ei gwaith yn y siop i fyny i edrych ar dy ôl di? A be am dy dad ac Emrys? Bydda di'n ofalus, Wmffra, 'cofn i ti gael dy siomi.'

'Ia, ond mi fedra i fentro'i helpu hi i dalu am lythyr twrna, tasa 'mond i mi gael ei gweld hi'n hapus.'

'Be fysa'n digwydd tasa hi'n cael ei throi allan gan deulu William? Ti'n gwbod mor hen ffasiwn a duwiol ydyn nhw. Wnân nhw byth dderbyn difôrs, a Wiliam a Gladys wedi tystio o flaen Duw i fod yn ffyddlon i'w gilydd hyd y bedd.'

Pennod 17

Ganol Hydref oedd hi a Gruffydd wedi symud i fyny o ddosbarth y babanod i'r rŵm ganol. Ei hoff wers oedd straeon am hen hanes y Cymry ac roedd wrth ei fodd yn ailadrodd y geiriau newydd cyffrous roedd o wedi'u dysgu, geiriau fel bradwr, cwffio, lladd, marw a dewr. Gyda'r nosau o flaen y tân ceisiai ddychmygu sut roedd ei arwyr yn edrych, a defnyddiai ei bensiliau lliw i geisio dod â nhw'n fyw ar dudalennau'r llyfr arlunio roedd o wedi'i gael yn anrheg gan ei fam. Llywelyn ... Arthur ... Owain Glyndŵr.

'Mam, be mae cyffro yn 'i feddwl?'

'O, rwbath ecseiting. Wyddost ti, pan fyddi di'n meddwl am neud rwbath fel dringo coeden uchel, neu ddysgu reidio beic dwy olwyn heb neb yn gafael yn y sêt.'

'Be mae arwr yn 'i feddwl 'ta?'

'Rhywun dewr, dewr fysa'n gwneud rwbath i achub rhywun arall er y bysa fo mewn peryg 'i hun. Dwi'n siŵr bod Tada wedi gweld digon o ddynion felly pan oedd o i ffwrdd. Pam na nei di ofyn iddo fo?'

Anwybyddodd Gruffydd ei hawgrym. 'Fatha taswn i ofn disgyn ac yn methu dod i lawr o ben coedan a rhywun yn dringo i fyny i fy helpu fi er bod y goedan yn uchal, uchal?'

'Ia'n tad, rwbath fel'na.' Gwenodd Mair yn gariadus ar ei mab.

'Dwi'n siŵr y bysa Emrys yn dŵad i fy helpu i. Mi fysa fo'n arwr wedyn, yn bysa?' Ar ôl ysbaid o liwio'r lluniau cododd ei ben unwaith yn rhagor. 'Be ydi llwfr, 'ta?'

'Wel, dydw i ddim yn siŵr sut i ddisgrifio'r gair yna i ti, 'ngwas i, mi wyt ti braidd yn ifanc i ddallt. Trodd Mair i edrych ar ei gŵr. 'Ifan, fedri di esbonio iddo fo?'

Ond cyn i Ifan ateb gwaeddodd Gruffydd, 'Wn i be mae o'n feddwl. Cachgi. Dyna waeddodd Alun ar Idris Felin am beidio'i helpu o pan oedd hogia standard ffeif yn troi'i freichia fo tu ôl i'w gefn o. Cachgi ydi llwfr, yndê? Dwi byth am fod yn gachgi. 'Swn i byth yn gwrthod helpu rhywun llai na fi fy hun ar ôl i mi dyfu'n fawr. Sa'n well gin i fod yn arwr fatha'r Brenin Arthur.'

Gollyngodd Ifan y papur newydd ar y llawr a neidio ar ei draed o'r gadair. Brasgamodd drwy'r drws cefn gan roi clep iddo ar ei ôl.

Ochneidiodd Mair, ac aeth i sefyll wrth y ffenest. Gwelodd yng ngolau'r lleuad fod Ifan yn pwyso ar foncyff y goeden falau, yn ymbalfalu ym mhoced ei gôt am baced o sigaréts â dwylo crynedig. Trodd yn ei hôl at Gruffydd.

'Ella bod gin Idris ormod o ofn yr hogia mawr i helpu Alun, cofia, rhag ofn iddyn nhw neud yr un fath iddo fo,' meddai Mair yn ddistaw. Anwesodd ben ei mab wrth fynd heibio iddo i'r gegin i baratoi swper, gan guddio'r siom a'r rhwystredigaeth deimlai fod Ifan wedi ymateb fel y gwnaeth o. Roedd hi wedi gobeithio, ers iddo ddechrau mynd i bysgota hefo Wmffra, fod y rhod yn troi a'i fod o'n dechrau gwella. Roedd hi wedi gobeithio hefyd y byddai babi arall yn o fuan i wneud y teulu'n gyflawn – hogan fach y tro yma, efallai.

Y noson honno ar ôl swper, ar ôl i Gruffydd fynd i'w wely, cododd y peth hefo'i gŵr.

'Be ddaeth drostat ti gynna, Ifan?' gofynnodd, 'w'sti, pan ofynnodd Gruffydd be oedd y geiriau 'na'n feddwl. Pam nest ti ypsetio gymaint?'

Edrychodd Ifan yn hir i'w llygaid. Er ei fod wedi agor ei galon i Wmffra roedd o wedi cadw un digwyddiad yn ddirgel rhag pawb – ei ffrindiau yn y Fyddin, Wmffra, ac yn arbennig Mair. Cyfrinach roedd o wedi'i chelu, un a oedd yn gwrthod ei adael, un roedd ganddo gymaint o gywilydd ohoni fel na fedrai ei chrybwyll wrth yr un dyn byw. Ond ar y llaw arall, gwyddai na fyddai byth yn cael gwared ohoni heb ddadlwytho'i boen ar rywun, rhywun na fyddai'n ei ragfarnu. Roedd ganddo ormod o gywilydd ohono'i hun i gyffesu wrth Wmffra. Yr unig un oedd yn debygol o faddau iddo oedd Mair, ystyriodd. Penderfynodd rannu ei faich, ac eisteddodd i lawr gyferbyn â hi gan afael yn ei dwylo a syllu'n ddwfn i'w llygaid.

'Yli, Mair, rydw i wedi siarad am hydoedd hefo Wmffra yn ystod yr wsnosa dwytha, a fynta wedi gwrando ar bob gair, chwara teg iddo fo; ac mi ydw i'n teimlo'n well ar ôl gwneud hefyd. Ond mae 'na un peth na fedra i ei rannu hefo fo ... mae gin i ormod o gwilydd. Fedra i ddim disgwyl iddo fo ddallt sut oedd petha pan o'n i yng nghanol y cwffio yn Italy. Fysa Wmffra byth wedi gwneud be nes i. Cyn i mi gyrraedd Italy doeddwn i ddim yn 'i chanol hi – cyrraedd ar ôl y cwffio mawr o'n i bob tro, wrth gwtyn bois y *front line* – ac mi fues i'n lwcus i gael dreifio un o'r lorris yn Affrica a Sicily. Ond mi ddalion ni i fyny hefo'r cwffio yn Italy, cyn i Rufain gael ei threchu, ac roedd 'na gymaint o fomio a saethu roedd lot o'r lorris a'r jîps wedi'u malu'n sgraps fel bod yn rhaid i ni fartsio am oria ... am ddyddia weithia.'

Teimlodd fod Mair yn dechrau tynnu'i dwylo yn ôl. Gwyddai nad oedd hi'n awyddus i wrando arno ond tynhaodd ei afael ynddi. Plygodd ymlaen er mwyn anwesu ei boch.

'Plis, Mair, ga' i ddeud un hanas wrthat ti? Dwi'n addo na wna i dy boeni di byth eto, dim ond i ti wrando arna i un waith.'

Cyflymodd calon Mair a thynnodd ei dwylo o'i afael. Roedd yn amlwg ei fod am ddeud rwbath mawr wrthi. Be oedd wedi digwydd iddo? Cofiodd eiriau Nanw Ifans cyn iddo ddod adra: 'mi fydd y rhyfel yn siŵr o fod wedi gadael ei farc ar yr hogia.' Trodd ei chefn ato a dechrau procio'r tân. Oedd o wedi syrthio i ryw demtasiwn? Beth bynnag oedd wedi digwydd roedd o'n dal i ddioddef, ac os na châi o drafod y peth fyddai dim llawer o drefn arno nac ar eu priodas chwaith – roedd Mair yn gwybod hynny o brofiad. Roedd yn ddyletswydd arni i wrando arno. Cymerodd anadl ddofn cyn troi yn ôl ato.

'Iawn 'ta, Ifan. Mi wna i wrando – dydi o 'mond yn deg a chditha 'di gwrando ar fy hanes i yng Ngwaenrugog.'

'Glywist ti'r geiriau 'na oedd gan Gruffydd, yn do? Arwr. Dewr. Llwfr. Dyna ydw i 'sti, Mair, yn y bôn ... Llwfr.' Rhoddodd ei fys ar wefus Mair i'w thawelu wrth iddi ddechrau protestio. 'Na, Mair, dyna ydw i. Llwfr ... cachgi.'

Gwelodd Mair y dagrau yn pefrio yn ei lygaid clwyfus, a ddywedodd hi ddim byd pan estynnodd Ifan ei law yn euog at y silff ben tân i chwilio am sigarét. Amneidiodd arno i eistedd yn ei gadair ac estynodd fatsien iddo, er mor atgas oedd hynny iddi. Cymerodd Ifan ddracht dwfn o'r mwg cyn dechrau siarad.

'Roeddan ni wedi bod yn martsio am bron i dri diwrnod heb fawr o rest ... martsio drwy'r glaw nes oeddan ni'n socian drwadd. Roeddan ni'n gorfod cario gynnau trymion ar ein sgwyddau, ac mi oedd ganddon ni glogynnau mawr drostan ni i drio cadw'n sych. Ond doedd dim yn tycio. Roedd hi'n bwrw cymaint nes bod y gwlybaniaeth yn treiddio drwy bob dim. Yna, un noson, roeddan ni'n aros yn ymyl rhyw ffarm – roedd y beudai a'r tŷ wedi'u bomio a'i shelio, a dim ond sgerbydau'r adeiladau oedd ar ôl. Mi gawson ni ordors i durio ffosydd i ni'n hunain yn yr awyr agored a gorfadd ynddyn nhw i drio arbed ein hunain rhag bwledi'r Jyrmans oedd yn siŵr o ymosod arnon ni cyn gynted ag y byddai'n goleuo. Roedd y Sarjant yn sgrechian arnon ni mai anelu at weddillion y tŷ fysa'r Jyrmans yn siŵr o'i neud i ddechra, ond er gwaetha'r ordors roeddan ni'n teimlo'n saffach yn fanno yn hytrach na bod allan heb hyd yn oed bwt o wal rhyngddon ni a nhw. Lle diawledig oedd o, cofia. Doedd fiw i chdi roi dy ben allan neu mi fysa fo'n siwrwd petai sneipar yn digwydd dy weld di. Mi fuon ni yn fanno wedi ein dal am dridia, heb fedru mynd allan i neud ein busnas, hyd yn oed, dim ond trio gwneud yn y tuniau corn bîff gwag a'i luchio fo allan drwy dyllau'r ffenestri. Wel, mi fedri di ddychmygu'r drewdod. Dwn i ddim be oedd waetha – mentro allan a wynebu'r bwledi 'ta camu i ganol y cachu. Roeddan ni'n gorfod gwneud rwbath i basio'r amser: tynnu'n gynnau yn ddarnau a'u llnau nhw fesul un cyn eu rhoi nhw'n ôl yn ei gilydd, a chwara cardia. Roeddan ni mewn gymaint o stad, a'n nerfau ni'n rhacs grybibion, nes oeddan ni wedi mynd i ffraeo a gweld bai ar ein gilydd ar hyd yr amser. Diolch byth fod y teulu wedi gadael llond y selar o gasgenni gwin i ni.

'Ro'n i wedi gwneud ffrindia hefo Sgotyn. Er mai Jock oedd pawb yn 'i alw fo, mi o'n i'n iwsio'i enw iawn o, Murdo. Ac mi ddaliodd ynta i 'ngalw inna'n Ifan, er mai Taff oedd pawb arall yn 'y ngalw i. Hen hogyn iawn oedd Murdo, wedi'i eni ar ynys Mull ... mi oedd gynnon ni gefndir digon tebyg, a finna wedi fy magu ym mhen draw Llŷn, sy'n reit debyg i fyw ar ynys. Lle bach, rhyw ugain acar, oedd gynno fo, jyst fel Bwlch y Graig; chydig o ddefaid a buwch neu ddwy. Ar ôl bod hefo'n gilydd am wsnosa roeddan ni fel dau frawd, oeddan wir.' Dechreuodd y dagrau lifo i lawr ei wyneb.

'Paid wir, Ifan. Dwi'm yn lecio dy weld di'n ypsetio fel hyn. Tria anghofio.' Sychodd Mair ei fochau yn dyner.

'Fedra i ddim, Mair. Wna i byth angofio'i wyneb o tra bydda i byw, ei wallt coch ac ôl gwynt y môr ar ei focha fo, ac fel y bydda fo'n dod â'i fowth-organ allan bob hyn a hyn a chwarae ryw donau hudolus arni hi. Mi fydda fo'n cau 'i lygaid wrth chwara, a finna fel hogyn o Ben Llŷn yn medru dychmygu sbio i lawr ar fae Aberdaron a gweld rhywun yn tynnu ar y rhwyfa ac yn ei 'nelu hi am Ynysoedd Gwylanod i godi cewyll. Roedd ganddon ni gymaint yn gyffredin, y ddau ohonon ni wedi ein magu yn ddigon tlawd o ran arian, ond mor gyfoethog o gael gofal rhieni a rhyddid i dyfu i fyny yn ymyl y môr. Ro'n i'n sôn amdanat ti wrtho fo bob siawns o'n i'n gael, a fynta'n deud wrtha i am y cariad oedd yn disgwyl amdano fo adra. Jennie o'dd 'i henw hi. Ambell dro pan oeddan ni'n cael sbelan fach ac yn cael mynd i lawr i Ancona ar lan y môr, neu i Rimini i gael ein gwynt atom, roedd tocyn o'r bois yn mynd i chwilio am ferchaid. A choelia di fi, roedd 'na ddigon o'r rheiny ar gael, yn barod i werthu'u cyrff.' Wrth weld y sioc ar wyneb Mair, ysgydwodd Ifan ei ben. 'Weli di ddim llawer o fai arnyn nhw, cofia – roeddan nhw ar lwgu, wedi colli bob dim, a dyna'r unig beth oedd gynnyn nhw i'w werthu er mwyn bwydo'u plant a'u teuluoedd oedrannus. Ond paid ti â phoeni, roedd Murdo a finna'n cadw'n driw i chdi a Jennie, ac roedd meddwl am gael dod adra atoch chi yn ein cadw ni i fynd.' Rhoddodd Ifan ei ddwylo dros ei wyneb a dechrau igian crio. 'Y creadur bach, doedd ganddo fo ddim *chance in hell* o gael mynd adra.'

'O, paid wir!' Erbyn hyn roedd Mair yn crio hefyd, ac wedi gafael am Ifan. 'Chafodd o 'mo'i ladd? O Ifan bach, be ddigwyddodd iddo fo?'

Roedd Ifan yn siglo yn ôl ac ymlaen ac yn ochneidio nes bod ei gorff yn crynu. Arhosodd y ddau felly am funudau hirion nes i Mair godi ar ei thraed a sychu'i ddagrau. 'Yli, Ifan, mi a' i i nôl diod o ddŵr i ti. '

Wrth iddi droi oddi wrtho, gwaeddodd Ifan nes bod ei lais yn atsain drwy'r tŷ.

'Fi nath! Fi nath, Mair. Fi laddodd o.'

Yn fud, disgynnodd Mair yn ôl i'r gadair gan anghofio popeth am y dŵr. Fedrai hi wneud dim ond syllu ar Ifan, oedd yn dal i siglo'n ôl ac ymlaen. Roedd o wedi gafael mewn dau ddyrnaid o'i wallt ac yn ei dynnu bron o'r gwraidd yn ei loes. Gafaelodd Mair yn ei ddwylo a cheisio tynnu'i fysedd yn rhydd, ac o'r diwedd gollyngodd yntau ei freichiau'n drwm ar ei lin.

'Ia, Mair, fi laddodd Murdo.'

'Os ddigwyddodd rwbath,' meddai Mair yn gariadus, gan anwesu ei foch, 'dim arnat ti oedd y bai siŵr. Damwain oedd hi, debyg. Be fedrat ti fod wedi'i wneud?'

'Na, mi fedrwn i fod wedi'i achub o. Mi gawson ni ordors i symud ymlaen o'r sgerbwd tŷ er bod yr *officers* yn gwybod bod y Jyrmans fel morgrug o'n cwmpas ni. Roeddan nhw mor glyfar, 'sti, wedi adeiladu byncars cryfion i ddisgwyl amdanon ni, ac ar ben hynny roedd degau ohonyn nhw'n gorwadd mewn *foxholes* hefo'u reiffls. Tu ôl iddyn nhw roedd y gynnau mawr yn tanio'n ddiddiwedd aton ni nes oedd y ddaear yn crynu a'r *shells* yn chwibanu uwch ein penna ni – roeddan ni'n teimlo weithia'u bod nhw bron yn ein gwalltia ni. Unwaith roeddan ni'n cael ordors i symud roedd yn rhaid i ni godi a mynd ... mynd fel uffar a dim ond gobeithio nad oedd dim yn mynd i'n taro ni. Dim ond matar o lwc oedd o.'

Edrychodd Mair ar ei wyneb a gallai weld ei fod o'n ail-fyw y profiad. Cododd Ifan o'i gadair a dechrau cerdded o un pen y stafell i'r llall, fel petai hi ddim yno, â golwg wyllt arno. Yna, safodd yn ei unfan a throi ati.

'Ro'n i'n canolbwyntio ar gefnau'r bois oedd o 'mlaen i pan glywis i rywun yn gweiddi ychydig lathenni oddi wrtha i: "Ifan, Ifan, I'm hit. Ifan, *please!*" medda fo. Mi wyddwn i'n iawn mai Murdo oedd yn ymbil arna i ond fedrwn i ddim stopio i'w helpu. Roedd gin i ormod o ofn cael fy saethu a fedrwn i ddim meddwl am ddim byd ond chdi a Gruffydd Ifan. Daliais i redeg er 'mod i'n clywed ei lais o'n mynd yn wannach a gwannach y tu ôl i mi. Doedd fiw i mi droi'n ôl neu mi fysa'r sarjant yn meddwl 'mod i'n gachgi, a fysa fo ddim wedi meddwl ddwywaith cyn fy saethu i am drio dengid. A ph'run bynnag, do'n i ddim yn gwbod lle o'n i yng nghanol y mwg a'r mwd a'r chwibanu a'r clecian, a gweiddi a sgrechian yr hogia oedd wedi'u taro i lawr. Roedd hi fel uffern ar y ddaear yno … sgin neb ddim syniad.'

'Doedd gin ti ddim dewis, Ifan. Mi wnest ti'r peth iawn,' sibrydodd Mair yn ei glust. 'A deud y gwir sgin i ddim ond diolch mai felly ddigwyddodd hi, ac nad chdi gafodd dy daro. Ddylwn i ddim deud peth fel'na, dwi'n gwbod, ond felly dwi'n teimlo.' Rhoddodd ei dwylo ar ei ysgwyddau a phwyso'i gorff yn ôl i'r gadair cyn mynd i'r gegin i nôl dysglaid o ddŵr cynnes a lliain. 'Yli, golcha dy wynab rŵan ac mi a' i i neud panad i ni'n dau.'

Wrth sipian y te yn araf cododd Ifan ei lygaid i edrych ar Mair.

'Ti'n gweld rŵan mai cachgi oeddwn i. Sut fedra i ddisgrifio peth felly i Gruffydd?'

'Fedri di ddim siŵr, Ifan, mae o'n rhy ifanc i ddallt y peth, ond ella pan fydd o'n hŷn gei di ddeud y stori wrtho fo, ond cofia di egluro iddo fo mai dyna sy'n digwydd mewn rhyfel ac nad oedd bai ar neb. Doedd be wnest ti ddim yn dy wneud ti'n llwfr, ac ma' siŵr bod yr un peth wedi digwydd i filoedd o hogia.'

'Glywis i wedyn fod Murdo wedi marw ac wedi'i gladdu mewn bedd efo degau o hogia ifanc eraill. Ar ôl y rhyfel mi gafodd y cyrff eu codi a'u claddu mewn mynwent yn ymyl rhyw dre fach.'

'O, am ddigalon. Pan fyddwn ni'n hŷn ella bysan ni'n medru mynd draw yno i weld y bedd. Be ti'n feddwl o hynny?'

Nodiodd Ifan ei ben yn freuddwydiol, yn dychmygu rhesi o gerrig gwynion mewn mynwent fechan ar lethr bryn o dan goed olewydd.

Torrodd llais Mair ar ei freuddwyd. 'Dwi'n gobeithio y byddi di'n teimlo'n well rŵan ar ôl cael bwrw dy fol. Sgin y rhan fwya o bobol ffor' hyn ddim syniad be ddigwyddodd i chdi a'r hogia eraill yn y rhyfel, mwy nag oedd gin inna, na sut mae o wedi deud arnoch chi.'

Roedd Mair yn amau nad oedd o'n gwrando arni gan fod y pellter cyfarwydd hwnnw wedi dychwelyd i'w lygaid. Gafaelodd yn ei ddwylo a'i annog i godi o'r gadair. 'Mae hannar lleuad heno a dydi hi ddim yn oer iawn. Be am i ni fynd allan am chydig i sbio ar y sêr, fath â roeddan ni'n neud ym Mwlch y Graig ers talwm? A' i i nôl blanced a 'stynna ditha'n cotia ni.'

Taenodd Mair y blanced ar y lawnt o dan y goeden afalau a gorweddodd y ddau law yn llaw yng nghysgod ei changhennau.

'Diolch i ti Mair, am wrando,' meddai Ifan ymhen sbel, 'dwn i ddim be 'sa 'di digwydd i mi hebddat ti. Dwi mor lwcus ohonat ti.'

'Mae'r rhyfel 'na wedi ffeithio ar bob un ohonan ni yn ei ffordd ei hun, yn tydi? Chdi, Bobi Preis a'r hogia ddaeth adra, fi a gweddill genod Rhes Newydd ers talwm a'n plant ni i gyd ... hyd yn oed Gladys. Ella'i bod hi'n trio taflu llwch i'n llgada ni, ond dwi'n gwbod nad ydi hitha'n hapus, chwaith, na ddaeth William yn ei ôl.'

RHAN TRI

Haf 1947

GRIMSBY

Pennod 18

'Move your bloody feet out of the way, Billy.'

Rhoddodd William y *Picture Post* dros ei wyneb a chodi'i draed ar y pentan oer. Diawliodd o dan ei wynt.

'Sna'm llonydd i'w gael yma! Be' ma' dyn i fod i neud? Sefyll allan yn y glaw ar bnawn Sadwrn oer fel hyn?' Drwy ei amrannau gwyliodd Beryl yn sgubo'r carped moel hefo'r Ewbank, yn ôl ac ymlaen, yn ôl ac ymlaen, a'i llygaid yn llawn atgofion oedd yn gwneud iddi anwybyddu tuchan a gwichian y sgubwr. Roedd y sŵn yn mynd o daen ei groen o. Pam uffar na fedrai hi neud petha fel hyn tra oedd o'n gweithio? A pheth arall, allai o ddim diodda gweld tyrban am ben merched, na sigarét yn hongian o'u gwefusau. Doedd gan hon ddim mymryn o hunan-barch, ffromodd. Be welodd o ynddi erioed? Roedd hi wedi edrych yn reit smart yn 'i hiwnifform NAAFI – yn ddigon smart iddo ei ffansïo hi, beth bynnag – ond siom gafodd o yn y pen draw pan fu'n rhaid iddi gyfnewid y lifrai am ddillad bob dydd: y ffrogiau di-siâp a'r bratiau pygddu a'r sgarffiau oedd bob amser wedi'u clymu am ei phen i guddio'r cyrlyrs. Doedd y rheiny'n cael dim effaith ar ei gwallt tenau, yn anffodus.

Ar ddiwedd y Rhyfel, ac yntau wedi cael ei draed yn rhydd o'r diwedd a sgwennu at Gladys i ddeud wrthi nad oedd o am fynd adra ati hi a'r plant, roedd yn rhaid iddo gael rhywle i roi ei ben i lawr. Cafodd gynnig lojio yng nghartref Beryl a'i thad yn Grimsby, oedd yn gyfleus iawn ar y pryd gan ei fod o'n cael dipyn o howdidŵ hefo hi rŵan ac yn y man pan oedd yr hen ddyn allan yn diota. Ar ôl ychydig fisoedd dechreuodd flino arni, ond roedd yn werth ei chadw hi'n hapus, ystyriodd, os oedd hynny'n golygu fod ei rent yn aros yn isel.

Yn ôl Beryl roedd ei gŵr wedi cael ei ladd yn y Llynges pan gafodd ei long ei tharo gan dorpîdo yn y Bay of Biscay. Roedd llun ohono ar y ddresel, beth bynnag: hogyn go nobl yn ei lifrai nefi-blŵ, a'i wallt tonnog du i'w weld o dan ei gap. Roedd gan William biti dros Beryl ar y dechrau ond roedd hi'n mynd ar ei nerfau bellach, ar ôl iddi adael iddi'i hun fynd. Erbyn hyn, dim ond ar nosweithiau Sadwrn, pan oedden nhw'n mynd i lawr y stryd i'r Vic, roedd hi'n trafferthu sbriwsio i fyny. Roedd yn gas ganddo sefyll yn y bar yn y fan honno, yng nghanol y rhialtwch a'r cwrw, ac acen y dynion mor ddiarth wrth iddyn nhw gyfarch ei gilydd o un pen y stafell i'r llall. Roedd y rhan fwyaf ohonyn nhw'n gweithio yn y ffatri gyfagos ac wedi arfer gweiddi uwchben sŵn y peiriannau.

Gwnaeth yn siŵr ei fod o'i hun yn cadw'n glir o'r ffatrïoedd – er ei fod wedi cael ei brentisio yn y diwydiant adeiladu cyn y Rhyfel cafodd siom pan fethodd â chael gwaith fel fforman hefo'r cwmnïau lleol. Roedd y swyddi gorau i gyd wedi mynd; wedi'u llenwi gan ddynion oedd wedi bod yn ddigon ffodus i fedru osgoi mynd i'r Fyddin. Erbyn iddo gael ei ryddhau o'r Air Force dim ond jobsys rhech oedd ar ôl i rai fel fo fu'n cwffio.

Dechreuodd bwyso a mesur ei benderfyniad i beidio mynd adref at Gladys a'r plant. Roedd o wedi byw ymysg hogiau ifanc am gyfnod mor hir, wedi jarffio ac yfed yn ei amser rhydd a chael cymaint o hwyl hefo'r merched, a doedd y syniad o ddychwelyd at wraig a phlant a rhieni parchus ddim yn apelio. Cafodd gyfle i gael ei draed yn rhydd, i wneud beth bynnag roedd o'n ei ddymuno, a daeth i gredu fod porfa frasach y tu draw i'r ffens.

Roedd ardal Grimsby yn wahanol iawn i Lŷn ac Eifionydd. Doedd fawr o waliau cerrig i'w gweld, dim ond caeau agored braf heb fynydd na bryn na choedwigoedd, a'r awyr fel petai 'na ddim pen draw iddi. Ac ar ben hynny roedd digon o arian yn ei boced – ar ôl talu rhent i dad Beryl ac ar ôl anfon ychydig o sylltau i Gladys – i wneud fel y mynnai ag ef. Theimlodd o fawr o hiraeth am Gladys, a hynny ers y dechrau bron. Doedd o ddim hyd yn oed yn siŵr a fyddai'n adnabod Gari a Shirley pe deuai ar eu traws yn rhywle.

Daeth cnoc ar ddrws y ffrynt i'w ddeffro o'i feddyliau a chlywodd Beryl yn gweiddi arno.

'Billy love, get that will you? It's the postman.'

Bu ond y dim i William â gweiddi'n ôl, 'Get it yourself – and I'm not a bloody goat!' ond cofiodd ei bod hi bron yn ddiwedd y mis ac yn amser talu rhent. 'Billy, wir Dduw,' ysgyrnygodd o dan ei wynt allan o glyw Beryl.

Gwelodd yn syth fod y llythyr wedi'i gyfeirio ato fo: 'Mr William Hughes, No.14 East Street, Grimsby.'

'What is it, Billy?' Crafai llais cryglyd Beryl yn gras yn ei glustiau.

Stwffiodd y llythyr i'w boced yn sydyn. 'Nothing Ber, he got the wrong address.'

Gan geisio peidio â thynnu ei sylw, cerddodd yn nhraed ei sanau i fyny'r grisiau i'w lofft unig. Llofft hirsgwar oedd hi a gwely bach cul ynddi. Roedd y gwely'n rhy fyr iddo fo, a dweud y gwir – erbyn y bore, yn ddieithriad, byddai ei draed wedi ffeindio'u ffordd allan o glydwch y gynfas fflanalét. Un gadair galed oedd yn yr ystafell, a mat bach wrth ochr y gwely. Roedd llenni'r blacowt yn dal ar y ffenest er bod y Rhyfel drosodd, a gorchuddiwyd un wal gan horwth o wardrob dywyll oedd bron yn llawn o ddillad Beryl, oedd ag arogl hen falau goraeddfed a chamffor arnynt.

Tynnodd y llythyr allan o'i boced a gorwedd ar y gwely i'w agor. Doedd o byth yn derbyn llythyrau – doedd ganddo ddim cof o rannu ei gyfeiriad â neb. Doedd o ddim wedi'i gofnodi ar y cardiau post a anfonodd hefo'r *postal orders* i Gladys, dim ond rhyw air neu ddau o gyfarchiad megis 'wedi cael gwaith o'r diwedd' neu 'mae'n dal i rewi yma', ond mae'n rhaid ei fod o wedi gwneud hynny heb feddwl ryw dro. Neu efallai ei fod o wedi gwneud hynny'n fwriadol yn ystod ambell funud wan pan oedd o'n teimlo'n unig, ystyriodd.

Rhoddodd ei ewin o dan fflapyn yr amlen a'i rhwygo, a dychrynodd pan welodd mai llythyr swyddogol yr olwg oedd o. Darllenodd yn bwyllog.

'Be ddiawl?' Teimlodd ei hun yn gwelwi, a phob dafnyn o'i waed yn rhedeg i lawr i'w draed. Ysgariad. Be oedd hynny'n ei feddwl? Edrychodd ar y cyfeiriad ar dop y llythyr: Mr Elfed Pyrs, LLB. Cyfreithiwr. Rhedodd ei lygaid yn ôl at y llythyr ei hun ... enw Gladys ar gair 'gwreigadiad'. 'Asu mawr,' ebychodd. Be ddiawl oedd hynny'n ei olygu? Os oedd cyfreithiwr yn mynd i'r drafferth o sgwennu ato fo, pam ddiawl na fysa fo'n gwneud hynny'n ddigon clir i ddyn ei ddallt o?

Deallodd o'r diwedd fod Gladys am ddwyn achos yn ei erbyn am ei fod o wedi ei gadael hi a'r plant ers dros ddwy flynedd, a heb wneud ymdrech i fynd yn ei ôl atyn nhw. Yr hen sinach, meddyliodd, a'i dad a'i fam wedi rhoi cartref iddi hi a'r plant. Roedd o'n anfon arian yn rheolaidd tuag at gadw'r ddau fach – i be gythraul oedd hi isio difôrs? Byddai peth felly'n tynnu gwarth ar ei rieni, a gwneud i bobol Rhydyberthan siarad. Doedd hi ddim yn debygol o gadw'r peth yn dawel – roedd William yn adnabod Gladys yn ddigon da i wybod hynny. Byddai'n siŵr o gerdded o gwmpas y pentref yn chwifio'i llaw chwith foel o dan drwynau pawb i wneud yn siŵr eu bod nhw'n deall ei bod hi bellach yn ddynes sengl. Ei bod hi'n ddynes rydd. Oedd ganddi ddyn arall, ac yn ystyried ailbriodi? Dechreuodd ei waed gorddi.

'Billy, your dinner's ready,' daeth llais Beryl i fyny'r grisiau.

Dinner, wir. Gwyddai William mai brest oen ar ben tatws wedi mynd hefo'r dŵr a thamaid bach o nionyn yn nofio mewn grefi dyfrllyd – doedd fawr o wahaniaeth rhyngddo a dŵr golchi llestri – oedd yn ei ddisgwyl. A'r olaf o'r ffa dringo o ardd ei thad, efallai, â'r linynnau gwydn yn crafu ei wddw wrth iddo drio'u llyncu am fod Beryl yn rhy ddiog i'w plicio nhw i ffwrdd.

'Not hungry, Ber,' atebodd. 'I don't feel well. I'll stay in bed for the rest of the day.'

Doedd fiw iddo droi'r drol neu allan ar ei din fysa fo.

Cerddodd ar flaenau ei draed i gau'r drws, ac wrth symud yn ôl i orwedd ar ei wely cafodd gip ar ei wyneb yn nrych y wardrob. Gwyddai ei fod wedi newid dros y blynyddoedd ond doedd hynny ddim yn ddrwg i gyd, chwaith. Roedd golwg mwy soffistigedig arno, teimlai, a hynny oherwydd y mwstásh main, tywyll oedd wedi'i siapio i gopïo rhai o'r peilotiaid ifanc.

Doedd o erioed wedi meddwl y byddai'n sefyll yno â llythyr twrnai yn ei law. Methai â deall pam fod y llythyr yn gwneud iddo deimlo rhyw ofn yn nhwll ei stumog, a blas chwerw yn ei geg. Arferai brofi'r un blas cas pan fyddai'n clywed seiren y maes awyr yn eu rhybuddio fod cyrch arall ar ei ffordd, ac yntau ar ganol symud tunelli o bridd a darnau o awyrennau oddi ar y stribedi glanio. Gorweddodd yn ôl ar ei wely a gollwng y llythyr ar lawr. Wrth iddo ddechrau pendwmpian clywodd y seiren yn udo yn ei ben. Y diawliaid Jyrmans, mor hy â dychwelyd dro ar ôl tro i wneud mwy o ddifrod cyn iddo gael cyfle i glirio'r holl anhrefn roeddynt wedi'i adael yn ystod y cyrch blaenorol. Ei waith o oedd symud y rwbel hefo'r bwldosar mawr, ac roedd o'n gambliar ar ei ddreifio – yn gwybod yn union pryd i dynnu'r lifar i godi a gollwng y bwced. Roedd o wedi gobeithio y byddai'n cael swydd â dipyn o gyfrifoldeb ar ôl gadael yr awyrlu. Ond be gafodd o? Labro drwy gario cafnau o frics a mortar ar ei ysgwydd i fyny ystolion digon bregus er mwyn diwallu angen y bricleiars pigog oedd yn ennill ddwywaith gymaint ag o. 'Step on it, mate!' 'Get a move on!' gwaeddai'r bricis arno. Roedd o'n haeddu gwell na hynny, siawns, a fynta wedi cael prentisiaeth ac yn medru troi ei law at waith adeiladu o bob math. Ailddarllenodd y llythyr oedd yn cynnig rhyddid iddo. Pam nad oedd o'n gwerthfawrogi hynny?

Sylweddolodd nad oedd o wedi bod yn hapus go iawn ymysg y bobol oedd yn byw ar gyrion môr oer y gogledd. Er eu bod yn ei alw'n 'fêt', roedd rhywbeth ar goll. Allai o ddim rhoi ei fys ar y peth nac egluro iddo'i hun pam nad oedd o'n gyfforddus yn eu cwmni. Ar y dechrau pan oedd o'n siarad a chellwair hefo nhw, gan ddefnyddio'r un geirau â nhw, roedd y cwbwl yn cael ei ffurfio yn ei ben yn Gymraeg, ond ymhen amser sylweddolodd fod ei iaith ei hun yn mynd ar goll fesul gair, a'r Saesneg yn hawlio'i lle. Ac er bod y caplan wrth weddïo yn y gwersylloedd wedi eu galw yn 'brothers' doedd o ddim yn teimlo'i fod o'n perthyn i'r hogiau eraill o gwbwl. Doedden nhw ddim yn frodyr iddo fo, ddim hyd yn oed yn gefndryd. Ac felly'n union roedd o'n teimlo yn ei waith. Doedd o ddim yn eu deall nhw na'u jôcs gwael, ddim yn deall pam eu bod nhw'n chwerthin am eu pennau eu hunain a thrio bod yn glyfar wrth roi atebion gwirion i'w gwestiynau. Mi fysa fo wedi rhoi rwbath am gael cyfarfod Cymro, rhywun i alw 'Su'ma'i?' arno fo, neu 'Sut w't ti?'. Ond doedd o ddim wedi cyfarfod 'run hyd yma yn Grimsby. 'Sa'n waeth iddo fod adra, yn tendio ar fricleiars oedd yn siarad yr un iaith â fo, ddim.

Roedd y rhialtwch drosodd, yr hogiau oedd hefo fo yn yr awyrlu wedi mynd i ddilyn eu ffyrdd eu hunain, wedi setlo i lawr, wedi cael gwaith sefydlog, wedi priodi a chael plant ac wedi ei adael o ar ôl o dan draed Beryl. Y gwir amdani oedd fod arno hiraeth. Hiraeth am y dyn ifanc oedd o cyn cael ei alw i fyny. Hiraeth am ei ffrindiau a'i deulu, hiraeth am ei iaith ... a tasa fo ond wedi sylweddoli, hiraeth am Gladys.

Roedd o'n siŵr na theimlodd hi owns o hiraeth amdano fo. Mi fyddai wedi hiraethu mwy am ffrog neis neu sgidia ffansi. Heblaw ei fod o wedi cael cynnig bod yn bartner yn y cwmni adeiladu roedd o'n gweithio iddo cyn y Rhyfel, ac wedi addo iddi hi y byddai'n codi tŷ newydd sbon iddynt eu dau ar ôl dod adref, roedd o'n sicr na fyddai hi wedi sbio ddwywaith arno. Yn y diwedd talodd iddo fod yn amyneddgar, a chytunodd i'w briodi. Gwenodd wrth gofio mai hi oedd un o'r genod delaf yn yr ardal bryd hynny, bob amser wedi'i gwisgo'n smart a'i gwallt tywyll yn rhyfeddod. Ond daeth y Rhyfel a chawson nhw fawr o amser i ddod i nabod ei gilydd go iawn, ac o dipyn o beth aeth ei lythyrau ati yn brin a'i rhai hithau iddo yntau yn brinnach. Doedd ganddyn nhw ddim i'w ddweud wrth ei gilydd heblaw siarad am y plant – dim rhyfedd eu bod wedi pellhau. Ar derfyn ei wasanaeth fedra fo ddim meddwl am fynd adref a chael ei gau yn y tŷ bach hwnnw yng Ngwaenrugog ac yntau wedi gwneud ffrindiau hefo gymaint o hogiau ifanc ac yn mwynhau eu cwmni. Ond mynd wnaethon nhw i gyd fesul un. Cafodd gynnig mynd i Awstralia neu Seland Newydd hefo ambell un, ond petai'n onest methodd â chymryd y cam. Roedd rwbath yn ei ddal yn ôl. Yr hen bobol yn Rhydyberthan ella ... neu Gladys a'r plant. Tra oedd o ar yr un cyfandir â nhw, teimlai eu bod yn dal o fewn cyrraedd iddo.

Cyn bo hir llwyddodd i gysgu, a phetai Beryl wedi digwydd agor y drws i chwilio amdano, i gymryd arni ei bod yn poeni ei fod ar lwgu, byddai wedi gweld deigryn yn gollwng ei afael ar gornel llygad William ac yn rowlio'n ddistaw bach i lawr ei foch.

Pennod 19

Dim rhyfedd, meddyliodd William wrth weld yr Eifl drwy ffenest llawr uchaf y bws, i'r Saesnes briododd Robin Trip ers talwm gael cymaint o siom pan eglurodd Robin iddi yn Aberdesach fod ganddi dros awr arall i fynd cyn cyrraedd pen ei thaith yn Aberdaron. Heddiw, gallai Wiliam weld pa mor hawdd fyddai hi i rywun dieithr feddwl fod y tri chopa yn edrych fel petai ysbryd y diafol yn lledu ei freichiau i atal pawb rhag mynd gam ymhellach.

Roedd yr haul yn barod i suddo i'w wely rhwng Sir Fôn ac Iwerddon ar ôl gadael ei addewid am ddiwrnod braf arall yn felyn ac oren ar y rhedyn crin ar ochrau'r Gyrn Ddu. Agorodd William y cês lledr oedd wrth ei ochr ac estyn llythyr allan ohono. Darllenodd y cyfeiriad: 'Star Temperance Hotel, Lôn Dywod, Pwllheli.' Ochneidiodd wrth roi'r llythyr yn ei ôl yn y cês, a chaeodd ei lygaid nes i'r bws gyrraedd Clynnog lle roedd tri neu bedwar o deithiwyr yn aros amdano ger yr eglwys. Rhuthrodd dau fachgen ifanc i fyny'r grisiau yn llawn stŵr a sleifio i'r sedd hir oedd y tu ôl iddo. Cyn i'r bws gael cyfle i ailgychwyn rhoddodd un ohonynt bwniad i gefn William a gofyn, 'Got a match, mate?' Er bod William wedi gorffen ei sigarét ei hun ymhell cyn cyrraedd Clynnog, yn amlwg roedd ei hoglau yn dal ar ei ddillad.

'Dyma chdi, 'li.' Trodd William i wynebu'r bechgyn a chynigiodd ei leitar i'r agosaf ato.

'Dew, Cymro wyt ti. Meddwl mai fusutor mwyar duon oeddat ti, o weld y cês 'na. O le ti'n dŵad?'

'Dwi di bod i ffwr' yn gweithio ers dwy flynadd yn ochra Grimsby, ond wedi cael llond bol ar y job a meddwl 'i bod hi'n hen bryd i mi ddŵad adra,' gwenodd William.

Anelodd yr hogyn gwmwl o fwg at do'r bws. 'Be fuest ti'n neud yn fanno, 'lly?'

'Bildio o'n i. Fforman. Codi stada' o dai newydd.' Rhoddodd y statws ffug dipyn o hyder iddo. 'Mae 'na dipyn o fildio ar hyd y *coast* 'ma hefyd, yn does? Nes i sylwi ar yr holl dai newydd rhwng Rhyl a fama – cannoedd ohonyn nhw a'u cribau nhw'n goch fel ceiliogod. Rhyfadd gweld y teils a finna 'di arfar hefo llechi gleision yn lle o'n i'n byw ers talwm.'

'Lle oedd hynny?'

'Ochra dre 'na, Rhydyberthan.'

'Sgin ti deulu yn dal yno ... rhywun yn aros amdanat ti?'

'Na, sgin i neb yno bellach.' Teimlai'n euog yn gwadu ei deulu, ond roedd o wedi penderfynu cadw'i ben i lawr am chydig ddyddiau. Doedd o ddim am i neb wybod ei fod o wedi dychwelyd i'r ardal: roedd o angen gweld beth oedd sefyllfa Gladys gynta. Rhoddodd enw ffug i'r gwesty er mwyn sicrhau stafell am ychydig ddyddiau. Gwyddai fod ei ymddangosiad wedi newid ers iddo adael flynyddoedd ynghynt – roedd ei wallt yn hirach ac wedi dechrau britho, a'r mwstásh yn gwneud iddo edrych yn dipyn o sbif. Os cadwai ei ben i lawr a pheidio â mentro i'r stryd yng ngolau dydd, siawns na fyddai'n taro ar ei hen gyfoedion.

Wnaeth o ddim trafferthu ateb y llythyr a dderbyniodd gan dwrnai Gladys. Roedd clywed ei bod hi am gael ysgariad wedi rhoi dipyn o sioc iddo, ac ar ôl ei ddarllen lawer gwaith sylweddolodd ei fod wedi gwneud camgymeriad mwyaf ei fywyd. Cofiai mor gyffrous roedd o'n teimlo pan alwyd o i fyny i'r Llu Awyr, ac unwaith y bu iddo setlo i lawr yng nghanol ei ffrindiau newydd teimlai fod y siwrnai hir adref i ben arall y wlad yn un rhy drafferthus i'w gwneud pan gâi ychydig ddyddiau i ffwrdd o'r gwersyll. Weithiau câi wahoddiad gan Johnny, un o'r peilotiaid, i'w gartref ger Efrog lle roedd y ddau yn mwynhau crwydro'r ddinas a'r wlad o'i chwmpas ar eu beiciau ac yfed yn y tafarnau. Roedd y profiad o gael ei draed yn rhydd i wneud fel y mynnai mor newydd i William. Gwrandawai ar y criw ifanc yn sôn am eu bwriad i ymweld â gwledydd tramor unwaith y byddai'r Rhyfel yn dod i ben, ac yn ei wely bryd hynny breuddwydiai yntau am ymuno â nhw. Yna, pan ddaeth y cadoediad, ymunodd yn y rhialtwch hir i ddathlu'r heddwch. Roedd yn hanner meddw y rhan fwyaf o'r amser, a bryd hynny yr ysgrifennodd yn fyrbwyll at Gladys i ddweud wrthi mai ei fwriad oedd mynd i weld y byd, ac nad oedd o am ddychwelyd adref.

Ond roedd yn rhaid iddo gynilo arian er mwyn gwireddu ei freuddwyd, ac aeth i chwilio am waith yn y byd adeiladu. Bu'n rhaid iddo fodloni ar weithio fel labrwr a hynny o dan oruchwyliaeth rhai llai profiadol nag o yn aml. Ar ôl talu am ei lety ac anfon ychydig sylltau i Gladys at fagu'r plant roedd gweddill ei gyflog yn mynd ar gwrw iddo'i hun, ac i gadw Beryl a'i thad yn hapus.

Buan iawn y chwalodd y freuddwyd o deithio'r byd, a sylweddolodd William ei fod yn rhygnu ymlaen o ddydd i ddydd heb bwrpas i'w fywyd. Yn rhyfeddol, llythyr y twrnai roddodd yr ysgytwad iddo i ystyried ei sefyllfa: ar ôl ei ddarllen am y canfed tro daeth i'r casgliad y byddai bywyd yn Rhydyberthan hefo Gladys yn well na'r un oedd ganddo yng nghanol dieithriaid. Doedd hi ddim yn anodd iddo wneud y penderfyniad i ddychwelyd adref, ac un bore aeth i'r safle adeiladu i godi dau fys ar y bricis piwis a dweud wrth y fforman jarfflyd lle i stwffio'i job. Wrth iddo gerdded yn ôl i'w lety teimlai fel petai baich mawr wedi codi oddi ar ei ysgwyddau, er y gwyddai nad tasg bleserus fyddai dweud wrth Beryl ei fod yn gadael.

Talodd am docyn unffordd i Bwllheli, ac roedd ganddo ddigon o arian ar ôl i rentu ystafell mewn gwesty yn y dre am chydig ddyddiau. Gwyddai, petai pethau'n mynd yn dynn arno, fod gan ei rieni gelc fach o dan y fatres, ac na fydden nhw byth yn gwrthod ei helpu.

Gwrandawodd ar yr injan yn rhygnu wrth i'r bws ddringo'r allt i gyrraedd pentref Llanaelhaearn ac yna'n distewi wrth aros ger y becws. Clywodd waedd yn dod o waelod y grisiau.

'Iwnion Jac, os 'na le yn fanna i ddau?'

'Symuda dy din, wir Dduw, Einion,' clywodd William un o'r hogiau oedd y tu ôl iddo yn dweud wrth y llall. 'Gwna le i Bengongol a Ceiri.'

'Lle dach chi amdani heno 'ma, bois?' gwaeddodd un ohonyn nhw cyn cyrraedd ei sedd.

'Dwn i'm. Lle ewch chi?'

'Ma' gin Einion 'ma boints hefo rhyw hogan o Lannor, medda fo. Dwn i'm be welodd hi yno fo chwaith, a gwynab fatha swejan gynno fo.'

Teimlodd William draed yn pwnio cefn ei sedd wrth i Einion ymosod yn chwareus ar ei ffrind, a phan gododd ar ei draed i weld beth oedd yn digwydd gwelodd fod y ddau yn gorweddian ar y sedd yn dyrnu'i gilydd.

'Hei, byhafiwch i fynny yn fanna,' gwaeddodd y condyctor o waelod y grisiau, 'neu mi ro' i chi i lawr yn ganol Gydrhos ac mi gewch chi gerddad o fanno!'

Gwenodd William wrth eistedd yn ôl i wynebu'r ffenest a gwrando ar y bechgyn y tu ôl iddo'n cadw reiat. Braf arnyn nhw, meddyliodd, yn ffansi-ffri. Rŵan ydi'u hamser nhw. Roedden nhw'n ddigon ifanc i fod wedi osgoi'r cwffio a'r lladd, ond byddai rhai ohonyn nhw'n siŵr o gael eu galw i fyny cyn bo hir, yn ôl y drefn. Synnodd William ei fod yn teimlo fel dyn canol oed er nad oedd o ond ychydig flynyddoedd yn hŷn na'r criw ifanc swnllyd.

Roedd o wedi anghofio pa mor brysur y gallai tref Pwllheli fod ar nos Sadwrn, a sylweddolodd ei fod wedi gwneud penderfyniad annoeth i ddychwelyd yn ei ôl yno y noson honno os oedd o am osgoi ei hen ffrindiau. Gofynnodd i'r condyctor ei ollwng ar gyrion y dref, ac o'r fan honno dilynodd y llwybr oedd yn arwain gyda cefnau'r tai at Lôn Dywod. Cadwodd i'r cysgodion, yn falch ei fod yn dechrau nosi. Heblaw am bâr ifanc oedd yn caru o dan gysgod gwrych welodd o neb arall, a phan ddaeth allan i olau'r stryd roedd y Star Temperance yn ei wynebu ar draws y lôn.

Canodd y gloch ac ni fu'n rhaid iddo aros yn hir cyn i'r drws gael ei agor gan ddynes enfawr, mor dew fel bod y cyntedd o'r golwg yn llwyr y tu cefn iddi.

'Gwilym Hughes?' Gafaelodd y ddynes mewn sbectol fach hanner crwn ar gadwyn aur oedd yn gorwedd ar ei brestiau anferth, a'i rhoi ar ei thrwyn. 'Mi o'n i'n eich disgwyl chi'n gynt na hyn,' meddai'n biwis.

Gollyngodd William ebychiad o ryddhad pan welodd mai dynes ddieithr oedd yn sefyll o'i flaen. Gallai fod wedi rhoi ei enw cywir ar y llythyr, meddyliodd, ond ar y llaw arall roedd falch ei fod wedi chwarae'n saff.

Anadlodd y wraig yn fyr ac yn wichlyd wrth graffu ar y cês yn ei law, fel helgi yn chwilio am drael.

'Dewch i mewn – dim alcohol ar gyfyl y lle, dim smocio na merchaid yn y llofftydd, brecwast am wyth ar y dot a swper am hanner awr wedi pump. Bàth ar nos Wener rhwng saith a naw yn unig. Ydach chi'n dallt?'

Nodiodd yntau ei ben a gwelodd hi'n rhythu i lawr ar ei draed. Ufuddhaodd i'w hedrychiad, oedd yn dweud y cyfan, a sychu gwadnau ei sgidiau ar y mat 'Welcome'.

'Thank you very much,' diolchodd William yn fyngus wrth ei dilyn i fyny'r grisiau. Agorodd y ddynes ddrws ei lofft gan sefyll ar y trothwy ac oedodd William am eiliad, yn amau tybed a oedd digon o le rhwng y brestiau a ffrâm y drws iddo wasgu rhyngddynt heb eu cyffwrdd.

Ar ôl cael golwg o gwmpas y stafell tynnodd William yn y cortyn oedd yn hongian uwchben y gwely. Pan ddaeth y golau ymlaen sylwodd fod y cwrlid *candlewick* gwyrdd bron yn foel a'i fod wedi colli ei liw, yn enwedig yr ochr agosaf at y ffenest. Er nad oedd o'n bwriadu aros yn y gwesty'n hir iawn roedd o'n falch fod yno gadair weddol esmwyth a chwpwrdd i hongian ei siwt, ac er bod y siwt honno wedi dechrau breuo ac yn sgleinio mewn ambell le, hon oedd yr unig un a oedd ganddo a fynnai o ddim ei gwisgo yn rhinclyd i gyd. Hon oedd y siwt yr oedd o a channoedd os nad miloedd o'i gyd-filwyr yn dal i'w gwisgo ers cael eu ryddhau o'r Fyddin: y siwt di-mob. Wrth ddatod y botymau ystyriodd William na fedrai o fforddio magu mwy o bwysau. Roedd o wedi twchu dipyn mewn dwy flynedd, o ganlyniad i fwyd seimllyd Beryl a'r peintiau y bu'n eu hyfed yn y clwb hefo'i thad, ac wedi cryfhau drwy gario'r holl frics i fyny ac i lawr yr ystolion.

Y diwrnod canlynol, ar ôl brecwast, arhosodd William o'r golwg yn ei lofft, yn gorwedd ar ei wely a gwrando ar y glaw diddiwedd yn taro'r ffenest. Wnaeth o ddim symud oddi yno heblaw am fynd i lawr i'r ystafell fwyta i nôl ei swper. Fo oedd yr unig un oedd yn aros yn y gwesty ac roedd o'n falch nad oedd yn rhaid iddo rannu'r bwrdd bwyd hefo rhywun arall a fyddai'n siŵr o fod wedi ei holi'n dwll.

Pan godadd y bore wedyn roedd y smwclaw yn dal fel mantell lwyd dros y dref, a mentrodd William allan o'r gwesty'n wyliadwrus. Cadwodd yn ddigon pell o'r Maes a cherdded â'i ben i lawr gan wasgu'i hun mor agos ag y medrai at waliau'r tai a'r siopau nes iddo gyrraedd siop Howard Johnson. Roedd o'n gobeithio y byddai Gladys yn dal i weithio yno'n achlysurol, fel y byddai ganddo siawns o'i chyfarfod yn y dref yn hytrach nag yn Rhydyberthan yn ngŵydd pawb. Edrychodd heibio i'r ddwy ddymi noeth oedd yn sefyll yn y ffenest – yn ôl pob golwg doedd 'run cwsmer yn y siop. Trodd ei gefn ar y stryd i danio sigarét a chymryd pwl neu ddau cyn cael cip drwy'r ffenest unwaith eto. Roedd dynes newydd gerdded i mewn drwy'r drws, a gwelai William mai Howard ei hun oedd yn gweini arni wrth y cownter. Roedd yn amlwg nad oedd Gladys yn gweithio y diwrnod hwnnw, felly cerddodd yn ei flaen i gyfeiriad y traeth. Doedd fawr neb ond fo wedi mentro drwy'r tywydd oer a gwlyb cyn belled â'r dwnan, ac ar ôl iddo fod yn cerdded am awr neu ddwy roedd ei fol yn cwyno o eisiau bwyd.

Ar ei ffordd yn ôl i'r gwesty arhosodd yn Victoria Stores i brynu'r *North Wales Daily News*, sigaréts a phaced o fisgedi, a threuliodd weddill y dydd yn gorweddian ar ei wely bob yn ail â rhoi ei ben allan drwy'r ffenest i gael smôc, gan chwythu'r mwg yn ddigon pell o gyrraedd ffroenau craff y *landlady*. Eisteddodd ar y gadair yn darllen y papur newydd o glawr i glawr, gan bori'n fanwl drwy'r hysbysebion. Gwelodd fod mwy nag un cwmni adeiladu yn chwilio am ddynion profiadol i weithio iddynt yn ochrau Bangor a Llandudno. Estynnodd ei bensel o boced y siwt a thynnu cylch o gwmpas dau neu dri o'r hysbysebion.

Y noson honno aeth i'w wely'n gynnar ond bu'n effro am oriau yn ystyried beth i'w ddweud wrth Gladys. Gwyddai mai'r unig ffordd i'w denu'n ôl ato fyddai addo'r byd iddi. Un felly fu Gladys erioed, yn meddwl ei bod hi'n well na phawb arall a'i bod hi'n haeddu cael popeth roedd hi'n ei chwenychu.

Y diwrnod wedyn, ar ôl bwyta brecwast o gig moch hallt, wy di-liw a darn o fara saim oedd yn haeddu'r disgrifiad, mentrodd allan i'r stryd. Diolchodd am y glaw a'r niwl trwchus oedd yn ei alluogi i godi coler ei gôt gaberdîn a thynnu cantel ei het dros ei dalcen. Symudodd yn llechwraidd i fyny'r stryd gul nes iddo gyrraedd y stryd fawr a siop Howard Johnson, a'r tro hwn cafodd ei daro'n fud wrth weld Gladys yn nhraed ei sanau yn rhoi dillad am y ledi dymis. O dan gysgod ei het edrychodd William arni'n gwyro i lawr i godi'r dillad fesul un. Safai'n ôl i bwyso a mesur bob hyn a hyn cyn symud at y dilledyn nesaf. Doedd hi ddim wedi newid ers iddo'i gweld hi ddwytha, meddyliodd William gydag edmygedd. Fysa neb yn deud ei bod hi 'di cael dau o blant. Roedd ei gwallt hi fymryn yn fyrrach nag yr oedd o, ond roedd o'r un mor ddu.

Gwelodd Howard Johnson yn camu i'r gwagle y tu ôl i wydr y ffenest ac yn esgus baglu ar draws y dillad oedd ar lawr wrth ei draed cyn rhoi ei law am ganol Gladys i arbed ei hun. 'Yr hen sglyfath!' hisiodd William yn uchel. Roedd o'n gwybod bod Howard yn briod ac yn ddigon hen i fod yn dad i Gladys, a sylwodd ar y wên fach ffals roddodd hithau i'w chyflogwr dros ei hysgwydd. Daeth yr hen deimladau yn ôl, a chofiai fel y byddai'n aros amdani yn yr union fan hon i ddisgwyl iddi orffen ei gwaith. Pan fyddai'n ei gweld yn gadael y siop, byddai'n rhedeg ar ei hôl fel ci bach er mwyn cael y pleser o'i hebrwng i lawr i'r Maes i ddal ei bws am adref. Chwalodd yr un hen genfigen drosto, yn union fel y teimlad gawsai ers talwm pe digwyddai hogyn arall edrych arni'n edmygus a hithau'n dal ei lygad yntau hefo gwên. Un felly oedd Gladys – ambell dro byddai'n cymryd arni nad oedd hi wedi ei weld, gan gerdded yn wyllt heb droi'n ôl i aros amdano, ond dro arall byddai'n disgwyl amdano gan wenu'n annwyl a rhoi ei llaw drwy ei fraich, ac yntau fel paun yn ei harddangos i bawb. Roedd o wedi gwirioni cymaint hefo hi fel nad oedd wahaniaeth ganddo pa mor oriog oedd hi.

Beth ddaeth drosto i ddewis hogiau meddw a genod y NAAFI yn hytrach na Gladys a'i blant? Dyna oedd yn mynd drwy ei feddwl wrth dynnu'r mwg i waelod ei ysgyfaint. Gollyngodd y stwmpyn ar y palmant a'i wasgu hefo blaen ei droed cyn tanio sigarét arall a tharo cip sydyn dros ei ysgwydd bob hyn a hyn er mwyn cadw golwg ar Gladys. Sut wnaeth o anghofio'r teimlad fyddai o'n ei gael pan oedd o hefo hi? Tybed oedd o wedi ei charu go iawn, ynteu dim ond mwynhau ei chael ar ei fraich oedd o, i wneud iddo deimlo'n well na'i ffrindiau? Ai dyna pam ei fod o wedi anghofio amdani unwaith yr aeth o i'r Llu Awyr a chael profiadau mwy cyffrous? Ond wrth ei gweld hi y bore hwnnw teimlodd yr hen angerdd cyfarwydd yn rhedeg drwy ei gorff.

Agorodd drws y siop a cherddodd Howard yn fân ac yn fuan tuag at y banc. Ar ôl iddo fynd yn ddigon pell, cnociodd William ar wydr y ffenest – bu'n rhaid iddo gnocio deirgwaith cyn i Gladys sylweddoli fod rhywun yn ceisio tynnu ei sylw.

Gwelodd Gladys ddyn ifanc â mwstásh main yn gwisgo het trilby yr ochr arall i'r gwydr. Doedd hi ddim yn deall pam ei fod o'n pwyntio tuag at ddrws y siop er mwyn ei chymell hi i ddod allan ato, ond er hynny dringodd o'r ffenest a rhoi ei sgidiau am ei thraed cyn cerdded at y drws. Pan ynganodd y dieithryn ei henw camodd yn ôl mewn dychryn wrth adnabod ei lais.

'William! Be ti'n da yn fama?'

'Yli, fedra i ddim siarad, mi fydd yr Howard 'na yn ei ôl mewn dim. Mi fydda i yma am bump heno 'ma yn dy ddisgwyl di ... dwi'n cymryd mai 'radeg honno y byddi di'n gorffan.' Trodd i gyfeiriad y gwesty a'i galon yn curo fel gordd.

Chafodd o fawr o groeso yn y fan honno – roedd y ddynes frestiog wrthi'n sgubo llawr y cyntedd, ac yn gyndyn iawn o symud i'r ochr i wneud lle iddo basio.

'Mi rydach chi'n ôl yn fuan iawn, Gwilym. Dydw i ddim yn hoff o weld lojars yn aros yn y tŷ drwy'r dydd, wyddoch chi,' meddai, gan ddal y brwsh llawr wrth ei hochr fel arf.

Rhuthrodd William heibio iddi gan fwmian ei fod wedi gadael rhywbeth yn ei stafell.

Yn y siop, dihangodd Gladys i un o'r stafelloedd newid er mwyn cael cyfle i feddwl. Teimlai ei gwaed yn pwmpio yn ei phen ac roedd ei dwylo'n grynedig a chwyslyd. William, ar ôl yr holl flynyddoedd. Be oedd o isio? Doedd o ddim wedi ateb y llythyr twrnai nac anfon pres iddi ar ddechrau'r mis, chwaith. Toc, clywodd gloch drws y siop yn tincial wrth i Howard gyrraedd yn ei ôl, a'i lais yn galw arni o waelod y grisiau. Cymerodd anadl hir, cribo'i bysedd drwy ei gwallt a llithro'i dwylo dros ei ffrog las tywyll i wneud yn siŵr ei bod yn edrych yn barchus cyn ei wynebu.

'Dwi'n dŵad rŵan, Mr Johnson. Cael ryw benstandod am funud nes i a mynd i ista i lawr. 'Di bod â 'mhen i lawr yn rhy hir yn y ffenast ma' siŵr.'

'Gladys fach, dewch yma wir. Mi a' i i nôl dŵr i wlychu'r hancas 'ma ... fydda i ddim eiliad.'

Erbyn i Gladys gyrraedd gwaelod y grisiau roedd Howard yn aros amdani â chadach tamp yn ei law.

'Steddwch ar y gris yn fanna rŵan i mi gael rhoi hon ar eich talcen chi.'

Teimlai Gladys yn rhy wan i'w wrthod, ac ufuddhaodd. Pwysodd Howard y cadach ar ei thalcen am eiliad ond yna symudodd ei law fel bod Gladys yn teimlo'r tamprwydd ar ei gwar a'r dŵr yn llifo i lawr ei gwegil ac o dan goler wen ei gwisg.

'O diar, dwi 'di'ch gwlychu chi rŵan ... rhoswch am funud.' Estynnodd hances newydd o ddrôr y cownter a'i gwthio'n is o dan goler Gladys. Wrth iddi deimlo'i anadl boeth ar ei chorun llamodd ar ei thraed.

'Fydda i'n iawn rŵan, diolch i chi. Dwi'n well o lawar, mi a' i ...' Cyn gorffen ei brawddeg camodd yn ôl i fyny'r grisiau llydan i ganol yr hetiau a'r menig a'r sanau. Rhyngddi hi a'r ffenest roedd rhes o gotiau – stoc newydd ar gyfer y gaeaf – yn hongian ar reilen ac aeth i guddio y tu ôl iddyn nhw.

'Gladys, ydach chi'n iawn?'

'Ddo' i lawr rŵan, Howard,' atebodd hithau, ond bu'n rhaid iddi aros rhai munudau cyn i guriadau ei chalon arafu digon iddi fedru mynd i lawr y grisiau i'w wynebu.

'W'chi be, Howard, mae 'mhen i'n dal i droi. Dwi 'di cael rhyw *chill* neu rwbath ma' siŵr. Fysach chi'n meindio taswn i'n mynd adra am weddill y diwrnod i swatio? Dwi'n siŵr y bydda i'n lot gwell erbyn fory, a dwi 'di gorffen y *display* yn y ffenast.' Feiddiai hi ddim yngan gair am William wrtho.

Roedd yn amhosibl i Howard Johnson wrthod dim roedd Gladys yn ei ofyn iddo, ac wrth godi'i chôt dros ei hysgwyddau rhoddodd hithau wasgiad bach i'w ddwylo.

'Dyn ffeind ydach chi. Fydda i yma bore fory, peidiwch â phoeni. Os eith hi'n brysur iawn at y pnawn ella 'sa Musus Johnson yn medru dod yma i'ch helpu chi am dipyn?'

Cilwenodd Gladys yn slei, yn gwybod bod ei hawgrym wedi codi crachen ac na fyddai Rosie Johnson yn debygol o helpu dim ar ei gŵr. Yn ôl y sôn, doedd hi ddim yn rhoi llawer o sylw iddo fo o gwbl ...

* * *

Eisteddai Mair ar sil y ffenest yn myfyrio. Roedd hi newydd orffen llnau'r llofftydd ac fel arfer roedd ei meddwl ar ei gŵr. Roedd hi mor falch fod yr hen Ifan yn dechrau dod yn ei ôl ati, ac i Wmffra roedd y diolch i gyd. Bu mor ofalus ohono fo drwy'r haf, yn treulio'r rhan fwyaf o'i amser rhydd hefo fo, yn mynd â fo i bysgota, er na welodd hi 'run brithyll chwaith. Gwyddai fod Gladys yn teimlo'n reit eiddigeddus fod Wmffra yn byw ac yn bod hefo Ifan. Teimlai Mair biti drosti – roedd Gladys yn meddwl dipyn o Wmffra a fynta'n amlwg yn 'i ffansïo hitha – ond roedd yn well i'r ddau gael amser i feddwl yn lle neidio i freichiau ei gilydd yn rhy sydyn a difaru wedyn. Fyddai Mair ddim yn mentro rhoi wya o dan Gladys, gan ei bod hi'n newid ei meddwl o un lleuad i'r llall, a doedd hi ddim am weld Wmffra'n cael ei frifo. Tybed oedd hi wedi ystyried y bysa'n rhaid iddi edrych ar ôl Emrys a'i thad tasa hi'n priodi Wmffra, dyfalodd Mair, yn ogystal â Gari a Shirley? Prin y byddai hi'n fodlon aros yn y tŷ i llnau a golchi i'r tri ohonyn nhw. Doedd waeth iddi heb â meddwl y byddai hi yno i helpu gan fod Ifan wedi dechrau sôn am fynd yn ôl i Bencrugia yn y gwanwyn.

Deffrôdd o'i myfyrdod pan glywodd wich y drws y ffrynt yn agor a llais Gladys yn cario i fyny'r grisiau.

'Mair! Mair, lle wyt ti? O, dwi 'di rhisio'n lân. Nei di byth ddyfalu pwy ddaeth i'r siop bore 'ma. Lle wyt ti, Mair? Ty'd, wir Dduw, cyn i mi golapsio ar stepan y drws 'ma!'

O ben y grisiau gwelodd Mair fod Gladys yn cerdded yn ôl ac ymlaen yn y cyntedd â golwg ofnadwy arni: ei gwallt am ben ei dannedd a'i chôt wedi ei chau yn gam nes roedd un ochr yn llaesach na'r llall. Dychrynodd Mair wrth ei gweld yn edrych mor flêr.

'Bobol annw'l, Gladys, be sy 'di digwydd? Lle mae'r plant?'

Gafaelodd Mair ym mraich ei ffrind a'i harwain i'r gegin, gan sylwi fod dwylo Gladys yn crynu a'i hwyneb fel y galchen.

'Ista yn fanna, mi a' i i nôl diod o ddŵr i ti.'

'Oes 'na un o ffags Ifan o gwmpas y lle 'ma?'

Er nad oedd Mair yn caniatáu i Ifan smygu yn y tŷ, estynnodd y paced oddi ar y silff ben tân a'i roi hefo'r bocs matsys ar y bwrdd.

'Rŵan 'ta, be di'r matar?'

Eisteddodd Mair gyferbyn â Gladys gan aros iddi danio'r sigarét a chymryd y pwl cyntaf.

'William. Mae o 'di dŵad yn 'i ôl.'

Neidiodd Mair ar ei thraed mewn syndod.

'Paid â lolian ... sut gwyddost ti ... yn lle ...?'

Adroddodd Gladys yr hanes i gyd: sut y daeth William i'w gweld ben bore y tu allan i'r siop a'i fod o eisiau ei chyfarfod y pnawn hwnnw.

'Do'n i ddim yn 'i nabod o yn y lle cynta, cofia. Choeli di byth, ma' gynno fo fwstásh a het grand, ond dydi o ddim 'di newid llawar go iawn, dim ond wedi twchu dipyn bach, ella.'

'Bobol annw'l, mae gynno fo wynab, yn does, dod yn 'i ôl fel'na. Lle mae o'n aros?'

'Sgin i ddim syniad. Be wna i, Mair? Dydi o ddim 'di atab y llythyr twrna, 'sti.' Rhedodd cryndod drwy gorff Gladys. 'O, dwi 'di ypsetio'n lân. Ro'n i 'di meddwl cael fy nhraed yn rhydd. Ro'n i 'di dechra arfar hebddo fo. Be mae o isio?'

Eisteddodd Mair yn ôl ar y gadair i ystyried y sefyllfa.

'Be ddeudodd o wrthat ti, Gladys? Ma' raid 'i fod o isio rwbath neu fysa fo byth 'di dŵad yn ei ôl.'

'Ddeudodd o ddim, ond mae o isio siarad hefo fi heno.'

'Dydi'i fam a'i dad o ddim yn gwbod 'i fod o yma, dybia i.'

'Nath o ddim sôn, dim ond deud y bysa fo tu allan i'r siop am bump o'r gloch. Mae 'mhen i'n hollti, Mair, fedra i ddim meddwl yn strêt.'

'Ti 'di cael sioc, siŵr iawn, fel tasa rhywun wedi atgyfodi o dy flaen di. Yli, dos i orwadd i'r llofft a thria gysgu dipyn bach. Wna i dy ddeffro di amser cinio. Ella y medri di feddwl yn gliriach erbyn hynny. Dos rŵan i'n llofft ni, gei di lonydd yn fanno.'

Edrychodd Mair yn dosturiol ar ei ffrind yn llusgo i fyny'r grisiau. Ar yr wyneb roedd hi'n edrych yn dipyn o jarffas ond roedd Mair yn ei hadnabod hi'n well na neb.

Roedd Mair wrthi'n paratoi pryd ysgafn iddi hi a Gladys at ginio pan glywodd draed Gladys yn dod i lawr y grisiau. Roedd golwg fel petai wedi bod yn cysgu am oriau arni.

'Dyna chdi, Glad. Ti'n teimlo'n well rŵan?' gofynnodd Mair iddi. 'Mae 'na ddŵr cynnas yn y teciall ac mi ydw i wedi estyn sebon a lliain i chdi. Rho drefn arnat ti dy hun … mae 'na grib gwallt yn fanna hefyd, a photel fach o sent.'

Pan ymddangosodd Gladys ymhen sbel gwenodd Mair arni. 'Dyna chdi, ti'n edrych dipyn gwell. Ty'd i gael tamad bach rŵan.'

Eisteddodd y ddwy mewn distawrwydd am hir.

'Wyt ti 'di meddwl be ti am neud?' gofynnodd Mair ymhen sbel.

'Fysa'n well i mi ei gwarfod o, ma' siŵr, i glywed be sy gynno fo i ddeud.' Roedd llais Gladys mor egwan, prin roedd Mair yn ei chlywed.

'Ia, dyna o'n inna'n feddwl hefyd. Wyddost ti ddim be sgynno fo mewn golwg.'

'Ond Mair, be tasa fo isio mynd â'r plant hefo fo i lle bynnag mae o'n byw? Ella mai dyna mae o isio.'

Gwelodd Mair y panig yn llygaid ei ffrind, a gafaelodd yn ei llaw.

'Wel, am wirion wyt ti. Cheith o byth fynd â nhw oddi arnat ti siŵr, a meddylia be fysa Meri ac Edward yn ddeud. Fysa'n ddigon amdanyn nhw. Na cheith siŵr, fysa 'run llys barn yn caniatáu iddo fo eu cael nhw a fynta wedi dy adael di dy hun mor hir. Yli, dos i'w weld o beth bynnag. Gei di fŷs am hannar 'di pedwar eith â chdi yno mewn pryd i'w gwarfod o. Arhosa di yn fama tan hynny – awn ni allan i'r ardd i ista ar y fainc, fyddi di ddim 'run un ar ôl cael dipyn o haul ar dy wynab.'

'Be wna i, sôn wrtho fo am fabi Roy?'

'Paid â meddwl am betha fel'na rŵan. Aros i weld be sgynno fo i'w ddeud gynta … a cofia mai dim ond ni'n dwy sy'n gwbod am Roy.'

Pennod 20

Am chwarter i bump cyrhaeddodd William y Stryd Fawr, ei draed yn llusgo drwy'r deiliach a'r papurach gwlyb oedd wedi casglu'n bentyrrau ym mhob cilfach ar ôl i'r gwynt godi yn ystod y pnawn. Roedd y llanast wedi cau'r gwterau hefyd, ac er bod y glaw wedi cilio rhedai'r dŵr gydag ochr y palmentydd fel bod William yn gorfod gofalu nad oedd o'n camu i'r stryd a gwlychu godrau trowsus ei siwt a'i sgidiau rhad. Pan gyrhaeddodd gysgod drws gyferbyn â siop Howard Johnson's, Draper, gwelodd fod y golau ymlaen yn y siop ond doedd dim golwg o Gladys. Taniodd sigarét arall gan ddisgwyl ei gweld yn dod allan drwy'r drws. Edrychodd ar ei watsh – roedd hi wedi troi pump o'r gloch, ac roedd Howard wrthi'n tacluso'r cownteri cyn cloi'r drws, diffodd y golau a mynd i fyny'r grisiau at ei wraig i'r fflat uwchben y siop.

Roedd William yn amau fod Gladys wedi gadael ei gwaith yn gynt na'r arfer er mwyn ei osgoi, a rhegodd dan ei wynt wrth dynnu ar ei sigarét a cherdded yn araf i'w lety i wynebu noson unig arall. Heblaw am olau egwan yr ychydig lampau roedd hi'n dywyll ac yn ddistaw, y siopau i gyd wedi cau a phawb wedi mynd am adref. Llusgodd ei draed wrth ddyfalu sut y medrai berswadio Gladys i faddau iddo, ac roedd o bron â chyrraedd y gwesty pan glywodd glician sodlau uchel yn atsain o'r tu ôl iddo ac yna'n arafu. Trodd rownd, a chipiwyd ei anadl pan welodd Gladys yn sefyll o'i flaen â'i gwallt tywyll yn chwipio yn y gwynt a gwregys ei chôt goch yn dynn am ei chanol main. Roedd hi'n dal i edrych yn union fel yr hogan ifanc roedd o wedi mynnu ei phriodi flynyddoedd yn ôl. Edrychodd y ddau yn amheus ar ei gilydd am ennyd cyn i Gladys gerdded yn araf tuag ato.

'William?'

'Gladys,' atebodd yntau. Roedd y lwmp anferth yn ei wddf yn ei atal rhag dweud mwy.

'Be ti isio, William?' gofynnodd hithau'n oeraidd heb air o gyfarchiad.

Cyn iddo ateb cerddodd dwy ddynes heibio iddynt nes gorfodi'r ddau ohonynt i gamu oddi ar y palmant.

'Gawn ni siarad?'

'Fedrwn ni ddim siarad yn fama, na fedrwn?'

'Gerddwn ni am y traeth ac awn ni i un o'r *shelters*?'

'Be ti'n feddwl ydw i, William? Dwi'm yn mynd i rynnu yn fanno fath â ryw hogan fach ysgol yn cuddio hefo'i chariad. Ges i gymaint o sioc dy weld di, mi fu'n rhaid i mi fynd adra i orwadd i lawr am sbel. Roedd o'r un fath â gweld ysbryd: dy weld ti'n sefyll o 'mlaen i ar ôl yr holl amser. Sut ti'n meddwl o'n i'n teimlo? Dwn i ddim pam ddois i yma heno chwaith. Mae gin ti *cheek* 'sti, William.'

'Yli, awn ni'n ôl i'r Temprans ... dwi isio siarad hefo chdi'n iawn.'

'Dwn i'm, wir. Dwn i'm be sgin ti i ddeud sy'n werth i mi wrando arno fo.'

'Plis, Gladys, ty'd, jyst i wrando. Mi fydda i'n fodlon wedyn.'

'Be tasa rhywun yn ein gweld ni, a'n nabod ni? Sut fysan ni'n egluro hynny? Be am dy fam a dy dad? Ti 'di meddwl amdanyn nhw?'

'Yli, mae'n ddigon distaw ar y strydoedd 'ma rŵan, a phawb wedi mynd adra am 'u swpar, a dydi'r Temprans ddim ond dau gam i ffwrdd.'

Cododd Gladys goler ei chôt a chlymu sgarff am ei phen wrth ddilyn William. Ger y gwesty amneidiodd William arni i fod yn dawel. Agorodd y drws yn llechwraidd ond fel roedd blaen ei droed yn cyrraedd y gair 'Welcome' sgubodd y ddynes fawr o rywle yn y cefn. Pan welodd hi Gladys yn sefyll yn y drws y tu ôl i William, sythodd.

'Gwilym, be am y *rules*? *No women allowed*,' rhuodd.

Roedd Gladys ar fin troi ar ei sawdl ond gafaelodd William yn ei llawes.

'Musus, fy ngwraig i ydi'r ledi yma, ac mae hi wedi dod yma i 'ngweld i. Sgiws mi.' Tynnodd Gladys ar ei ôl i fyny'r grisiau gan adael y ddraig yn gegrwth.

Caeodd William ddrws y llofft ac amneidio ar Gladys i eistedd yn y gadair freichiau. Gwelodd yr ofn ar ei hwyneb.

'Twt, paid â phoeni am honna. Mae ei chyfarthiad hi'n waeth na'i brath.'

'Be tasa hi'n deud wrth rywun? Mi fysa 'na sôn amdanon ni drwy'r wlad wedyn.'

'Neith hi ddim, siŵr, mae hi ormod o angen 'y mhres i. Ti'n cofio fel roeddan ni'n sleifio i'n llofft i heibio Mam a Nhad ers talwm?' chwarddodd William.

Gwenodd Gladys yn wan, ond doedd hi ddim yn mynd i adael i William ei throi hi o gwmpas ei fys bach wrth wamalu am y gorffennol.

'Reit, deud wrtha i pam dy fod ti wedi dŵad yn ôl, 'ta. Fedra i ddim aros yn hir – mi fydd yn amser gwely ar y plant.' Rhythodd ar ei gŵr. '*Dy blant*,' ebychodd yn watwarus. 'Ti'n cofio? Gari a Shirley? Ac mi dwi isio dal y bỳs hanner 'di chwech adra.'

Adroddodd William yr holl stori: fel y bu iddo ddechrau mwynhau ei hun hefo hogia'r RAF, yr hwyl a'r cyffro yn y gwersylloedd a'r ysfa oedd yn codi, wrth wrando ar rai o'r peilotiaid ifanc oedd yn dod o wledydd pell fel Canada neu Seland Newydd, i deithio'r byd. Ac fel y sgwennodd yn fyrbwyll ati wrth deimlo nad oedd o'n barod i gael ei glymu i wraig a dau o blant fyddai'n sicr o'i atal rhag gwireddu ei freuddwyd. Cyfaddefodd nad oedd pethau wedi troi allan fel roedd o wedi disgwyl pan gafodd ei ryddhau o'r Llu Awyr. Dywedodd sut yr aeth misoedd heibio nes iddo sylweddoli mor anhapus oedd o, a bod mur uchel wedi codi rhyngddo fo a'r Saeson, a'i fod o'n teimlo ar wahân ... fel petai o ddim yn ffitio i mewn. Eglurodd sut y daliodd i rygnu byw felly, ddydd ar ôl dydd nes o'r diwedd, pan ddaeth y llythyr gan y twrnai yn gofyn am ysgariad, iddo sylweddoli ei fod wedi gwneud camgymeriad mawr.

Gwrandawodd Gladys ar bob gair.

'A rŵan rydw i i fod i fadda bob dim i chdi, ma' siŵr, a dy gymryd di'n ôl, jyst fel'na.' Cliciodd ei bys a'i bawd yn ei wyneb. 'Pan welist ti 'mod i isio difôrs er mwyn cael fy nhraed yn rhydd, dyma chdi'n teimlo'n jelys. Ia? Be ti'n feddwl fues i'n neud am y saith mlynadd dwytha heblaw magu Gari a Shirley ar y nesa peth i ddim? Oeddat, roeddat ti'n gyrru chydig sylltau at 'u magu nhw ond doedd hynny ddim hanner digon, i chdi gael dallt. Do'n i ddim am i neb 'u gweld nhw'n gwisgo hand-mi-downs, a heblaw am dy rieni mi fysa hi wedi bod yn amhosib i mi brynu dillad bach neis iddyn nhw. A pheth arall, wyddost ti fod dy dad 'di torri'i galon yn meddwl amdanat ti yn bell i ffwr'? Rhag dy gywilydd di, William, a rŵan dyma chdi fath â ci bach yn erfyn am faddeuant.' Oedodd Gladys am eiliad cyn mentro ychwanegu, 'Be wyddost ti nad oes gin i ddyn arall ar y gweill?'

Cododd William ei ben yn sydyn a rhythu ar Gladys. 'Ti'm yn deud ... '

'Dwi'n deud dim wrthat ti, William. Dydi hi ddim ots i chdi be dwi'n neud hefo fy mywyd rŵan, nac'di?'

'Ond ti'n dal yn wraig i mi.'

'Yndw, ella, ond dim ond mewn enw bellach. Pan wnest ti sgwennu ata i i ddeud dy fod ti am aros draw 'na, rwla yn Lloegar, be o'n i i fod i neud, William? Byw fel *nun*?'

'Rargol, Gladys, ti rioed yn canlyn neb?'

'Wel, ma' gin i fy *admirers*, paid ti â chael dy siomi.'

Saethodd cenfigen fel fflam drwy waed William gan wneud i'w wyneb gochi. 'Pwy ydyn nhw? Mae gin i hawl i wbod pwy sy'n snwffian o gwmpas 'y ngwraig i!'

'Nagoes, sgin ti ddim hawl. Mi gollist ti hwnnw pan ddeudist ti nad oeddat ti am ddod yn ôl ata i.' Roedd Gladys yn ysu i frifo teimladau William er mwyn talu'n ôl iddo am ei thrin hi fel darn o faw. Anadlodd yn ddwfn cyn parhau. 'Ond os ti isio gwbod, mae Wmffra, brawd Mair, wedi bod yn ffeind iawn wrtha i a'r plant.'

Pan glywodd William hyn, neidiodd ar ei draed a rhythu ar Gladys â llygaid tanllyd.

'Blydi hel, Gladys, Wmffra? Be sgynno fo i gynnig i chdi? Gwas ffarm oedd o a dyna fydd o am byth. Be ti'n weld ynddo fo?' Roedd o'n gandryll wrth ddychmygu pawennau cras Wmffra yn anwesu corff lluniaidd Gladys.

'Gwas ffarm neu beidio, mae o'n fwy o ddyn na fuost ti rioed, William, a dwi'n gwbod y bysa fo'n rhoi bob dim fedra fo i mi. Ar ben hynny mi fysa fo'n driw i mi am byth.'

Roedd William wedi eistedd yn ôl ar y gwely, ei ben rhwng ei ddwylo. Arhosodd felly am funudau hirion er mwyn rhoi cyfle i'w galon arafu ac i'w waed oeri. Gwyddai o'r gorau nad oedd ffraeo a gwylltio hefo Gladys yn mynd i wella dim ar y sefyllfa.

'Dwi mor sori, Gladys. Mi wnes i andros o gamgymeriad, o ddifri rŵan. Sut fysat ti'n teimlo taswn i'n dŵad yn ôl? Fysa 'na obaith i ni'n dau ddechra byw o'r newydd?'

'Mae gin ti wynab i ofyn y ffasiwn beth, William. Rydan ni'n dau 'di newid gymaint a dwn i ddim sut dwi'n teimlo tuag atat ti erbyn hyn. Mae'r hen hiraeth wedi mynd i ebargofiant ers talwm, a dwi ddim yn meddwl fod 'na gariad ar ôl. A deud y gwir, rydw i wedi dod i arfar hebddat ti ac wedi gwneud ffrindia newydd ... dynion a merchaid.'

Teimlodd William fel petai rhywun wedi rhoi cic iddo yn ei stumog. Roedd Gladys am ei wrthod, yn union fel y gwrthododd o hi ar ddiwedd y Rhyfel. Ond roedd yn werth rhoi un cyfle arall i'w pherswadio i gyfamodi, a gwyddai fod ffordd arall i'w hudo.

'Gwranda, ar y ffor' yma rhwng Caer a Bangor, tua Colwyn Bay a Rhos-on-Sea ffor'na, nes i sylwi ar ddegau o dai yn cael eu codi, ac rydw i wedi gweld cwmnïau yn adfyrteisio yn y papurau am fildars profiadol i weithio iddyn nhw. Mi fues i'n meddwl ella y dyliwn i drio am rwbath go lew hefo cyflog da, ac ella y byswn i'n medru fforddio tŷ heb fod yn bell o Landudno, wrth ymyl y siopau crand. Rhentu i ddechra, ac yna ar ôl hel ryw gelc fach, ac efo help Nhad, mi fyswn i'n medru prynu tŷ go newydd, un or rhai *semi-detached* 'na hefo teils coch at y to.'

Yr eiliad y clywodd hi'r geiriau 'tŷ newydd' a 'Llandudno' cododd Gladys ei chlustiau i wrando ar William yn disgrifio'r tai ac enwau'r trefi hudolus. Dechreuodd ddychmygu ei hun mewn cartref cysurus, yn siarad dros y ffens hefo'r wraig ifanc drws nesaf, y ddwy ohonyn nhw'n gwisgo ffrogiau smart a ffedogau bach ffansi hefo ffrils rownd eu godrau. Hithau'n dal y bws i fynd i weithio yn un o siopau'r dref, ac ar ôl gorffen yn mynd am baned o goffi hefo'i ffrindiau newydd.

Yng nghanol ei breuddwydion clywodd gloc mawr y cyntedd yn taro chwech, a diflannodd y niwl o flaen ei llygaid.

'Rhaid i mi fynd, William,' datganodd wrth godi ar ei thraed.

'Ddoi di eto, Gladys? Ddoi di'n ôl fory?' Roedd William wedi sylwi ar agwedd Gladys yn newid pan soniodd o am y siopau mawr, a thaniodd fflam fechan o obaith yn ei galon. 'Be am fynd i'r pictiwrs fel ers talwm – nawn ni gyfarfod tu allan i'r Coliseum, rownd y gornel yn y maes parcio, am hannar 'di saith. Fydd hi 'di twllu erbyn hynny a'r rhan fwya 'di mynd i mewn yn barod. Paid â sôn wrth yr hen bobol am dipyn 'mod i'n ôl – dydw i ddim isio i neb wbod am ryw hyd ... dim nes y byddi di wedi gwneud dy feddwl i fyny.'

'Ga' i weld. Fedra i ddim meddwl yn glir. Mae 'mhen i'n troi fel pipi-down ar hyn o bryd. Wyt ti'n cysidro gymaint o sioc roist ti i mi? Pam na fysat ti'n sgwennu gynta yn lle jyst landio o flaen drws y siop a 'nychryn i fel gwnest ti bore 'ma? Dwi'n mynd i ddal y bỳs rŵan ac mi feddylia i am y peth. Dydw i ddim yn gweithio fory, ac os bydda i wedi penderfynu dy gwarfod di ... "os" ddeudis i, cofia ... ddo' i i lawr hefo'r bỳs saith. Dydw i ddim yn gaddo dim, a dydw i ddim isio i neb ein gweld ni hefo'n gilydd a dechra siarad amdanon ni. Mae pawb yn y lle 'ma'n gwbod dy fod ti wedi 'ngadael i a dwi ddim isio i neb feddwl 'mod i'n ddigon gwirion i fadda i chdi. A rhaid i mi gysidro Wmffra hefyd, yn bydd?'

Teimlodd William ei waed yn poethi unwaith eto wrth glywed enw Wmffra, a rhegodd o dan ei wynt.

Agorodd Gladys ddrws y llofft ac edrych o'i chwmpas i weld

a oedd y ddraig yn clustfeinio, a phan welodd ei ffordd yn glir sleifiodd fel llwynoges i lawr y grisiau ac allan i'r stryd i ddal y bws am adref. Anwybyddodd y teithwyr eraill ac aeth yn syth i'r sedd ôl.

Ar hyd y daith i Rydyberthan roedd ei phen yn troi. Gwelai lun o William yn ei phen, ond nid yr hen William – roedd hi wedi anghofio hwnnw, bron – ond yn hytrach y William roedd hi newydd ei adael yn y Temprans. William oedd â'i wallt tywyll yn hirach na'r ffasiwn, a'r mwstásh bach taclus o dan ei drwyn oedd yn gwneud iddo edrych dipyn bach fel Errol Flynn, ei gorff yn llenwi breichiau a chorff ei siwt hefo'i gyhyrau caled. Roedd ei groen plorog wedi clirio. Doedd o ddim yn edrych mor ddrwg â hynny, ystyriodd. Roedd rhyw swagar wedi gafael ynddo hefyd, rhyw hunanfeddiant roedd o wedi'i fagu ar ôl gweld dipyn bach ar y byd a throi ymysg dynion gwahanol i'r hogia gwladaidd oedd yn byw yn ardal Rhydyberthan. Doedd o ddim cweit mor ddeniadol â Roy, ond gallai fod yn waeth. Be ddeudodd o am y tai newydd, rheiny â theils cochion ar eu toeau, yn ymyl Bangor neu hyd yn oed yn Llandudno? Ceisiodd gofio ei union eiriau. 'Rhos-on-Sea ... yn ymyl y siopau crand.' Arhosodd y bws yn Rhydyberthan ac aeth hithau'n syth am adref.

'Gladys, gweithio'n hwyr oeddach chi?' cyfarchodd Meri Huws hi o'r gegin gefn. 'Mae'r plantos 'di cael eu swpar ac mae 'na damaid i chitha yn y pantri. Dim ond chydig bach o gig oer a tatw 'di ffrio, cofiwch.'

'Neith o'n grêt, Meri, diolch i chi. Dydw i ddim yn llwglyd iawn.'

Rhedodd y plant i'w chofleidio ond y noson honno roedd y ddau yn teimlo fod rhywbeth arall ar feddwl eu mam, rhywbeth oedd yn ei hatal rhag chwarae hefo nhw. Meri aeth â Gari a Shirley i'w gwlâu pan ddywedodd Gladys ei bod am fynd allan am dro bach i weld Mair, ac i drio cael gwared ar y cur pen oedd wedi ei tharo'n sydyn.

Ond throdd hi ddim i fyny'r pentref i gyfeiriad tŷ ei ffrind. Yn hytrach aeth yn syth i gartref Wmffra.

'Duwadd, Gladys, ty'd i mewn.' Roedd gwên lydan groesawgar ar wyneb Wmffra a winciodd Gladys ar Emrys oedd yn hanner cuddio y tu ôl iddo.

'Ddo' i ddim i mewn, Wmffra, ond mae gin i rwbath i ddeud wrthat ti. Ddoi di am *walk* fach?'

Cythrodd Wmffra am ei gôt a'i gap o'r tu ôl i'r drws a siarsio Emrys i aros hefo'i dad cyn mynd allan i ymuno â Gladys. Cerddodd y ddau yn ara deg i lawr at yr afon. Roedd hi'n noson oer, y glaw wedi cilio a'r ager a ddeuai o'u ffroenau yn dawnsio fel cymylau bach gwynion o flaen eu wynebau. Roedd y lleuad yn eu harwain i lawr ffordd gul rhwng waliau cerrig uchel, ac weithiau adlewyrchai ei olau ar y cen trwchus, gwlyb oedd yn tyfu dros y cerrig gan wneud iddyn nhw edrych fel clystyrau o berlau mân.

'Dewadd, Gladys, am noson braf ydi hi, 'de? Nes i ddim meddwl y bysa'r glaw 'ma'n cilio mor handi.' Teimlodd Gladys law Wmffra yn chwilio am ei llaw hi ond stwffiodd ei dwylo'n ddyfnach i bocedi ei chôt.

'Aros am funud yn fama,' meddai Wmffra pan gyrhaeddon nhw'r bont. Roedd o'n teimlo'r gwrid yn codi i'w wyneb, a thynnodd ei gap a'i roi yn ei boced. Pwysodd dros y canllaw i wylio'r lli yn creu ewyn ysgafn wrth ruthro o dan y bont, yna trodd yn ei ôl at Gladys.

'Gladys, mae 'na rwbath wedi bod ar fy meddwl i ers hydoedd … rhyw broblem fach sy gin i ond 'mod i'n rhy lwfr i sôn amdani.'

Edrychodd Gladys ar ei wyneb annwyl, ffeind ac aeth yn chwys oer drosti. Roedd ganddi syniad beth roedd o'n mynd i'w ofyn iddi, a rhuthrodd i dorri ar ei draws cyn iddo gael cyfle i ddechrau siarad.

'Wmffra, nei di byth geshio be sy 'di digwydd,' meddai, ac wrth weld y penbleth ar ei wyneb poerodd ei geiriau allan. 'Ma' … ma' William 'di dŵad adra …'

Teimlodd Wmffra'r newyddion yn ei daro fel gordd, a phwysodd ei gefn ar ganllaw'r bont. Agorodd ei geg i'w hateb ond yn lle geiriau dim ond gwich denau ddaeth allan ohoni.

Sylwodd Gladys ei fod wedi cael andros o sioc – cymaint â'r un a gawsai hi pan welodd William yn sefyll yn nrws y siop y bore hwnnw.

' ... ac mae o 'di gofyn i mi 'i gymryd o'n ôl.'

Sylwodd ar ddyrnau Wmffra yn tynhau nes bod ei figyrnau'n glaerwyn wrth wasgu canllaw y bont.

'Wel?'

'Wel be?'

'Sut atebist ti o, Gladys?'

'Nes i ddim ateb, dim ond deud 'mod i am gysidro am dipyn. Be fysat ti'n neud yn fy lle i, Wmffra?'

'Sut ti'n disgwyl i mi fedru atab hynna? Fuo gin i rioed wraig, yn naddo, a dim golwg 'mod i am gael un nes ...'

'Nes be?'

Meddalodd calon Gladys wrth weld golwg mor anobeithiol ar ei wyneb, ond penderfynodd ddweud wrtho am ymweliad William a'i hanes ar ôl y Rhyfel yn byw yn Grimsby, ac fel roedd o wedi gweld ei gamgymeriad yn ei gwrthod hi a'r plant. Dywedodd hefyd ei fod o am geisio am swydd newydd yn y byd adeiladu a'i fod o'n gobeithio medru rhoi tŷ neis iddi er mwyn iddyn nhw ailddechrau byw hefo'i gilydd mewn ardal wahanol. Dechrau o'r newydd.

'Plis, paid â sôn wrth neb. Dydan ni ddim isio i'r plant nag Edward a Meri ddŵad i wbod am hyn, ddim nes y bydda i wedi penderfynu'n iawn. Dwi'n gwbod y medra i dy drystio di, Wmffra.'

Gallai Wmffra glywed y cyffro yn ei llais wrth iddi sôn am dŷ newydd, tref glan môr a digonedd o siopau, a dechreuodd amau mai chwenychu'r rheiny oedd hi yn hytrach nag ysu i gael ailddechrau byw hefo gŵr a oedd yn debygol o fod wedi bod yn anffyddlon iddi. Er na fu Wmffra yn y lluoedd arfog roedd o wedi clywed pa mor anodd oedd hi i ddynion ifanc unig, heb sicrwydd am eu dyfodol, aros yn ffyddlon i'r gwragedd yr oeddynt wedi bod ar wahân iddyn nhw am flynyddoedd. Roedd ychydig o gysur yn beth gwerthfawr iawn yn ystod cyfnod caled. Oedd hi am dderbyn William a'i holl addewidion? Ai pethau materol oedd bwysicaf iddi? Gwyddai na allai o'i hun byth fforddio rhoi yr holl bethau roedd William wedi eu addo iddi, ac mai dim ond cartref cyffredin, cynffon o frawd diniwed a thad oedrannus oedd ganddo fo i'w gynnig.

'Wyt ti wedi ystyried be wyt ti isio, Gladys?' gofynnodd iddi, 'Sut wyt ti'n teimlo tuag at William?'

Edrychodd Gladys i lawr ar yr afon yn llifo o dan ei thraed a gwelodd ei dyfodol yn pasio heibio iddi. Petai'n dewis Wmffra gwyddai mai yng nghartref rhywun arall roedd hi'n debygol o orffen ei bywyd ac nid yn ei thŷ ei hun. Ei hunig obaith o hynny fyddai cyfamodi hefo William. Ochneidiodd cyn ateb.

'Dwi'm yn siŵr iawn eto, ond mae William isio fy nghwarfod i nos fory yn y pictiwrs, ac mi ddylwn i neud fy meddwl i fyny cyn hynny.'

'Sut gwyddost ti na neith o 'mo dy adael di eto? Sgin ti ddim garantî, yn nagoes?'

'Nagoes, ond fysa fo ddim y tro cynta i rywun neud tro sâl â fi,' atebodd gan gofio am Roy, er na wyddai Wmffra ddim amdano. 'Dyna sut mae bywyd wedi bod i mi – llawn siomedigaethau. Ella bysa bywyd newydd mewn lle diarth yn help i William a finna setlo i lawr hefo'n gilydd.'

'Paid ti â phenderfynu'n rhy sydyn. Mi wyddost ti fod dy ffrindia'n meddwl y byd ohonat ti ... Mair, Emrys a finna, a Nhad. Mae Nhad yn gloywi drwyddo pan fydd o'n dy weld di ar y rhiniog 'cw. Dwn i ddim be neith o tasat ti'n symud yn bell i ffwrdd.'

Roedd on ysu i afael amdani a phledio arni i wrthod William er mwyn ei briodi o, ond wyddai o ddim sut y byddai hi'n ymateb i'w gofleidio trwsgwl.

'O, diolch i chdi, Wmffra. Mi ydach chi i gyd fel teulu wedi bod yn gefn i mi a'r plant.' Roedd cyhyrau wyneb Wmffra wedi llacio nes bod ei fochau a'i wefusau fel petaent ar fin llithro at ei sgidiau, ei gefn wedi crymu a'i ddwylo fel dwy raw yn hongian yn llipa wth ei ochr.

Gwthiodd Gladys ei braich i gesail Wmffra. 'Braf ydi cael ffrindia da, yntê?'

Pan gyrhaeddon nhw'r gyffordd yn y lôn oedd yn arwain tuag at y pentref, arhosodd Gladys yn ei hunfan a thynnu ei braich yn rhydd.

'Mi a' i adra rŵan cyn i neb sylwi arnon ni. 'Cofn i mi ddechra rhyw hen siarad, 'te? Mi ga' i gysidro'n iawn heno 'ma, a drwy'r dydd fory.' Oedodd wrth gofio rhywbeth. 'O, Wmffra, oedd gin ti isio trafod rwbath hefo fi cyn i mi fynd?'

'Na, dim byd o bwys. Dim byd o gwbwl.'

Gwyliodd Wmffra hi'n cerdded yn wyllt oddi wrtho, a chydag ochenaid fawr dilynodd y llwybr gyda glan yr afon nes iddo gyrraedd Pwll Sliwod.

Pennod 21

Roedd William wedi penderfynu nad y Coliseum oedd y lle delfrydol iddo fo a Gladys drafod eu perthynas. Gwyddai o brofiad y byddai un o'i llygaid wedi ei hoelio ar y sgrin ac ar ei hoff actor, ac na allai hi byth ganolbwyntio arno fo. A chan nad oedd hi'n fodlon rhynnu yn un o'r *shelters* oedd yn wynebu'r môr na chael ei dal yn sleifio i mewn i'r gwesty eto, doedd ganddo ddim dewis ond gwario'i arian ar logi car o garej Ambrose am noson.

Ar ôl casglu'r cerbyd o'r garej cyn iddi gau am chwech ac er mwyn llenwi'r amser hyd nes yr oedd o a Gladys wedi trefnu i gyfarfod, gyrrodd allan o'r dref i gyfeiriad Rhydyberthan. Cyn cyrraedd y pentref trodd oddi ar y lôn fawr, a gwelodd furiau gwyngalchog capel bach Berea yn dod i'r golwg drwy'r glaw ar ochr dde y ffordd. Arafodd wrth ei basio, yna rhoddodd ei droed ar y sbardun wrth fynd heibio Tai Seimon. Sylwodd fod golau yng nghwt Harri Puw a gwenodd wrth feddwl am y teiliwr yno'n disgwyl i rywun alw heibio am sgwrs, fel yr oedd wedi gwneud ers degawdau.

Yn y gyffordd trodd i'r chwith yn ôl tuag at y lôn fawr, ac wrth gyrraedd murddunod Rhes Newydd tynnodd i mewn mor agos ag y gallai at y gwrych blêr oedd yn cuddio'r tai o olwg y ffordd. Diffoddodd yr injan. Am ddiawl o le, meddyliodd. Sut ar wyneb y ddaear y medrodd Gladys wynebu byw yno? Ystyriodd ei fod o ar fai yn anghofio amdani hi a'r plant yn y fath dwll, ymhell o bob man, ond mi ofalai wneud iawn am hynny iddi, ac y byddai'n cael bob dim y gofynnai amdano, petai'n medru ei pherswadio i'w gymryd yn ôl. Eisteddodd yno am beth amser yn tynnu ar ei sigarét ac yn meddwl am y cynnig roedd o wedi'i roi gerbron ei wraig. Yna, taniodd yr injan a gyrru ymlaen heibio i goedwig dywyll Rhosddu ar y chwith a Thai Bont ar y dde nes cyrraedd yn ôl i'r ffordd fawr a'r dref.

Erbyn iddo gyrraedd maes parcio'r sinema roedd hi bron yn saith o'r gloch a'r ceir yn dechrau cyrraedd yno fesul un. Clywai leisiau yn cyfarch ei gilydd, a sŵn esgidiau yn taro'r llawr wrth iddynt basio'r car. Llithrodd i lawr mor isel â phosib yn ei sedd a chodi coler ei gôt dros ei glustiau rhag ofn i un o'r criw oedd yn anelu at y sinema ei adnabod. Ond doedd dim llawer o beryg o hynny gan fod y rhan fwyaf ohonynt yn 'mochel o dan eu hambarelau duon. Toc, pan welodd fod y rhan fwyaf o'r gynulleidfa wedi mynd o'r golwg drwy ddrysau'r Coliseum, cododd ar ei eistedd a rhythu drwy'r glaw am unrhyw olwg o Gladys. Cododd ei galon pan welodd hi'n rhedeg yn ysgafn o gyfeiriad safle'r bysys yn ei chôt law goch hefo sgarff gwyn enfawr dros ei gwallt, a fflachiodd oleuadau'r car i dynnu ei sylw. Ar ôl iddi ei weld, estynnodd William ei fraich i agor drws ochr y teithiwr er mwyn iddi gael llithro i mewn i'r car ato'n sydyn. Gwenodd arni'n gariadus.

'O, dyma chdi! Dwi mor falch o dy weld di ... a diolch i ti am neud cymaint o ymdrech a hitha'n noson mor wlyb.'

'Car smart gin ti.' Tynnodd Gladys ei sgarff, a rhyfeddodd William at y ffordd roedd golau lamp y stryd yn cael ei adlewyrchu yn nhonnau duon ei gwallt. Roedd hi mor dlws, meddyliodd wrth danio'r injan a rhoi pwniad i'r lifer gêr.

'Iawn 'ta, awn ni am y prom?'

Wnaeth Gladys 'mo'i ateb, dim ond eistedd yn ddistaw yn syllu ar y weipars yn mynd yn ôl a blaen ar hyd y ffenest. Ar ôl parcio'r Morris bach i wynebu'r môr, trodd William yr handlen i agor y ffenest er mwyn i rywfaint o'r ager oedd yn llifo i lawr y gwydr ddianc. Rhoddodd Gladys ebychiad a lapio'i breichiau am ei chorff, yn amlwg yn teimlo'r oerni.

'O, sori, Glad,' meddai William, yn ansicr sut i ddechrau'r sgwrs.

'Ia, mi ddylsat ti fod hefyd,' hisiodd Gladys, gan feddwl mai cyfeirio at ei ymddangosiad dirybudd y diwrnod cynt oedd o yn hytrach nag ymddiheuro am agor ffenest y car.

'Fysat ti'n lecio i mi dynnu 'nghôt i chdi gael ei rhoi hi dros dy goesa?' Arhosodd am ateb ond chafodd o 'run, gan fod Gladys yn eistedd fel delw wrth ei ochr. Dechreuodd William deimlo'r awyrgylch yng nghab y modur bach cyfyng yn suro. 'Yli Gladys, sori 'mod i wedi colli 'nhempar ddoe pan nest ti sôn am Wmffra. Mi o'n i mor jelys. Fedrwn i ddim meddwl amdanat ti hefo neb arall, 'sti, ac mi ydw i'n gweld bellach peth mor wirion nes i i gysidro dy ada'l di.'

Rhythodd Gladys ar ei wyneb. Oedd, meddyliodd, roedd o'n difaru o ddifri, ond mi gawsai stiwio am dipyn. Doedd hi ddim am iddo feddwl ei bod hi'n mynd i faddau iddo mor rhwydd.

'Be wn i be fuost ti'n neud am yr holl amser fuost ti i ffwrdd? Mae'n gwestiwn gin i oeddat ti'n byw fel mynach. Felly pa reswm sgin ti i fod yn jelys ohona i ac Wmffra?'

'Ti 'di deud wrtho fo 'mod i wedi dŵad yn ôl?'

'Do, ac mae o 'di garantïo na neith o ddim sôn wrth yr un enaid byw, mi fedrwn ni 'i drystio fo. Os ydi Wmffra'n rhoi ei air neith o ddim newid ei feddwl.'

Ebychodd William yn ddirmygus wrth iddi ganmol Wmffra.

'Wyt ti 'di deud wrtho fo dy fod ti wedi gofyn i mi am ddifôrs?'

'Wel, do ... mi ddeudis i wrtho fo pan aeth y llythyr twrna, ac mi nath o gynnig talu, a ...'

'Talu o ddiawl!' gwaeddodd William. 'Sgynno fo ddim hawl i fysnesu, heb sôn am drio dwyn gwraig dyn arall ...'

'Paid â chodi dy lais, dim ond trio fy helpu i ...'

'Asu, taswn i'n cael gafal ynddo fo, y bastad ...'

'Taw wir, William, ti'n fy nychryn i'n gweiddi fel'na. Be tasa rhywun yn clywed?'

Taniodd William ddwy sigarét a rhoddodd un rhwng gwefusau Gladys. Gorffwysodd ei ben yn ôl ar gefn y sêt ac agorodd hithau fymryn ar y ffenest, gan obeithio y byddai'r aer oer yn fodd i ostwng tymer William.

'Dwi'n sori, Glad,' meddai William toc, heb dynnu ei lygaid oddi ar do'r car, 'ddylwn i ddim gweiddi fel'na ond fedra i ddim diodda meddwl amdanat ti ac Wmffra hefo'ch gilydd.'

Edrychodd Gladys arno drwy ei hamrannau.

'Be oeddat ti'n ddisgwyl i mi neud, William? Oeddat ti'n meddwl y byswn i'n aros yn y tŷ hefo dy fam a dy dad am byth, fel gwraig weddw? Mi ddylsat ti wbod yn well na hynna. Mi o'n i angen cwmpeini.'

Roedd gwaed William yn dal i ferwi wrth ddychmygu Wmffra a hithau ym mreichiau'i gilydd. Ysai i gael gafael ar Wmffra a'i ddyrnu i gael gwared o'i rwystredigaeth, ond roedd yn rhaid iddo bwyllo, meddyliodd, a fynta gam yn nes at ailafael yn Gladys. Pan soniodd o wrthi y noson gynt am gael gwaith hefo un o'r cwmnïau adeiladu mawr a'r gobaith iddyn nhw gael tŷ heb fod yn bell o Landudno, cafodd gip ar yr hen sbarc yn ei llygaid. Ond eto roedd o'n methu â chael Wmffra o'i ben.

'Paid ti â mynd ar gyfyl y llabwst yna eto. Ti'n fy nghlywad i?'

'Roedd gin i biti drosto fo, cofia, pan ddeudis i wrtho fo dy fod ti'n ôl. Mi roddodd 'i freichiau amdana i ac erfyn arna i aros hefo fo. Roedd o am gwffio drosta i medda fo.' Roedd hi am gymryd y cyfle i rwbio halen i'r briw hyd yn oed petai raid iddi ymestyn y gwir yn reit helaeth. Wnâi o ddim drwg i William feddwl fod rhywun arall yn barod i gwffio drosti, ac y byddai'n rhaid iddo fo weithio'n galed i'w chadw. 'Pan ddeudis i wrtho fo 'mod i wedi penderfynu dy dderbyn di'n ôl, achos mai dyna oedd y peth gora i'r plant, dyma fo'n dechra crio, cofia, a dy alw di'n bob enw dan haul. Well i ti beidio dangos dy wynab iddo fo am rŵan ... dwn i ddim be fysa fo'n neud tasa fo'n dy weld di. Synnwn i ddim na fysa fo'n iwsio'r dyrna a'r breichia cry 'na sy gynno fo. Mae Wmffra'n edrych yn hogyn tawel iawn ond dwi'n deud wrthat ti, mae gynno fo dempar fel matsian unwaith y bydd o 'di gwylltio.'

'O, mae'n gwestiwn gin i fysa fo'n trio rwbath. Dwi'n ddigon tebol i ddelio efo unrhyw Wmffra ar ôl blynyddoedd o ymarfer corff yn yr RAF, ac ar ôl cario tunelli o frics ar fy sgwydda am y ddwy flynadd ddwytha. Mae'n well iddo fo a'r brawd gwirion 'na sydd gynno fo gadw'n glir o'n ffor' i.'

'Taw rŵan – tydw i ddim isio helynt. Cofia gymaint o ffrindia ydw i a Mair, a dwi ddim isio mynd â'i gadael hi â rhyw ddrwgdeimlad rhyngddon ni. Mi fuodd hi mor ffeind hefo fi tra oeddat ti i ffwr', dwn i ddim be fyswn i wedi'i neud hebddi hi. Tria anghofio amdano fo ac mi gawn ni drafod mwy nos fory. Dos â fi adra cyn belled â'r bont rŵan, mi gerdda i o fanno. Dydw i ddim yn gweithio fory, felly ty'd draw i Rhyd ar ôl iddi dw'llu ac mi feddylia i am esgus i dy gwarfod di. Tasat ti'n dŵad cyn belled â'r fynwant – wyddost ti'r lôn drol 'na sy'n rhedag wrth ochor y wal? Fydd neb ar 'i chyfyl hi'r adag yma o'r flwyddyn ac mae canghennau'r coed sy'n tyfu dros wal y fynwant yn ddigon i gysgodi'r car. Ty'd tua chwech, a bagia'r car i mewn cyn belled ag y medri di.'

'Plis, paid ag ailfeddwl, Glad. Mi fyddwn ni'n dau yn iawn, 'sti. Meddylia ecseiting fydd hi arnon ni. Dwi'n siŵr o gael gwaith – mae bildars profiadol yn brin iawn, yn ôl y sôn. Yli, ty'd yma i mi gael sws fach. Mae 'na oes ers i ni garu, yn does, a dwi wedi dy golli di yn ofnadwy.'

Estynnodd ei fraich dros gefn y sêt a thynnu ei chorff yn nes ato, ond gan fod lifer y gêr yn turio i mewn i'w chlun yn egr, rhoddodd Gladys gusan ysgafn ar ei wefusau a'i wthio oddi wrthi.

'Sori, William, fedra i ddim yn fama. Fydd hi'n haws nos fory. Awn ni i'r sêt gefn, iawn? Rhaid i mi fynd rŵan.'

Ar y ffordd i Rydyberthan prin roedd William yn gallu canolbwyntio ar yrru'r car ar ôl i addewid Gladys ei gyffroi. Parciodd wrth y bont a chyffwrdd ei boch, a gwasgodd hithau ei law cyn agor y drws a mynd allan. Taniodd William sigarét arall cyn cychwyn yn ei ôl i'w lety unig.

Pennod 22

Ym mreichiau William y noson ganlynol, yn sedd gefn y car bach oedd wedi'i guddio o dan y coed wrth ochr wal y fynwent, roedd Gladys yn caru mor danbaid nes bod William yn argyhoeddedig ei fod o wedi ei hennill am yr eildro. Ond roedd yn rhaid iddo gael cadarnhad ei bod hi'n addo peidio â chyboli hefo Wmffra byth eto. Ceisiodd agor ei geg i ofyn hynny, ond rhoddodd Gladys ei gwefusau drosti.

'Shh ... shh rŵan, gawn ni siarad eto,' meddai'n floesg. Roedd sawl blwyddyn ers iddi deimlo gwres corff dyn yn ei chyffroi – ers pan adawodd Roy hi ychydig cyn diwedd y Rhyfel – ac roedd yn mwynhau pob eiliad o'r profiad.

Gafaelodd William yn ei breichiau, oedd wedi'u plethu o gwmpas ei wddw, a'i gwthio oddi wrtho.

'Na, gwranda am funud, dwi o ddifri.' Gafaelodd yn ei gên a throi ei phen nes ei fod yn syllu i'w llygaid. 'Dwi 'di bod yn meddwl a meddwl drwy'r dydd heddiw – does 'na ddim pwynt i mi fynd yn ôl i Grimsby. I be a' i i wastraffu pres ar dicad trên, a gwastraffu oriau yn cyrraedd yno? Nes i ddim gadael fawr ddim sy'n perthyn i mi yno, dim ond rhyw hen ddillad gwaith digon blêr – mi ddois i â phob dim oedd o werth hefo fi yn y cês. Mi sgwenna i i'r tŷ lojin i ddeud nad ydw i am fynd yn ôl, a gora po gynta i ni ddeud wrth Mam a Nhad 'mod i yma. Y peth calla ydi i chdi dorri'r newydd i'r hen bobol heno, a deud rhyw stori wrth Shirley a Gari 'mod i wedi bod yn wael ... a 'mod i wedi mendio erbyn hyn ac yn dŵad yn ôl atoch chi.'

Teimlai Gladys ei phen yn troi. Doedd hi ddim yn medru meddwl yn glir. Oedd hi wir eisiau byw hefo William eto? Oedd hi'n barod i gael ei chlymu i lawr, i gael ei dal yn gaeth i slafio yn y tŷ? Symudodd ei chorff yn nes at y drws er mwyn gallu syllu allan drwy'r ffenest ar olau gwan y lleuad wrth i'r amheuon lenwi ei phen. Tybed a fyddai'r plant yn ei wrthod, fel y gwnaeth Gruffydd i Ifan? Dechreuodd gyfaddef i William fod ei dad wedi gwario'r arian roedd o wedi'i addo i'w fab i ddechrau busnes, a hynny ar fathrwm ar ei chyfer hi yn bennaf.

'Twt, ma' siŵr bod gynno fo ddigon ar ôl, paid ti â phoeni. Mi werthodd o'r ffarm gafodd o ar ôl 'i ewythr cyn y rhyfel, pan welodd o nad oedd dim tamaid o awydd ffarmio yn fy nghroen i. Yli, gei di bob dim fyddi di isio, dwi'n gaddo. Ty'd 'laen, ty'd yn nes yma ... paid â wastio hynny o amser sy gynnon ni ar ôl cyn i mi orfod 'i throi hi.'

Gydag addewidion William yn llenwi ei chlustiau a'i ddwylo poeth yn crafangu o dan ei dillad dechreuodd Gladys ymlacio, ac er bod ei chorff yn ymateb parhaodd ei meddwl i grwydro wrth ddychmygu sut fath o ddodrefn fyddai hi eu hangen i lenwi eu cartref newydd a pha fath o gotiau gaeaf oedd yn ei disgwyl yn siopau mawr Llandudno.

Dychrynodd y ddau a neidio oddi wrth ei gilydd pan glywsant sŵn traed yn crensian ar y lôn o gyfeiriad y pentref. Wrth dacluso'u dillad a'u gwalltiau a sbecian rhwng y seti blaen gwelsant, yng ngolau'r lleuad, rywun yn pasio heibio i geg y lôn drol. Doedd y cerddwr ddim wedi sylwi ar y car yn cuddio o dan gysgod y coed.

'Wmffra ydi o!' sibrydodd Gladys, a theimlodd law William yn ymbalfalu i agor drws y car. 'Na paid, plis, gad lonydd iddo fo!'

'Lle mae o'n mynd yr adag yma o'r nos?' sibrydodd William yn ei chlust.

'I drio codi samon, 'swn i'n feddwl ... potsio. Gobeithio na welith neb o.' Brathodd ei gwefusau yn ei phryder. 'Ond dwi'n ama fod Wmffra yn ddigon o bry i osgoi'r cipar newydd.' Gwrandawodd y ddau ar sŵn y traed yn diflannu i'r pellter. 'Well i ni 'i throi hi. Y munud yr eith o o'r golwg i lawr Lôn Pandy mi reda i am adra a dos ditha'n reit handi am y dre 'na.'

Amneidiodd William â'i ben i gytuno a chusanodd wefusau melys Gladys cyn iddi ei adael. Eisteddodd yn ôl am rai munudau, a gwenu'n faleisus wrth benderfynu nad oedd ganddo fwriad o droi bonet y car am y dref. Estynnodd flachlamp fechan o'r boced yn nhu blaen y car a chamu ohono cyn cloi'r drws a gwneud ei ffordd yn llechwraidd i lawr y lôn gul oedd yn arwain at yr afon.

Roedd Ifan ac Wmffra yn troedio drwy'r tyfiant oedd yn galed gan farrug wrth ochr afon Ganlli ar ôl cyfarfod fel yr oedden nhw wedi trefnu ger hen furddun Pandy. At Bwll Sliwod, rhwng y ceulannau troellog, roedden nhw'n anelu, a phan nad oedd y lleuad yn dangos y ffordd iddynt rhoddai Wmffra ei fflachlamp ymlaen am eiliadau yn unig – dim ond yn ddigon hir i sicrhau nad oedden nhw'n mynd yn rhy agos at y lan. Yn wahanol i'r troeon pan oedd y ddau'n esgus pysgota ar nosweithiau braf yn yr haf, wnaeth 'run o'r ddau yngan gair rhag ofn fod y cipar o gwmpas.

Yn y boced hir gudd y tu mewn i'w gôt laes cariai Wmffra'r fflachlamp a'r rhwyd. Yn ei law dde cariai'r dryfer, ei phigau llym wedi'u lapio mewn hen sach. Gwisgai gap stabl oedd braidd yn rhy fawr iddo nes roedd y pig yn cuddio'i wyneb a'i glustiau. Y tu ôl iddo camai Ifan yn ofalus gan ganolbwyntio ar roi ei draed yn olion traed ei frawd yng nghyfraith. Roedd Ifan yn difaru iddo ddod yn bennoeth, a heb ddim ond crysbas melfaréd amdano dros ei grys a'i siwmper. Er bod ganddo grafat gwlân am ei wddw roedd yn teimlo'r ias yn gafael yn ei groen.

Cododd Wmffra ei law i rybuddio Ifan i sefyll yn stond, ac wrth i'w glustiau gyfarwyddo â synau bach slei'r nos – siffrwd llygod bach yn rhedeg drwy'r tyfiant a rhochian mochyn daear – clywodd gyfarth llwynog ymhell yn rhywle. Ond rhewodd ei gorff pan glywodd sŵn gwahanol y tu ôl iddynt. Trodd ei ben i gyfeiriad y sŵn. Roedd ei hyfforddiant yn y lluoedd arfog wedi ei ddysgu i adnabod synau trwsgwl ei elynion wrth iddynt sathru ar frigau crin neu faglu ar draws rhwystrau eraill, felly gwyddai fod rhywun yn eu dilyn. Synhwyrai mai o ganol y perthi celyn a'r coed cyll y tu ôl iddynt y deuai'r sŵn. Plygodd i lawr ar un lin fel yr oedd wedi cael ei ddysgu ac arhosodd yno'n dawel, yn anadlu'n hir ac yn araf. Amneidiodd ar Wmffra i wneud yr un peth a rhoddodd y ddau eu sgarffiau dros eu cegau i guddio'r ager oedd yn codi o'u hanadl yn yr awyr oer, glir. Toc, diflannodd y lleuad y tu ôl i gwmwl a gwnaeth Wmffra arwydd ar Ifan i'w ddilyn. Roedd Wmffra mor gyfarwydd â'r llwybr fel ei fod yn gallu symud yn ystwyth gyda glan yr afon nes y daethant at winllan fechan. Cuddiodd y ddau o'r golwg y tu ôl i'r coed er mwyn adennill eu hanadl. Ar ôl treulio rhai munudau yn y prysgwydd sylwodd Wmffra fod Ifan yn crynu gan oerfel ... neu ofn, ystyriodd. Trywanodd y dryfer yn y ddaear wrth ei ochr a thynnu ei gôt a'i gap a'u rhoi i Ifan i'w gwisgo. Bu'r ddau yn gwrando ac yn gwylio am hir ond doedd dim smic arall i'w glywed. Penderfynodd Wmffra fod pwy bynnag oedd yno'n eu gwylio wedi colli eu trywydd ac wedi gadael.

'Does 'na neb yma rŵan, Ifan. Chlywa i 'run smic ... mae pwy bynnag oedd o gwmpas wedi'n colli ni, 'sti,' sibrydodd Wmffra. 'Ti'n gêm i fynd am y Pwll? Mae'n bechod troi o'ma hefo poced wag, tydi, a hitha'n noson mor braf. Ty'd.'

Doedd Ifan ddim mor siŵr, ond roedd ganddo ffydd yn Wmffra a dilynodd yn ôl ei draed nes cyrraedd Pwll Sliwod. Roedd canghennau helygen fawr yn hongian fel bysedd hirion dros y pwll dwfn nes eu bod bron â chyffwrdd y dŵr, ac er bod y lleuad yn taflu ei llewyrch arno nawr ac yn y man, roedd y dŵr llonydd yn fygythiol ddu. Â'r ceulannau serth ar bob ochr i'r afon yn foel o unrhyw dyfiant, roedd y mwd yn sgleinio fel llithren fudr a theimlodd Ifan ias oer yn rhedeg i lawr ei gefn wrth ddychmygu pa siawns fyddai gan neb i dynnu ei hun allan o'r pwll petai'n digwydd disgyn iddo.

Camodd Wmffra'n llechwraidd o gysgod y coed, y dryfer yn ei law dde a'r fflachlamp yn ei law chwith. Gwyliodd Ifan ef yn plygu i syllu i lawr i ddyfnderoedd y pwll yng ngolau'r lamp. Arhosodd Wmffra'n llonydd heb symud modfedd am funudau, yna amneidiodd ar Ifan i ddod ato. Ataliodd yntau ei anadl pan welodd y pysgodyn harddaf a welodd erioed yn nyfnder y pwll. Iâr samwn, bron i lathen o hyd, yn pwyntio'i thrwyn yn erbyn grym y lli ar ei ffordd adref i'w nyth – y nyth a oedd, mae'n debyg, wedi bodoli ers iddi ddodwy ynddo flwyddyn ynghynt. Roedd ei siwrnai bron ar ben. Dotiodd Ifan at ei thagellau yn symud yn ôl ac ymlaen, yn ei chadw mewn cydbwysedd perffaith wrth iddi orffwys am ychydig yn y dŵr nes magu digon o nerth i nofio ymlaen. Ar amrantiad, cododd Wmffra ei fraich a chyda'i holl nerth anelodd y dryfer at gorff y samwn a'i thrywanu. Ceisiodd hithau arbed ei hun gan chwipio'i chynffon nes i'r dŵr droi'n frochus. Ymladdodd i ryddhau ei hun, ond wrth ildio i bigau brwnt y dryfer llonyddodd, a thynnodd Wmffra hi i fyny'r dorlan lithrig. Tynnodd bastwn bychan o'i boced a tharo pen y pysgodyn ddwywaith, deirgwaith, cyn tynnu sach o boced arall a rhoi'r corff marw ynddo.

Cododd ei ben i edrych ar Ifan, oedd yn syllu ar y sach fel petai wedi'i barlysu.

'Sydyn rŵan, Ifan, sgynnon ni ddim amser i ddili-dalian. Rho'r lamp 'ma ym mhoced y gôt 'na gafaela yn y dryfer, a dos heibio Bron Wenallt i'r pentra, a dilyn y llwybr i'r parc. Mi a' inna y ffor' arall i lawr heibio Tan yr Afon am adra, 'cofn bod rhywun yn dal o gwmpas. Dwi'n siŵr 'mod i 'di clywed rhywun yn llyffanta yn y coed 'cw gynna.' Roedd Ifan yn dal i sefyll fel delw, a hisiodd Wmffra arno. 'Rŵan hyn, Ifan, a phaid â gadael i neb dy weld di, yn enwedig Mair. Cuddia'r dryfer 'na yn rwla saff. Wela i chdi fory.' A diflannodd i ganol y coed.

Arhosodd Ifan yn ei unfan, ofn symud cam, nes iddo sylweddoli ei fod ar ei ben ei hun a'i fod mewn peryg o gael ei ddal gan y cipar. Cymerodd anadl ddofn a thynnu cap Wmffra'n dynnach am ei ben. Cadwodd at y llwybr gan gysgodi gyda'r wal derfyn nes y daeth at dŷ mawr braf oedd wedi'i adeiladu ym mharc Plas Rhedynfa. Cododd ei ben yn wyliadwrus i edrych dros y wal ond roedd pobman yn ddistaw, a neb i'w weld yn unlle. Cerddodd yn ei flaen nes cyrraedd y dreif oedd yn arwain i'r lôn fach gul nid nepell o'i gartref. Rhedodd yn ei gwman, gan gadw yng nghysgodion y ffawydd mawr oedd wedi'u plannu bob ochr i ddreif y plas ganrifoedd yn ôl. O'r diwedd cyrhaeddodd y ffordd fawr, a phwysodd ar adwy cae er mwyn cael ei wynt ato. Yna cerddodd yn wyliadwrus i lawr am y pentref ac i'w gartref. Rhoddodd ochenaid o ryddhad wrth weld bod y tŷ yn dywyll a Mair, yn ôl pob golwg, wedi mynd i'w gwely heb boeni amdano. Aeth drwy'r ddôr yn nhalcen y tŷ ac i lawr y llwybr i'r cwt. Rhoddodd y lamp i orwedd ar y fainc, ac yn ei golau gwan edrychodd o'i gwmpas am le saff i guddio'r dryfer. Roedd am ei chadw allan o olwg Mair a Gruffydd – gwyddai na fyddai hi'n sôn gair wrth neb, ond petai Gruffydd yn cael cip arni fyddai o fawr o dro yn achwyn wrth Emrys, neu ymffrostio o flaen plant yr ysgol. Tynnodd y fainc allan ychydig fodfeddi oddi wrth y wal a llithro'r dryfer y tu ôl iddi cyn symud y fainc yn ei hôl mor agos i'r wal ag y medrai.

Ar ôl llithro fel lleidr drwy'r drws cefn, tynnodd gôt a chap Wmffra oddi amdano a'u hongian ar y bachyn ar gefn y drws. Penderfynodd dynnu ei drowsus melfaréd a'i grysbas yno hefyd cyn dringo ar flaenau ei draed i fyny'r grisiau a llithro i'r gwely heb ddeffro Mair. Rhoddodd ei wraig ebychiad bach tawel wrth deimlo'i gorff oer yn swatio wrth ei hochor, a phan lapiodd yntau'r cwrlid amdani gwelodd hi'n gwenu yn ei chwsg.

Roedd yn amhosib i Ifan syrthio i gysgu gan fod pob cell yn ei gorff yn llawn cyffro ar ôl antur y noson, a phob synnwyr wedi'i finiogi. Wrth wrando ar Gruffydd yn pesychu'n ysgafn yn y llofft gefn teimlai'n euog nad oedd o wedi gwneud mwy o ymdrech i blesio'i fab.

Crwydrodd ei feddwl, a dechreuodd gofio am y synau roedd o wedi eu clywed yn y coed y tu ôl iddyn nhw: sŵn brigau yn cael eu sathru wrth i rywun sgathru drwy'r deiliach crin. Roedd o'n siŵr fod rhywun wedi ei weld o ac Wmffra ac wedi eu dilyn nhw i lawr at yr afon. Efallai mai Dai Pî-sî, y cipar, oedd o, a gafodd ei lysenw am ei fod yn ymddwyn mor bwysig â pholîs insbector ucha'r wlad. Er mai dyn dŵad oedd y cipar gobeithiai

Ifan fod ganddo galon ddigon mawr i beidio â gwarafun un pysgodyn iddynt i swper. Roedd o wedi clywed ei fod o'n foi reit glên yn y bôn, yn wahanol i Edwards, hen gipar y plas oedd â'i ddannedd ym mhawb.

Gorweddodd yn llonydd wrth ochr Mair, yn syllu ar batrymau'r cymylau yn hwylio ar y nenfwd, a gwenodd yn llydan. Daeth rhyw deimlad rhyfedd drosto – roedd o'n teimlo fel hogyn ifanc unwaith eto, yr un a oedd o fewn trwch blewyn i gael ei ddal gan blismon y pentref ers talwm. Cofiai'r wefr a redai drwy ei gorff pan gyrhaeddai adre'n saff ar ôl i'w ffrindiau ac yntau sgrialu ar ôl chwarae *knock doors* neu daflu cerrig ar do sinc y crydd. Dim byd mawr, dim ond dipyn o hwyl. Antur iddo fo a'i ffrindiau ar ôl iddi dywyllu. Efallai y byddai Gruffydd yn mwynhau anturiaethau bach pan fyddai'n hŷn – efallai y buasai hynny'n gwneud lles i'r ddau ohonyn nhw, meddyliodd. Caeodd ei lygaid a cheisio cysgu ond roedd ei gorff yn effro fel y gog. Aeth i lawr i'r gegin i ferwi'r tegell i wneud paned iddo fo'i hun.

Toc, clywodd sŵn camau ysgafn Mair yn ei ddilyn i lawr y grisiau. Er bod ei gwallt cyrliog yn dwmpath euraidd afreolus ar ei phen a'i llygaid yn gwrthod agor yn iawn, roedd hi mor dlws, meddyliodd Ifan wrth edrych arni.

'Ty'd i fama, Mair.' Tarodd ei liniau â'i ddwylo ac eisteddodd hithau yno a pwyso'i phen ar ei ysgwydd. 'Fedra i ddim cysgu o gwbwl – mae 'mhen i'n llawn. Ond llawn mewn ffordd dda ... dwi'n teimlo 'mod i wedi dechra mendio o'r diwadd ac yn gweld petha hefo llgada newydd. Chdi. Gruffydd. Y tŷ 'ma. Dy dad a dy frodyr. Mae bob dim mor glir erbyn hyn, yn lle'u bod nhw mewn rhyw niwl llwyd o hyd. Mi ydach chi i gyd wedi bod mor ffeind hefo fi. Gladys ... '

'Gwranda, Ifan, mae gin i gyfrinach i'w deud wrthat ti, ond i ti addo peidio â sôn wrth neb. Mae William wedi dŵad yn 'i ôl, ac mae o'n trio perswadio Gladys i fynd i ffwr hefo fo.'

Agorodd lygaid Ifan led y pen. 'Ers pryd ... yn lle ... sut gwyddost ti?'

'Y munud y cafodd o'r llythyr gan y twrna i ddeud bod

Gladys isio difôrs mi welodd ei gamgymeriad, ac mae o 'di dŵad yr holl ffor o ochra Grimsby yn rwla i aros yn dre, yn y Star Temprans. Mi nes i addo i Gladys na fyswn i'n sôn wrth neb rhag ofn i Edward a Meri ffeindio allan, ond dwi'n ama 'i bod hi am fynd hefo fo, 'sti. Ma' hi'n brolio rhyw waith mae o am gael tua Llanduduno 'na a rhyw dŷ neis a ballu.'

'Rêl Gladys. Dyna'n union ma' hi isio.'

'Bechod am Wmffra 'fyd ... mae o 'di gwirioni hefo hi, 'sti, a Nhad ac Emrys. Ac roedd hitha'n fflyrtio heb ddim cwilydd hefo'r tri. Ond fysa Wmffra byth yn medru cynnig y petha mae William yn eu gaddo iddi, a diolch byth, mae o wedi sylweddoli hynny.'

'Ond mi fysa fo wedi medru rhoi ei gariad iddi hi, yn bysa? Fysa Wmffra byth yn ei siomi hi, ac mi fysa Emrys yn rhoi 'i fywyd drosti. Ond mi ddaw yr hen Wmffra drwyddi hefo'n help ni. Mae arna i ddiolch mawr iddo fo ar ôl iddo roi oriau o'i amser i mi dros yr haf yn gwrando arna i'n paldaruo am y rhyfel. Rydan ni 'di bod mor, mor lwcus, yn do, chdi a fi. Mi allen ni fod wedi colli bob dim. Mi allwn i fod wedi colli fy mywyd neu wedi dy golli di yn ystod y blynyddoedd dwytha, wrth fod fel yr o'n i.'

'Fyswn i byth bythoedd wedi dy adael di siŵr. Mi nes i adduned yn yr eglwys pan briodon ni: "er gwell, er gwaeth ... hyd nes gwahenir ni gan angau". Ti'm yn cofio?' Arhosodd y ddau yn ddistaw am funudau hirion cyn i Mair ofyn, 'Ifan, sa'n well i ni fynd i'r eglwys nos Sul nesa? Dwi wedi difaru na fuon ni yno'r Sul dwytha, tasa dim ond i Gruffydd gael y profiad o weld y lle wedi'i lenwi hefo sgubau ŷd a moron a thatws a swêj a ballu, a'r holl dorthau wedi'u plethu yn gorwedd yn gylch o gwmpas yr allor ar gyfer y Diolchgarwch. Mi fyddan nhw'n dal yno o hyd, dwi'n siŵr braidd. A'r canu. Ti'n cofio'r canu? "Pob peth sydd bell ac agos ..." Ti'n cofio, Ifan? Ella fysa'n well i ni fynd, i ddiolch.'

'O, dwn i ddim. Tydw i ddim wedi bod ers blynyddoedd. Mi fyswn i'n teimlo'n ddiarth iawn.'

'Mi fysa bob dim yn iawn, dwi'n addo i chdi ... ac mae gin ti siwt, yn does, er bod y defnydd wedi mynd i sgleinio braidd. Ond dim ots – mi fydd pawb arall yn edrych yn ddigon tlodaidd yno hefyd, siŵr i ti. Dwyt ti ddim wedi gwisgo fawr ar y siwt, nagwyt, a gan dy fod ti wedi llenwi dipyn bach mi fysa hi'n dy ffitio di'n well rŵan.'

Roedd cael ei atgoffa o'r siwt oedd yn hongian yn y wardrob yn ddigon i newid agwedd Ifan yn llwyr. Gwthiodd gorff Mair oddi wrtho a sefyll yn syth ar lawr y gegin fyw. Y blydi siwt oedd yn cadw pob atgof o'r Rhyfel yn saff rhwng ei phlygion ac yn ei phocedi, hyd yn oed ym mhoced ei chesail. Roedd y Llywodraeth wedi gwneud yn siŵr nad oedden nhw'n mynd adre'n waglaw, wedi gwneud yn siŵr fod y darluniau erchyll yn dod adref hefo nhw. Roedd o wedi cuddio'r siwt o'r golwg yng nghefn y wardrob a gwneud yn siŵr nad oedd raid iddo fynd i nunlle lle roedd angen iddo'i gwisgo – heblaw am y tro hwnnw yn y Ship ers talwm, pan wisgodd o'r trowsus. Fu o ddim yn y dre ar nos Sadyrnau ers hynny, dim hyd yn oed am un peint sydyn hefo hynny o ffrindia oedd ganddo ar ôl, a fuodd o ddim unwaith yn y pictiwrs hefo Mair. Dim ond ei hannog hi i fynd hefo Gladys wnaeth o ers iddynt symud i'r pentref. Er ei fod o'n teimlo'n well o lawer, roedd o'n dal ofn tynnu'r siwt oddi ar yr *hanger* rhag ofn i'r ellyllon drwg ddringo allan o'i phocedi neu o dan y goler neu o'r *turn-ups* yn y trowsus.

'Gawn ni weld, Mair. Tydw i'n addo dim. Gawn ni weld sut dywydd fydd hi. Rŵan mi fysa'n well i ni 'i throi hi am y gwely neu wnawn ni byth godi yn y bore ...

Pennod 23

Y bore wedyn, cyn mynd i lawr y grisiau, rhoddodd Ifan ei law ar ffrâm drws llofft Gruffydd a phlygu'i ben heibio iddi i edrych am rai eiliadau ar ei fab yn cysgu. Fel mochyn bach yn ei nyth, meddyliodd. Gwenodd wrth sylwi ar y llaw fechan yn gorwedd ar y gobennydd heb fod ymhell o'i geg ac ar y bawd pinc a oedd wedi crebachu ar ôl cael ei sugno. Roedd Ifan wedi sylwi fod Gruffydd yn gwneud hynny ar y slei hefyd pan oedd rhywbeth yn ei boeni. Ysai i fynd at y gwely i'w gofleidio, roedd o'n edrych mor ddiniwed, ond roedd ofn ei ddeffro a'i ddychryn. Roedd y bychan wedi closio mymryn ato, ystyriodd, ond doedd eu perthynas ddim yn un agos o hyd. Gweddïai y byddai hynny'n newid cyn iddo fynd yn rhy hen – unwaith y byddai'n cael ei draed dano a'i chychwyn hi hefo'r hogia eraill i grwydro i'r winllan a chwarae pêl-droed ac ati, fyddai o ddim cymaint o angen ei dad wedyn. A beth petai o a Mair yn cael plentyn arall – sut fyddai Gruffydd yn teimlo am hynny? Byddai cael babi yn y tŷ i ddwyn sylw ei fam yn dipyn o newid, ac yntau wedi bod yn gannwyll ei llygad cyhyd. Ysgydwodd ei ben yn drist a chau'r drws yn ddistaw bach ar ei ôl.

Ar ôl gorffen ei frecwast neidiodd Ifan i mewn i drwmbal y lorri oedd yn aros amdano ar sgwâr y pentref. Cyfarchodd y dynion eraill, oedd eisoes yno, yn hwyliog.

Cododd un neu ddau o'r dynion eu haeliau ar ei gilydd yn awgrymog. Dros y misoedd blaenorol digon distaw fu Ifan, yn enwedig yn y boreau – yn cadw iddo'i hun heb ymateb fawr ddim i gellwair a thynnu coes ei gyd-weithwyr – ac o ganlyniad ni fyddai byth yn cael ei gynnwys yn eu dadleuon brwd. Fel arfer eisteddai yn eu canol heb ddweud dim, gan ddangos dim diddordeb yn y trafodaethau.

Roedd yn gas gan Ifan wrando arnyn nhw'n trafod gwleidyddiaeth, yn enwedig y Rhyfel. Gwasgai ei ddyrnau wrth wrando ar y dynion yn gweld bai ar Churchill am eu hannog i gwffio ac yn dadlau fod yr heddychwyr yn llygad eu lle. Be wydden nhw? Fu'r rhan fwyaf ohonyn nhw ddim allan o'r wlad, heb sôn am fod yng nghanol y cwffio. Petaen nhw wedi gweld yr hyn welodd o, yr holl ddioddef, fuasen nhw ddim yn petruso cyn cwffio'n erbyn y Natsïaid chwaith. Petai'r un peth wedi digwydd yng Nghymru ag a ddigwyddodd yn rhai o wledydd Ewrop, a'u gwragedd a'u plant nhw wedi cael eu cam-drin, sut fyddai ei gyd-weithwyr yn teimlo wedyn? Ond doedd o ddim yn mynd i ddadlau hefo nhw ... roedd o wedi blino gormod i gega. Roedd o'n falch o gael cyrraedd y safle adeiladu lle roedd pawb yn rhy brysur drwy weddill y dydd i feddwl am ddim arall heblaw'r gwaith.

Ar eu ffordd adref yng nghefn y lorri ar ddiwedd y dydd, â blinder wedi eu llethu, eisteddai'r dynion yn dawedog a daeth cyffro'r noson gynt yn ôl i feddwl Ifan: y nerfau'n tynhau wrth iddo gripian i lawr tuag at yr afon, y synau amheus ddaeth o'r coed, golau'r lamp yn dangos gwaelod Pwll Sliwod, yr eog yn cwffio am ei fywyd a'r dŵr yn corddi'n wyn pan drywanodd Wmffra hi hefo'r dryfer. Yna y cerdded llechwraidd am adref i guddio'r dystiolaeth yn y cwt a'r pleser o edrych ymlaen at gael rhannu'r gyfrinach hefo Wmffra ac ail-fyw'r noson. Dyna roedd dynion ei angen, ystyriodd: cyfrinach y medren nhw ei rhannu. Doedd Gruffydd ddim yn rhy ifanc i rannu cyfrinach ... roedd o'n reit aeddfed am ei oed ac yn siŵr o fod yn deall beth oedd cadw cyfrinach yn ei olygu. Roedd Ifan yn sicr y byddai'n mwynhau antur fach hefo'i dad. Dim ond y ddau ohonyn nhw. Roedd hi'n addo nosweithiau braf am ryw hyd eto.

Yn y gwely y noson honno wrth wrando ar Mair yn anadlu'n gyson braf, fel tician cloc, edrychodd Ifan i fyny ar y nenfwd ac ar batrymau bysedd y goeden afalau oedd yn gwau drwy'i gilydd yng ngolau'r lleuad. Ers iddynt symud i Fronolau roedd o a Mair wedi cytuno i agor y llenni bob nos cyn gorwedd yn y gwely. Roedd hi wedi casáu'r llenni blacowt oedd yn orfodol drwy'r Rhyfel ac roedd yntau, ers iddyn nhw ddod yn ôl i Rydyberthan, wrth ei fodd yn edrych allan ar y sêr, yn enwedig pan fyddai'r cymylau yn hwylio heibio iddynt. Cyn disgyn i gysgu roedd syniad wedi llenwi pen Ifan; un a fyddai, gobeithio, yn ei uno fo a'i fab.

Y bore canlynol wrth y bwrdd brecwast trodd Ifan at Mair.

'Wyt ti'n mynd at Bobi heno?'

'Yndw, fath ag arfar. Pam?' atebodd wrth gerdded yn ôl ac ymlaen o'r gegin at y bwrdd.

'Dim ond gofyn.'

'Wela i chdi heno, Gruffydd,' meddai cyn cychwyn i'w waith, a nodiodd yntau ei ben heb godi ei olwg o dudalennau ei gomic.

Cyn i Ifan roi ei droed dros y trothwy y noson honno rhedodd Mair i'w gyfarfod gan dynnu ei fag bwyd oddi ar ei ysgwydd a'i arwain i'r gegin. Dechreuodd siarad cyn i Ifan gael cyfle i eistedd i lawr.

'Mi welis i Gladys bore 'ma, ac mae hi wedi penderfynu mynd hefo William.'

'Taw! Ma' hi am ei gymryd o'n ôl er iddo wneud tro sâl â hi, felly.'

'Weli di ddim bai arni, cofia. Fo ydi tad 'i phlant hi ac ma' hi bron â mygu yn byw hefo Meri ac Edward er eu bod nhw mor ffeind hefo hi. Mi fyddan nhwtha'n gweld 'u colli nhw dwi'n siŵr, ond pan ti'n meddwl am y peth dydi Llandudno fawr pellach o Rhyd na Pencrugia, nac'di? Ma' hi 'di gaddo dŵad yn ôl yn aml. Mi fydda i'n 'i cholli hi cofia, ar ôl byw drws nesa iddi hi am gymaint o flynyddoedd a rhannu bob cyfrinach.'

'O, ia? Pa gyfrinacha felly?' Gafaelodd Ifan amdani a tharo cusan ar ei boch.

'Dim byd pwysig, 'mond ryw betha bach 'dan ni wedi

anghofio amdanyn nhw bellach. Petha merchaid.' Doedd hi ddim wedi hyd yn oed ystyried sôn wrth Ifan am Roy a'r babi fu Gladys yn ei gario. Roedd yn well i rai pethau gael eu sgubo o dan y carped.

'Fydd hi ddim yn hir yn gwneud ffrindia newydd, ac mi fydd hi wedi anghofio amdanon ni'n fuan iawn, gei di weld. Ydyn nhw am fynd yn o handi?'

'Cyn gynted â phosib. Mae Gladys wedi esbonio bob dim i rieni William a'r plant, ac mae o'n dŵad yno fory atyn nhw. Aeth o ddim yn ei ôl i Grimsby – doedd gynno fo fawr o betha yno ac mae o'n symud o'r Temprans yn y dre fory. Ma' nhw'n disgwyl y bydd o'n cael job hefo un o'r cwmnïa mawr 'na o Fangor – mae 'na brinder dynion wedi'u prentisio yn ôl Gladys.'

Pennod 24

Am hanner awr wedi saith, cychwynnodd Mair i dŷ Bobi Preis.

'Mi fydd tua naw arna i'n dŵad yn ôl ma' siŵr – dwi isio newid 'i wely o heno. Gruffydd, dos am y ciando 'na'n reit fuan, cofia.'

Wnaeth hi ddim sylwi ar y winc roddodd Ifan i'w fab.

Unwaith roedd Mair wedi gadael roedd Ifan yn gyffro i gyd.

'Hei, Gruffydd, ti isio antur heno 'ma? Dim ond chdi a fi, a fydd neb arall ddim callach. Ti'n hogyn mawr rŵan ac mae'n hen bryd i ni'n dau gael dipyn o hwyl hefo'n gilydd, yn tydi?'

'Be 'dan ni am neud?'

'Ti ffansi mynd i botsio?'

'Dwi'm yn siŵr. Dwi'n gwbod be ydi potsio ... mi ddeudodd Huw Cefnceiri fod 'i frawd mawr o'n gwneud. Mynd i ddal pysgod a dal cwningod a ballu a cuddiad rhag y cipar.'

'Rwbath fel'na, ond fyddwn ni ddim yn potsio go iawn, dim ond smalio a chwara gêm. Ma' hi'n noson rhy braf i ni fod yn y tŷ 'ma. Ty'd, sgynnon ni ddim llawer o amser cyn i dy fam ddŵad yn ôl.'

Roedd Gruffydd braidd yn amheus o gynnig ei dad, ond roedd meddwl am gael mynd allan am dro yn hytrach nag eistedd o flaen y tân yn swnio'n ddifyrrach o'r hanner.

'Gwisga fy falaclafa a dy gôt chwara a rho dy si-bŵts am dy draed. Er 'i bod hi'n sych mi fydd hi'n oer ac yn fwdlyd wrth ochor yr afon.' Roedd Ifan eisoes wedi gwisgo'r gôt a'r cap y cafodd eu benthyg gan Wmffra. 'Ty'd 'laen mêt, awn ni allan drwy'r drws cefn i nôl y dortsh fawr o'r cwt.' Ystyriodd afael yn y dryfer ond newidiodd ei feddwl. 'Ar ôl i ni basio Pandy cama di'n ofalus ar fy ôl i a chadwa at fôn y cloddia, 'cofn i'r cipar na'n gweld ni.'

Dilynodd Gruffydd yng nghysgod ei dad i fyny'r ffordd o'r pentref cyn troi ar hyd y lôn gul heibio i'r Pandy a thros y gamfa i lawr at yr afon. Dechreuodd y bachgen ddychmygu mai Owain Glyndŵr oedd o, yn dianc rhag lluoedd y brenin, a chamodd yn ofalus i lawr y llwybr. Fel yr oedd o'n tynnu saeth o'r wain ddychmygol ar ei gefn torrodd sibrwd ei dad ar y distawrwydd.

'Yli, was, rydan ni jyst â chyrraedd Pwll Sliwod. Ti'n dallt job mor beryg ydi hon, yn dwyt? Tasan ni'n cael ein dal, yn y jêl fysan ni'n landio, cofia,' gwamalodd, ond yna sobrodd cyn ychwanegu, 'a chadwa di'n ddigon pell oddi wrth y lan. Mae'r pwll 'na mor ddwfn, tasat ti'n disgyn iddo fo mi fysa hi ar ben arnat ti.'

Teimlai Gruffydd ei galon yn curo'n wyllt rhwng ei asennau a rhoddodd ei ffydd i gyd yn ei dad i'w warchod rhag beth bynnag a allai ddigwydd iddo.

'Pan fydda i'n stopio ac yn fflachio'r gola ar y dŵr, dwi isio i chdi guddio yn y llwyni 'ma o'r golwg. Paid ti ag agor dy geg, hyd yn oed os ca' i fy nal, dim ond troi'n ôl y ffordd ddoist ti a mynd adra'n ddistaw bach, ti'n dallt?'

Rhedodd gwefr fel trydan i lawr meingefn Gruffydd ac i lawr ei goesau nes ei fod yn eu teimlo'n crynu. Nodiodd ei ben ar ei dad, i addo y byddai'n cadw at ei orchmynion. Edrychodd i fyny arno. Doedd o ddim wedi sylweddoli o'r blaen pa mor benderfynol oedd llygaid ei dad, a pha mor debyg oedd o i'r llun hwnnw o Arthur yn ei lyfr lliwio. Dechreuodd fwynhau'r antur er bod ei ddwylo a'i drwyn yn teimlo'n rhewllyd.

Camodd ei dad yn ofalus i gyfeiriad yr afon, a throi i bwyntio at lwyni o fanadl ac eithin oedd yn glwstwr tew ychydig lathenni i ffwrdd. Ufuddhaodd Gruffydd yn ddigwestiwn ac ymbalfalu i ganol y llwyni. Doedd fiw iddo gwyno'n uchel am bigiadau'r eithin rhag ofn i'r cipar ei glywed. Rhedai dafnau mân o chwys i lawr ei wyneb – roedd hyn yn fwy cyffrous hyd yn oed na'r anturiaethau roedd wedi darllen amdanynt yn ei lyfrau. Chwyddodd ei frest wrth iddo feddwl pa mor genfigennus fyddai ei ffrindiau petaen nhw'n dod i wybod am ei antur fawr. Ond fydden nhw byth yn dod i wybod – roedd ei dad wedi ei siarsio mai eu cyfrinach nhw eu dau yn unig oedd yr antur yma.

Fel roedd y cymylau duon yn cilio ac wyneb y lleuad yn taflu ei lewych drwy'r prysgwydd a'r rhedyn crin, gwelodd Gruffydd ei dad yn sefyll fel delw ar lan yr afon, ei gefn yn dalsyth a'i law yn pwyntio at y dŵr, fel petai'n gwarchod ei gastell rhag y gelyn. Cadwai yntau mor ddistaw, prin yr oedd yn anadlu, a chlywai pob siffrwd o'i gwmpas. Roedd yn gobeithio mai llygod yn sgrialu am eu nythod, trychfilod yn llusgo drwy laswellt crin neu ambell dderyn oedd yno. Gwyddai Gruffydd am y pethau hyn i gyd oherwydd yn yr ysgol ei hoff lyfrau, ar wahân i straeon am ei arwyr, oedd rhai am fyd natur. Yna, yn sydyn, aeth pobman yn ddistaw ac yn dywyll fel y fagddu wrth i gwmwl isel symud yn araf uwch eu pennau i guddio'r lleuad. Gwelodd Gruffydd ei dad yn goleuo'r lamp a'i hanelu at y pwll du oddi tano. Daliodd yntau ei wynt rhag ofn iddo darfu ar y foment fawr. Yna, o'r gwyll yn y coed y tu ôl iddo, clywodd ruthr fel sŵn trên yn gwibio allan o dwnnel. Cododd haid o frain o'r coed uwch ei ben gan grawcio'u braw. Arhosodd Gruffydd yn stond. Drwy gil ei lygad cafodd gip ar rywun yn ei basio fel bwled gan anelu'n syth am ei dad, ei freichiau allan o'i flaen fel petai'n barod i'w wthio dros y geulan i'r pwll. Am eiliad roedd Gruffydd wedi ei daro yn fud. Allai o ddim yngan gair i rybuddio'i dad.

Ond roedd Ifan yn ddigon siarp i sylweddoli beth oedd yn digwydd, a disgynnodd ar ei ben-glin fel roedd y breichiau yn ei gyrraedd. Baglodd yr anghenfil dros ei gorff a disgyn i ddifancoll wrth lithro dros y geulan. Clywodd Gruffydd y dŵr yn tasgu, a sgrech yn rhwygo'r distawrwydd. Mewn eiliad roedd ei dad wedi cicio'i welintons yn rhydd o'i draed a llithro i lawr y geulan i'r pwll. Er bod Gruffydd yn sefyll ar y lan yn bloeddio crio yn ei ddychryn, roedd ganddo ddigon o synnwyr i chwilio o gwmpas ei draed am y dortsh ac anelu ei golau ar yr afon.

Clywodd lais cadarn, tawel ei dad yn siarsio rhywun i beidio cwffio yn ei erbyn. Roedd y dŵr yn ferw gwyllt, gyda breichiau a choesau yn chwipio o gwmpas, a chlywai Gruffydd nadau rhywun yn gweiddi am help. Roedd ei dad yn dal i siarad mewn llais tawel, wrth geisio ymgodymu â rhywun hefo un llaw ac ymestyn ei fraich arall tuag at frigau isel yr helyg ger y lan. Anelodd Gruffydd y golau at y brigau. Nofiodd ei dad atynt gan ddal ei afael yn y dyn arall nes iddo'u cyrraedd, a chyda peth ymdrech llwyddodd i dynnu ei hun i'r lan. Pan oedd ar dir sych llwyddodd i dynnu'r llall ar ei ôl.

Roedd Gruffydd yn dal i grio wrth edrych ar y ddau ddyn yn cyfogi a phesychu wrth ei draed. O'r diwedd cododd ei dad ar ei eistedd.

'Taw rŵan, dwi'n iawn, 'sti.'

Taflodd Gruffydd ei freichiau bach am wddw ei dad. Ymhen sbel stwyriodd y corff arall, a dechreuodd yntau nadu crio hefyd.

'Sori, sori ... o, dwi mor sori.'

'Taw, Defi John, cau dy geg. Be oedd ar dy ben di, y diawl gwirion? Be oeddat ti'n drio'i neud? Mi fysan ni'n dau 'di medru boddi yng ngwaelod y pwll 'na, a sbia faint wyt ti wedi dychryn Gruffydd.'

'O, sori washi, do'n i'm yn gwbod dy fod ti yma hefyd. Ro'n i'n meddwl mai Wmffra ac Emrys oeddach chi ... a dim ond isio'u dychryn nhw o'n i, wir yr. Ro'n i'n meddwl mai Wmffra oeddat ti.'

Cymerodd Ifan arno nad oedd yn gwybod yr hanes. 'I be oeddat ti isio dychryn Wmffra o bawb, be nath o i chdi?'

'Isio talu'n ôl iddo fo o'n i am roi cweir i mi ers talwm yng Ngwinllan Rhosddu, ac am falu fy meic i a lluchio'r croglathau i ben y coed.'

'Paid â malu awyr. Fysa Wmffra byth yn gwneud y ffasiwn beth.'

'Roedd o'n meddwl mai fi oedd yn dychryn genod y tai bach 'na yn ystod y rhyfel, ond dim fi nath.'

Tra oedd Defi John yn snwffian ac yn igian crio roedd Gruffydd wedi dal ei afael yn dynn yng ngwddw ei dad yn ei ddychryn.

'Fedran ni ddim sefyll yn fama yn socian – mi fyddwn ni 'di dal andros o annwyd. Mae'n well i ni symud yn reit sydyn a ninna 'di creu digon o stŵr i ddeffro'r wlad.' Rhoddodd Ifan ei fab i sefyll ar y llawr a gafaelodd yn ei law. 'Dowch, a pheidiwch â gwneud 'run smic o sŵn. Dos di gynta, Defi, a chadwa hefo wal y Plas; mi fydda i a Gruffydd wrth dy sodla di.'

Pan oedd y tri wedi cyrraedd cyrion y pentref, yn saff o afael y cipar, trodd Ifan at Defi John.

'Fedra i ddim coelio dy fod ti wedi dal dig tuag at Wmffra am yr holl flynyddoedd. Pam aros tan rŵan cyn trio talu'r pwyth yn ôl iddo fo?'

Sychodd Defi ei drwyn hefo'i lawes cyn ateb. 'Mae'r peth wedi troi a throi yn 'y mhen i ers hydoedd ond ro'n i'n gwbod nad oedd gin i siawns o daclo Wmffra ar y pryd – roedd o'n rhy gry i mi fedru neud dim iddo fo. Ond yn ystod y flwyddyn ddwytha 'ma dwi 'di cledu a chryfhau ... dwi wedi bod yn dilyn 'i drywydd o am wsnosa, ac yn gwbod 'i fod o'n potsio yn Llyn Sliwod yn reit aml. Ro'n i'n saff mai fo oeddat ti – ro'n i'n nabod y cap a'r gôt fawr 'na, ac mi gymris i fy siawns. O, ma' ddrwg gin i, Ifan, fyswn i byth 'di gwneud niwed i chdi na Gruffydd. Plis paid â sôn wrth Wmffra ...'

'Dwn i'm wir. Mi wnest ti beth gwirion iawn heno, yn do?'

Wrth weld yr ofn yn wyneb y dyn ifanc o'i flaen, a'r cryndod oedd yn gafael yn ei gorff, meddalodd calon Ifan.

'Yli, os gwnei di addo gadael llonydd i Wmffra ac Emrys o hyn allan, sonia i ddim gair. Ond os clywa i dy fod ti wedi rhoi pen dy fys ar un ohonyn nhw, mi ddeuda i'r cwbwl wrth Wmffra ac mi gei di gymryd dy jansys efo fo. Rŵan, ty'd yn reit handi i ni gael newid o'r dillad gwlyb 'ma.'

Yn ffodus, doedd Mair ddim wedi cyrraedd yn ôl o dŷ Bobi Preis pan gyrhaeddodd y tri Fronolau, a rhoddodd Ifan fwy o lo ar y tân nes bod y fflamau yn llamu i fyny'r simdde.

'Dos i newid i dy byjamas, Gruffydd.' Trodd at Defi John. 'A dos ditha i'r gegin gefn i dynnu bob cerpyn oddi amdanat, ac mi chwilia i am rwbath i ti wisgo.' Aeth Ifan yntau i fyny'r grisiau, a gadawodd ei ddillad gwlyb ar lawr y bathrwm. Gwisgodd ei siwt di-mob ac aeth â'i hen drowsus a'i grysbas gwaith i lawr i Defi ynghyd â dillad isa glân.

Roedd y tri yn yfed diodydd poeth o flaen y tân pan ddaeth Mair i mewn i'r gegin fyw a diosg ei chôt a'i sgarff. Safodd yn stond wrth weld y pantomeim o'i blaen: Defi John yn sefyll fel bwgan brain yn hen ddillad gwaith Ifan a'r rheiny'n rhy fawr iddo, Ifan yn ei siwt a Gruffydd yn ei byjamas, yn gafael yn llaw ei dad. Roedd golwg euog ar y tri.

'Bobol bach, be sy 'di digwydd?'

Cyn i'r ddau ddyn gael cyfle i ateb rhedodd Gruffydd at ei fam.

'Defi John nath ddisgyn i Pwll Sliwod, a Tada nath neidio i mewn i'w achub o fath ag arwr go iawn.' Trodd yn ôl at ei dad a'i gofleidio, cyn dechrau wylo. 'Be tasa Tada 'di boddi? Be fysan ni'n neud wedyn, Mam?'

Gafaelodd Ifan yn Gruffydd a'i godi i sefyll ar y gadair o'i flaen.

'Neith neb sy wedi'i eni yn Aberdaron byth foddi, siŵr. Pan oeddwn i dy oed ti roedd hogia a genod y pentra'n chwarae ar y traeth bob diwrnod o'r haf, a buan iawn y dysgon ni nofio fel llambedyddiol.'

'Llam ... be?' holodd Gruffydd ei ddagrau.

'Llamhidyddion ydi'u henwa iawn nhw. Anifeiliaid tebyg i ddolffiniaid sy'n nofio ac yn gwneud campau ym mae Aberdaron, yn enwedig ar dywydd braf.' Syllai Gruffydd arno'n ddi-ddeall. 'Tydach chi ddim wedi dysgu amdanyn nhw yn yr ysgol? Nac'dach, decini, a'r pentra 'ma mor bell o'r môr. Hitia befo, gawn ni fynd i Bencrugia ryw dro ac mi awn ni i ben Parwyd i'w gwylio nhw.'

Y munud y clywodd Mair yr enw a roddwyd i'r creigiau llyfn, serth, oedd yn codi mor uchel o'r môr ym mhen draw

Llŷn, cododd y blewiach bach ar ei gwar. Ond torrwyd ar yr hen arswyd gan gwestiwn nesa Gruffydd i'w dad.

'Newch chi fy nysgu fi i nofio fath â llam-pethma, Tada?'

Chwarddodd Ifan yn uchel. 'Dwi'n addo i ti!' Gwenodd wrth gofio sut roedd o'n arfer gorwedd ar ei gefn yn y môr llonydd, ei goesau a'i freichiau ar led fel seren fôr a'r tonnau bach, bach yn llepian ar ei fochau wrth iddo syllu i fyny i'r awyr las. Trodd at Gruffydd, 'Yli, 'sa'n well i ti fynd i dy wely, syr, neu chodi di ddim yn y bore.'

'Ond Tada ... ' protestiodd Gruffydd.

'Rŵan hyn,' ategodd Mair, 'ac mi ddo' i â llefrith poeth hefo llwyaid o fêl ynddo fo i fyny i chdi.' Trodd at y dynion. 'Rhoswch chitha'ch dau yn fanna,' amneidiodd at yr aelwyd, 'ac mi ga' i'r stori i gyd dros banad.'

Pan ddaeth yn ei hôl hefo tebotaid o de poeth, eisteddodd rhwng y ddau.

'Rŵan, dwi isio gwbod y stori o'r dechra. Ifan – be goblyn oeddat ti a Gruffydd yn da i lawr wrth yr afon a hitha di t'wllu? A be amdanat ti, Defi John, be ddigwyddodd i chditha?'

Ar ôl i'r ddau adrodd yr hanes i gyd cododd Mair ar ei thraed.

'Wel am benbyliaid gwirion ydach chi. Yli,' meddai wrth Defi John, ''sa'n well i chdi fynd adra at dy fam ... a dwi'n dy goelio di na fuost ti'n agos at Rhes Newydd pan o'n i'n byw yno. Mae'r cyfnod hwnnw wedi hen fynd ac mae'n bryd i ni i gyd anghofio amdano fo, yn tydi, Ifan?' Nodiodd yntau ei ben. 'Reit, dwi'n mynd i fyny rŵan. Ifan, paid titha â bod yn hir.'

Ar ôl ffarwelio â Defi John camodd Ifan i fyny'r grisiau. Safodd uwchben pen cyrliog ei fab oedd yn cysgu'n dawel, ei ruddiau'n gochion ar ôl yr oerni a'r cyffro, a gallai Ifan daeru bod gwên fach yn cyrlio congl ei wefus. Roedd yn dal i deimlo cyffyrddiad meddal ei freichiau bychan am ei wddw a'i law rynllyd yn ei law ei hun, ac roedd o'n dal i glywed llais ei fab yn ei alw'n arwr. Gwenodd cyn cau'r drws yn dawel a mynd i'w wely.

Llithrodd ei freichiau allan o lewys y siaced a gadael i'r trowsus ddisgyn yn swp o gwmpas ei draed. Roedd o ar fin plygu i'w godi pan sibrydodd Mair,

'Hitia befo am hongian honna rŵan. Dyro hi dros gefn y gadair ac mi wna i ei chadw hi yn y bore.'

Ond allai Ifan ddim meddwl am y siwt wrth ei ochr drwy'r nos, ac ymhen dim roedd wedi ei rhoi ar yr *hanger* a chau drws y wardrob arni o'r golwg.

Agorodd Mair ei breichiau led y pen.

'Ty'd yma wir, i chdi gael cnesu.'

Y bore wedyn taflodd y wawr ei olau gwyn ar bapur wal y llofft. Bu Ifan yn troi a throsi drwy'r nos, yn meddwl. Roedd o wedi bod yn glynu wrth ei atgofion, yr hen ellyllod, gan ei fod ofn eu gollwng yn rhydd; gan ei fod ofn byw heb yr euogrwydd. Ofn anghofio.

Llithrodd ei draed dros erchwyn y gwely'n ofalus rhag iddo ddeffro Mair, a chamu at y wardrob. Roedd o'n difaru nad oedd o wedi iro'r hinjis fisoedd yn ôl pan ofynnodd Mair iddo wneud, ond bryd hynny roedd pob joban fach wedi bod yn ormod iddo. Agorodd gil y drws yn araf a gwthio'i law dde drwy'r agoriad cul nes iddo deimlo brethyn tenau'r siwt, a'i thynnu allan. Camodd ar flaenau ei draed ar hyd y landing ac i lawr y grisiau, ac estyn ei gôt fawr. Rhoddodd ei law yn ei phoced i wneud yn siŵr fod y bocs matsys yn dal yno.

Allan yn yr ardd, aeth i'r cwt glo i nôl bwndel o briciau, hen bapurau newydd a'r tun paraffîn. Gosododd y priciau a'r papur yn ofalus ar y llwybr, yna plygodd i chwilio am y brigau brau oedd wedi hel yn llanast o gwmpas y goeden afalau – roedd digonedd ohonynt o dan ei draed. Dyna joban arall y dylai fod wedi'i gwneud, meddyliodd yn euog, â Mair wedi bod yn swnian arno ers wythnosau i'w clirio. Lluchiodd y brigau crin ar ben y pentwr, a thywallt joch go helaeth o'r paraffîn dros y cyfan cyn ei danio. Unwaith y gwelodd fod y tân wedi cydio'n iawn taflodd y siwt ar ben y goelcerth. Safodd yno'n ei gwylio'n mudlosgi yn y fflamau, ei breichiau ar led a'i choesau gweigion yn codi a disgyn yn y gwres, yn ei atgoffa o'r cyrff duon yn llosgi yn uffern Sicily a'r Eidal. Trodd ar ei sawdl i'r cwt i nôl fforch.

Dechreuodd brocio'r tân yn ffyrnig, gan drywanu'r gôt a'i throi yn ôl ac ymlaen nes bod y gwreichion yn ffrwydro ac yn tasgu i'r awyr fel ergydion maes y gad.

'Blydi presant, myn diawl,' meddai, ond aeth y geiriau ar goll ymysg clecian y fflamau a'r sgrechiadau oedd yn rhwygo'i ymennydd. 'Dyma be gafon ni am aberthu'n bywydau dros ein gwlad a'r brenin. Pa iws oedd hi i mi? A be am yr hogia gollwyd? Chafon nhw ddim arch heb sôn am siwt.' Dechreuodd y dagrau lifo i lawr ei wyneb. 'Reg, Charlie, Dei bach. O Dei bach druan! Un munud roedd o wrth fy ochor i a'r munud nesa roedd o wedi diflannu, yn rhacs jibidêrs, a finna'n chwilio am y darnau i'w rhoi nhw'n ôl wrth ei gilydd. Coes ... braich ... a llais Murdo druan yn gweiddi arna i i'w achub o, yn erfyn arna i, a finna'n rhedeg nerth fy nhraed a'i adael o ar ôl. Pam 'mod i wedi cadw'r blydi siwt? O'n i'n gobeithio y bysa hi'n dŵad â'r hogia'n ôl? Dwi wedi cael digon. Fedra i ddim dal i drio dal fy ngafael yn yr atgofion a'r boen ... mae'n rhaid i mi adael iddyn nhw fynd. Mynd 'run fath â'r siwt, i losgi yn y tân a diflannu yn y mwg.'

Ar ôl i'r defnydd doddi i'r fflamau, cododd Ifan ei olygon i syllu drwy'r mwg ar yr haul oedd yn codi fel melynwy dros fynyddoedd Sir Feirionnydd. Roedd hwn yn ddiwrnod newydd sbon.

Epilog

Gwanwyn 1948

Teimlodd Mair yr haul yn anwesu ei gwar wrth iddi syllu ar wyneb annwyl Ifan yn pendwmpian wrth ei hochr. Cododd ar ei phenelin a phwyso'i boch ar ei llaw er mwyn cael gwell golwg arno. Roedd ei amrannau yn gyrten ysgafn ar ei fochau, a'r rhychau o gwmpas ei dalcen a'i geg bron â diflannu ers iddyn nhw ddychwelyd i Bencrugiau. Yn wahanol i'r tro cynt, roedd y teulu bach wedi setlo'n dda yn y bwthyn ar gyrion Aberdaron.

Wrth iddi blygu ei phen yn is i gael golwg iawn ar ei gŵr sylwodd fod ei wallt yn dechrau britho. Rhedodd ias i lawr ei meingefn wrth iddi sylweddoli cymaint yr oedden nhw wedi heneiddio, cymaint yr oedden nhw wedi ei golli, cymaint yr oedden nhw wedi brifo teimladau ei gilydd. Roedd yr Ail Ryfel Byd wedi cipio'u hieuenctid. Fyddai hi byth yn gweld yr hen Ifan eto, ystyriodd: yr Ifan oedd yn wincio arni o gefn yr eglwys, yr Ifan oedd yn cadw reiat wrth drio dal ei sylw pan oedd hi'n cerdded drwy'r fynwent ers talwm. Er na wnaeth Hitler eu concro, llwyddodd i ddwyn talp o'u bywydau ifanc.

Plygodd y llythyr byr roedd hi newydd ei ailddarllen a'i gadw yn ei phoced. Roedd hi mor falch fod Gladys a William wedi setlo ym Mae Colwyn, ac er mai rhentu tŷ teras bychan oedden nhw roedd Gladys yn dweud bod William â'i lygad ar dŷ mwy yn nes i Rhos-on-Sea – gyda help ei dad roedden nhw'n gobeithio medru ei brynu a symud iddo cyn diwedd yr haf.

Rhoddodd ochenaid ddofn, a theimlo arogleuon y pentir yn llenwi ei hysgyfaint. Heli'r môr, blodau'r eithin mân a gwlân y defaid oedd yn pori'n ddiog o'u cwmpas. Troellai hanner dwsin o wylanod uwch eu pennau yn wylofain fel petaent yn hiraethu am y blynyddoedd coll.

Ar ôl gorwedd ar ei hyd ar y llechwedd am y rhan fwyaf o'r

prynhawn roedd ei chorff wedi cyffio'n anghyfforddus a'r grug yn pigo'i choesau noeth fel brwsh bras. Roedd yn rhaid iddi godi.

Rhwbiodd waelod ei chefn cyn anwesu ei bol chwyddedig.

'Ifan, dwi'n barod am swper. Mi a' i fyny i roi'r teciall ar y tân.'

Agorodd Ifan ei lygaid a rhoi ei ddwylo drostynt yn syth i'w cysgodi rhag yr haul. Gwenodd ar Mair.

'Dos di. Mae hi mor braf yma ... fydda i ddim yn hir.'

Wrth i Mair gamu i fyny'r mynydd tuag at y bwthyn bach dechreuodd ganu, ac wrth wrando ar ei llais swynol yn pellhau rhwng yr eithin mân, gwenodd Ifan.